因为遇到你，
我的世界变得温柔无比。

大鱼

有爱的青春陪伴者

他来时，微风甜

笺歌/著

花山文艺出版社
河北·石家庄

图书在版编目（CIP）数据

他来时，微风甜 / 笺歌著. -- 石家庄 : 花山文艺出版社，2020.5
ISBN 978-7-5511-5119-1

Ⅰ. ①他… Ⅱ. ①笺… Ⅲ. ①长篇小说－中国－当代 Ⅳ. ①I247.5

中国版本图书馆CIP数据核字(2020)第060333号

书　　名：他来时，微风甜
TA LAI SHI，WEIFENG TIAN
著　　者：笺　歌

统筹策划：张采鑫
特约编辑：迟　暮
责任编辑：董　舸
美术编辑：胡彤亮
责任校对：郝卫国
装帧设计：颜小曼　西　楼
封面绘制：東夏卿卿
出版发行：花山文艺出版社（邮政编码：050061）
（河北省石家庄市友谊北大街330号）
销售热线：0311-88643221/29/35/26
传　　真：0311-88643225
印　　刷：长沙鸿发印务实业有限公司
经　　销：新华书店
开　　本：880×1230　1/32
印　　张：8.5
字　　数：187千字
版　　次：2020年6月第1版
2020年6月第1次印刷
书　　号：ISBN 978-7-5511-5119-1
定　　价：38.00元

目录

CONTENTS

目录

CONTENTS

第一章

聚光灯下的对手

《加油，未来星》的录制后台，白炽灯明晃晃地打在一道娇小的身影上，镜子前，女孩儿微眯着眼，柔软的刷子从她嫩白的脸颊上划过，她轻颤了下，下一刻，高跟鞋落地的清脆声倏然响起。

“好了吗，下一场录制要开始了。”伴随高跟鞋而来的是一道温柔的女声，女人一袭工整掐腰的女士西装，头发一丝不苟地盘起，望向女孩儿的眼神期待又宠溺。

她的手轻轻压在女孩儿瘦削单薄的肩膀上，细致地叮嘱：“念园，上一场你以 0.5 分之差险胜楚翼淮，下一场你要死死咬住他，记住一点，千万别着急，问题想清楚再回答，明白吗？”

女人的声音很温柔，但字字如锋，许念园感受到头顶悬着一把利剑，稍有不慎她就会被劈得四分五裂。

她仰头，看着明晃晃的白炽灯，刺眼的灯光扎在她眼里，白茫茫的世界突然多出了一双清冷的黑眸，那双黑眸静静盯着她的时候，她仿佛被一只潜伏的猎豹锁住，害怕和兴奋同时萦绕周身，她甚至记不起来上一场比赛的时候，她到底回答了什么问题。

她只记得，在主持人宣布她以 0.5 分险胜蝉联冠军宝座的“楚神”后，他眼底并没有落败的狼狈，反而以一种欣赏的目光看着她，或者更准确地说，如果之前他将她当成了猎物，而她赢了的那一刻，他已经把她彻彻底底当成了对手。

是的，她现在是楚翼淮的对手了。想到这点，许念园攥紧手，直到指甲扎疼了手心，她才反应过来，这一切并不是她在做梦。

“念园，发什么呆呢，走了。”身旁的编导催促道。

许念园轻轻点了点头，紧随其后。门打开的那一瞬，一道修长的身影映入她的眼帘，少年穿着简单的白衬衫，黑色长裤，白皙如玉的面庞上染着淡淡的浅光，光芒下，那双深邃如海的黑眸轻轻抬起，目光不轻不重地落在她身上。

她浑身一震，宛如触电一般，整个人呈现僵硬状态，心却怦怦乱跳。

站在许念园身边的编导发现表面淡定的许念园实际上已兵荒马乱，礼貌地笑着朝少年点了点头：“楚神，下一场还请你多多指教我们念园。”

闻言，少年的目光从许念园身上移开，嘴角扬起一抹浅淡的笑容，礼貌却疏离道：“您叫我楚翼淮就好。”

三人一同前往直播现场。

《加油，未来星》是现场直播的一场大型科学问答节目，来参赛的选手都是从全国各地选拔的尖子，可以算是站在金字塔顶端的“天才”。可天才也分为很多种，比如像许念园这种努力型的，也有像楚翼淮这种天生型的。

作为清华大学大一物理系的天才少年，楚翼淮不过十八岁便获得了不菲的成绩，他专业攻读物理，却也业余研究生物、化学、天文学。

因为喜欢挑战，所以他参加了《加油，未来星》，也是因为参加了这档节目，他一炮而红——不仅仅因为他在赛场上指点风云、掌控全局的气场吸引了无数观众，更是因为他与生俱来的逻辑思维和叙述能力让人惊叹不已。

自此，他成了当红学神，还获得了“行走的百科全书”的雅号，迄今为止已是一个百万粉丝的博主。

可是楚翼淮本人却十分低调，哪怕迷妹万千，也依旧保持一颗平稳的心态。他鲜发微博，即便偶尔“诈尸”，也只是转发一些关于天文物理方面的学术知识。

不知不觉中，三人已经走到了直播舞台的大门前，门的左侧是无数观众和评委，而门这边，楚翼淮望向许念园，眼底浮现淡淡的笑意：“这次也请你多多指教。”

这是楚翼淮第一次对许念园说话，她张了张嘴，明明满肚子说辞，到了嘴边却变成了：“我……我不会输给你。”

闻言，楚翼淮愣了下，接着莞尔一笑。他平常不苟言笑，可一旦笑开，那张清秀的面庞便瞬间生动无比，像一朵绽放在阳光下的木槿花，即便没有玫瑰那般耀眼的火红，却依然让人难以移开目光。

楚翼淮并不是传统意义上的“帅”，他的五官不算惊艳，也不精致，但那不起眼的五官合在一张脸上，便多了几分清雅。

看到楚翼淮，许念园心里涌现一句话：美人在骨不在皮。

“好，加油。”楚翼淮率先推开门，朝许念园道，“女士优先。”

许念园受宠若惊，小声道了句“谢谢”，低着头从他身边经过。她走过的那一瞬，一股淡淡的柠檬夹杂着香草气息的味道扑鼻而来，楚翼淮顿了顿，紧跟着她的步伐走进赛场。

两人刚走进赛场，两束灯光便精准地打下，落在他们身上，随之而来的是潮水般热烈的掌声。许念园下意识地看了一眼观众席，父母、朋友、老师、同学皆朝她投以期待的目光。她的目光往左边移去，那端是选手池，来自全国各地的二十三位选手此时正兴奋地看着他们。

不久前，她也是选手池中的一个，虽然现在在台上与楚翼淮对峙，但如果这一场输了的话，她只能继续回到选手池待命。

许念园望向舞台，台阶往上便是参赛选手站着的比试台，这是一场没有硝烟的战争，可也同样刀光剑影。

她深吸一口气，稳步走向自己的比试台，那端楚翼淮已站定，神情从容地看着主持人。

主持人是国内驰名的巧嘴，许念园很喜欢他。相比其他严肃的主持人，他能轻轻松松把控全场，三言两语将紧张的气氛化解开来。

此时，主持人贝勤走到舞台中间，宣布完比赛规则之后，笑着对许念园说道：“我最近特别喜欢一句话——巾帼不让须眉。咱们的楚神一直稳坐冠军宝座，可以说是所向披靡，我就在想啊，哪一天来个人，比他厉害，现在终于出现了。

“我想你们大家还是有人不太了解许念园，我就再介绍一次吧。许念园，来自清河实验附中高二理科班，擅长物理和化学，喜欢航模，曾获得航模比赛一等奖、全国物理竞赛一等奖、化学特等奖，曾荣获全国百科知识竞赛一等奖。

“我十六岁的时候可能还在操心明天考试能多考几分，而人家的十六岁已经是人生赢家。”

贝勤自我调侃：“这就是人与人之间的区别，开个玩笑。许念园，今天你肩负众望，你觉得自己能打败楚翼淮，创造新神话吗？”

许念园点了点头，下意识地看了一眼楚翼淮。他嘴角微微弯起，也不知是被主持人的话逗笑了，还是对她的不自量力的嘲笑。

“好，比赛正式开始，下面请听第一题。”贝勤将开场氛围炒热之后，一转语调变得严肃无比，“春蚕到死丝方尽，蜡炬成灰泪始干中的丝和泪在今天分别指的是什么？ A、纤维素和油脂；B、蛋白质和烃类；C、蛋白质和油脂。开始抢答。”

许念园飞快地摁下抢答键。

她速度快如闪电，这让慢半拍的楚翼淮眉头微蹙。他有些震惊于许念园加快的手速，上一场比赛的时候，他便是输在了手速上，看来这一场比赛他必须严肃对待手速这件事，同时他也屏住呼吸，紧张地盯着她。

第一题便被许念园抢得先机，选手池里的选手议论纷纷：

“许念园手速好快，楚神吃亏在手速上了。”

"这才刚开始呢。何况楚神可是出了名的百科全书，知识储备量太大了，许念园想要赢他，可能有点难。"

"不过许念园气场挺强的，别人面对楚神都会有点虚，她却镇定自若，很难得，我觉得她有获胜的机会。"

面对选手池选手们的议论纷纷，许念园端得四平八稳，丝毫不受影响。

听到这些话，楚翼淮不禁多看了她一眼。他清楚地明白自己的缺陷就是手速慢，如果许念园保持手速的同时正确率也高的话，那么他的处境岌岌可危。

"许念园。"主持人贝勤说道，"请说出你的答案。"

许念园回答："我选 C。"

听到她的答案，楚翼淮眉峰微挑，暗自松了口气，嘴角勾起一道浅浅的弧度，原本因为未抢到题的失落化为胜券在握的自信。

"为什么？"主持人问。

许念园解释道："因为春蚕吐出的就是蛋白质，而纤维素是植物细胞壁的主要部分，蜡烛的主要组成成分是油脂。"

她说完，便见楚翼淮轻轻地摇了摇头，显然不同意她的解释。

许念园心底一慌，再次审读题目，可为时已晚，她已经做出选择，无法再做修改。

主持人瞥见楚翼淮跃跃欲试的模样，问道："楚翼淮，这道题，你的正确答案是什么？"

楚翼淮毫不犹豫地回答："这道题的正确答案应该是 B。现在工业制造的蜡烛很少使用动物油脂，一般都是用一些长碳链的有机物，而且制备成本也比动物油脂低很多，而且蜡烛的主要成分不是油脂，是石蜡。”

他娓娓道来。这些知识似乎深刻在他脑海中，与生俱来，和他一比，许念园刚刚的解释生硬且站不住脚。

许念园悔不当初，她应该多思考几秒的，这抢到题又被打脸的尴尬让她心态险些崩塌。但一触上楚翼淮自信的目光，她原本慌乱的心又趋于平静，她既然站在这里，就没理由自乱阵脚。

思及此，许念园深吸口气，平复一番心情，再次整装待发。

“非常遗憾，许念园回答错误，楚翼淮获得1分。”主持人贝勤说完，瞥见许念园紧绷的小脸，提醒道，“我再重复一遍比赛规则，这一轮我们采用抢答模式，回答正确，答题者得1分，回答错误，对手自动得1分，所以一定要注意，千万不要在没有任何把握，确认答案的情况下摁下抢答键，否则就是给对方机会。”

许念园点点头：“我会小心再小心的。”

主持人看着许念园笑道：“小心驶得万年船，如果这一道题你再回答错误，那么接下来你的处境将非常艰难，许念园，你有信心吗？”

许念园眸光坚定：“我会加油。”

主持人贝勤交代完规则，继续读题：“请听题，糖分容易造成龋齿的原因是什么？A、糖会腐蚀牙齿；B、糖滋养细菌，细菌啃食牙齿，C、糖被细菌代谢产生的酸性物质，腐蚀牙齿。开始抢答。”

话音刚落，楚翼淮闪电般摁下抢答键。一旁的许念园一脸蒙，她已经想到答案了，只是在她发呆的0.01秒，主动权就被楚翼淮夺走。

许念园看了他一眼，发现他眼底闪过几分孩子气的笑容，那笑意稍纵即逝，但她还是敏锐地捕捉到了。

呃，原来楚神也是这么“斤斤计较”的吗？许念园仿佛发现了新大陆一样。但是她的心情也格外复杂，既为他高兴，又因自己再次失去机会而失落。如主持人所说的一样，她再没答对题，便只“灰溜溜”地回到选手池了。

可是，即便输，她也不能输得太过难看，否则有何颜面回选手池，面对支持她的“江东父老”。

“请说出你的答案。”主持人对楚翼淮道。

“这道题的答案应该C，因为牙齿的外层结构是珐琅质，和骨骼一样，而人类口腔内的细菌以糖为营养，代谢之后，会产生一些可以腐蚀骨骼的酸性物质。”

“回答正确。”主持人道，“现在比分已经是2比0了，许念园，你目前的处境已经很危险了，拿出你真正的实力来，加油。”

“我会努力的。”许念园泰山崩于前而面不改色。

“唉，没戏了，许念园虽然厉害，但她面对的对手可是楚神啊，我看不用期待了。”

“还是期待一下吧，许念园胜在手速，她只要认真一点，应该不至于惨败。”

“应该是没什么反转了。”

听到其余选手这些话，许念园心底的好胜心被击起。面对楚翼淮，她要的不仅仅是超乎常人的自信和勇气，还要拥有十二万分的细致和认真，而她求胜心切，忽略了最重要的一点，那就是冷静理智地思考。

楚翼淮不仅仅拥有超乎常人的冷静，还有异于常人的细致，加上他的知识储备量，如果他全力以赴，没有人能轻易击败他。

思及此，许念园严阵以待，对对手最大的尊重不是盲目欣赏和害怕，而是全力以赴迎战他。

“请听题，航模飞机是靠什么结构控制飞机做出各种动作的？A、马达；B、舵机；C、陀螺仪。”

主持人刚说完，许念园飞快地摁下抢答键，正抬手的楚翼淮愣了愣，片刻后，默默地收回手。

主持人贝勤挑眉，脸上的表情说不出是期待还是别的：“许念园，提醒你，这一次一定要思考清楚了再回答，如果你回答错误，那么就是为他人做嫁衣了，千万别便宜了楚翼淮，开个玩笑。这一道题对你至关重要，决定你的去留，你一定要细致再细致。”

“我选择 B。”许念园声音笃定。

“为什么？”主持人问。

许念园自信满满地回答：“这和船有些类似，船在航行中改变方向使用的是舵，航模飞机同理，所以我选择 B，而马达是动力作用，陀螺仪是校正用的。”

“楚翼淮，你的答案呢？”主持人问他。

楚翼淮点点头：“我同意她的答案，她的解释也很全面。”

许念园愣了下，她没想到自己竟然还能得到楚翼淮的肯定，欣喜若狂之余还有种莫名的自豪感。她控制不住地咧嘴，在笑容将要溢出的一刹那忙收了回去。

“许念园回答正确。”主持人松了口气，“楚神是不是有点危机感了，许念园不仅仅是手速快，认真起来也是让人胆寒。楚翼淮，你害怕了吗？”

“有点。”

楚翼淮诚实地点点头，全场笑了起来，本来紧张的气氛缓和了不少。

“好，下一道题。下列哪种动物是亚洲高山地区最有代表性的物种，且被称为‘雪中之王’？ A、牦牛；B、藏羚羊；C、雪豹。开始。”

“雪豹。”许念园飞快地摁下抢答键，瞥见楚翼淮抬手的姿势，她心里藏了小小的得意。

到底是个小女生，明明面上端得冷静稳重，但偶尔的小动作还是泄露了属于她这年纪的得意和小嚣张。

“许念园，你要不要再思考一下？如果你这道题回答错误，那么只能回到选手池了。我再提醒你一遍，是亚洲高山地区最有代表性的动物，被称为‘雪中之王’。”

许念园自信一笑：“我确定，唯一能被称为‘雪中之王’的，只有雪豹。”

楚翼淮见她说完，停顿了下接话道：“嗯，这里我提一下，正确来说，雪豹分布于中亚高原，寿命十年左右，繁衍极其困难，所以十分稀有，目前，雪豹在国际 IUCN 保护等级中被列为濒危，它们一般昼伏夜出，独居，也是攀岩高手。”

“楚翼淮，你大脑里是不是装下了整个世界的知识点，怎么就没你不知道的呢？”主持人恰当地做出了一个震惊的表情。

楚翼淮腼腆一笑，不好意思道：“学无止境，其实我还有很多不知道。”

“好了，下一道题。假如在上海市中心通过地心打一个垂直的洞，那么在地球的另一端会通向哪里？ A、纽约；B、墨西哥城；C、布宜诺斯艾利斯。开始抢答。”

许念园脑海中闪过一道白光，下一刻她便摁下抢答键。楚翼淮眸子微眯，心里“咯噔”一声，整颗心悬在半空中，他紧紧盯着许念园，全身呈现警戒状态。

许念园回答：“这道题我选 B，墨西哥城。”

听到她的回答，楚翼淮面上的凝重悄然褪去，他可惜地摇摇头，目光瞥了她一眼。

“你确定？”主持人面色凝重。

许念园紧攥着手心，她脑海中混沌一片，主持人的提醒让她心底慌了片刻，但除了答案 B，她想不到其他：“我首先肯定的是，通过地心打一个垂直的洞，是直通南半球，而纽约不是在南半球。”

“但是，墨西哥城是在哪个半球？”主持人遗憾地看着她。

主持人一发问，许念园呆愣住了，时间凝滞的十几秒中，一旁的楚翼淮再也忍不住，替她回答：“是在北半球。”

许念园：“……”

他颇有些同情地看着许念园：“墨西哥城在北半球，而布宜诺斯艾利斯是阿根廷的首都，它是在南半球，所以这道题应该选择 C，布宜诺斯艾利斯。”

许念园败局已定，她苦着一张脸看着主持人，自嘲道：“这道题回答错误，我首先要和我的地理老师说声对不起。”

主持人也颇为可惜：“很遗憾，你回答错误，只能暂时请你回到选手池，希望下一次还能在这个比试台上看到你。”

“我会的。”许念园点头，朝众人微微一鞠躬，礼貌且潇洒地退场。

屋漏偏逢连夜雨，打了败仗的许念园提前“大姨妈”造访，此时，她坐在酒店房间的马桶上，郁闷地看着镜子中的自己。不久前的比赛情景历历在目，她从一开始的稳操胜券到最后的一败涂地，而楚翼淮却一步步稳进，云淡风轻一般稳坐冠军宝座，丝毫不给她还手的机会。

“唉！”许念园双手捧着脸，心底郁闷至极。

酒店客房的电话出问题，许念园没法叫客房服务，只好自力更生，确认整理好自己，她才踮着脚小心翼翼地乘坐电梯下楼。

出于节目保密的考量，《加油，未来星》所有参赛选手都统一住在清河标志性的六星级酒店，虽然许念园家在清河，但也不能回去。

即便，她家离这里不过千米距离。

好不容易跟蜗牛一样挪到离酒店最近的便利店，许念园刚推门而入，一眼便看到了站在饮料区的楚翼淮。

夜晚的清河凉风习习，楚翼淮只披了一件卡其色的薄外套，深色裤子衬得他的一双腿笔直修长。许念园的目光向上，落在他的面庞上，头顶温暖的白炽灯光洒落，将他原本白皙的面庞衬得越发清隽，睫毛长而密，此时他手里正握着一瓶饮料，低头研究。

推门的时候，门口的自动感应招财猫会甜甜地叫“欢迎光临”，听到这声音，楚翼淮下意识地抬头，目光与她撞了一个正着。

站在门口的许念园一接触那双灿若星辰的眸子，顿时慌张得手脚都不知道该往哪里放了。

可心里再紧张，许念园表面依旧淡定如常。她大方地伸出手，朝楚翼淮礼貌地挥了挥，结果因为太过紧张而有些像出了故障的机器人。

“许念园，你能出息一点吗！”她在心里默默唾弃自己，做了一番心理建设之后，她正要重新开口打招呼，楚翼淮已经迈着长腿朝她走来。

眼见他离自己越来越近，许念园一颗心都快跳到嗓子眼，她强迫自己镇定，却无法抑制住沸腾的血液，等楚翼淮走到她身边，她感觉自己下一刻就要自燃了。

“晚上好。”楚翼淮开口，声音带着少年独有的干净清澈，像夏日午后潺潺的清溪。听着他的声音，许念园只觉得是一种享受。

“晚……晚上好。”许念园开口，结果结巴了。她懊恼不已，最终抬头，睁着一双漂亮的杏眼没话找话，“你……你也出来买东西啊？”

言罢，她再一次想以头抢地，来便利店不是买东西难道是来游玩的吗？

好在楚翼淮并不在意她的多此一问，而是说道：“嗯，我买好了。”他礼貌地询问，“一起回去？”

许念园明白楚翼淮的言外之意，虽然便利店离酒店不远，但晚上一个女孩儿独自行动还是有危险。

她正要点头应下，突然，便利店的门被人从外面打开，随着“欢迎光临”，一道高亢的女声惊喜地叫：“楚翼淮，是楚翼淮耶！”

还不等许念园有所反应，肩膀便被人狠狠地撞了一下，她踉跄了一下，亏得扶住身边的架子才没摔倒。

这一幕被楚翼淮尽收眼底，他眉头显而易见地一皱。而方才莽莽撞撞的三个女生却浑然不觉，激动不已地举着手机包围住楚翼淮，其中一个长卷发女生浓眉大眼，妆容精致漂亮，她一脸兴奋：“没想到能在这里见到楚神本尊，你可以和我合照吗？”

楚神是楚翼淮的粉丝给他起的“艺名”，这艺名甚至还流转到《加油，未来星》节目，成了整个节目组对他的爱称。

可楚翼淮似乎并不喜欢这“艺名”，他稍稍往后退了一步，拉开距离：“抱歉，不能满足你的要求。”

楚翼淮嘴里说着拒绝的话，但态度依旧礼貌，只是这礼貌带着拒人于千里之外的疏离冷漠。

果然，三个女生一听瞬间垮了脸，其中一个圆脸女生不服气地说道：“为什么不能？我们好不容易才见到你，你就不能满足一下我们的要求吗？”

许念园吸了口气，打量了一下三个女生的穿着打扮，看得出来都是没有碰过壁的少女，所以才会理所当然地“命令”别人。

闻言，楚翼淮眸子微冷，里头已蕴了几分不耐。

站在一旁的许念园眸子一转，计上心来，她走到三个女生面前：“你们想要楚神的签名是吗？”

“你是谁啊？”长卷发女生不耐地看着许念园。

“我？”许念园指了指自己，“我也是崇拜楚神的粉丝，刚刚偶遇他，也想向他要签名，可是楚神的签名不是那么好拿的，除非回答正确他提出的问题。”

另一个戴着贝雷帽的女生上下打量了一下许念园，恍然大悟道：

“你不是……你不是那个对战楚神的许……”

“许念园。”许念园好心提醒。

“对，你在这里干什么？”贝雷帽女生上下打量了一下她，揶揄道，“你该不会是在赛场输了，所以不服气想找楚神讨理吧。我告诉你，我们楚神可不是好惹的。”

许念园又好笑又好气，正要说话，一直保持沉默的楚翼淮开口，他站在许念园身后，说话时的气息喷洒在她头顶上，这让她有一瞬间的脸红。

“明天还有比赛，我们不能晚归，许念园，我们走吧。”他说道。

许念园看了三个女生一眼，跟在他身后离开。

三个女生看着他们离开的背影，皆不服气。突然，长卷发女生笑了下，圆脸女生好奇道：“我们不追上去吗，你笑什么呢？”

“没什么。”长卷发女生撩了撩头发，精致的面庞上满是幸灾乐祸，“有人要出糗了。”

两人走出便利店不久，许念园才后知后觉地想起自己忘买必需品了，她看着楚翼淮走在前面，好几次想张口，最后还是保持了沉默。

算了，陪他走回去之后她再偷偷折回好了。

她正低头思考着对策，冷不丁撞到一堵肉墙，她往后倒退了一步，揉了揉额头，对上楚翼淮的脸。

好不容易平静的心再次失了序。

楚翼淮低头看她。她个子娇小，手脚纤细，像一朵小小的蘑菇，风一吹打便会左摇右晃，可偏偏就是这么一朵小蘑菇，在赛场上冷静沉着，甚至险胜他。很难想象这么一个小小的身躯，是怎么蕴藏这么大的勇气和能力，但从某种程度来看，他们是同一类人，那就是面对挑战，从来不会退却。

被楚翼淮盯着，许念园紧张不已，不知道他为什么突然盯着自己，难道她说错什么话了吗？

“刚才谢谢你替我解围。”他说道。

原来是这件事啊。许念园松了口气，不好意思地腼腆一笑：“嗨呀，小事小事。”

闻言，他微愣，接着眯了眯眸子，弯出一个月牙的弧度。他浅笑的时候，眼底仿佛有碎星划过，眼角弯出的风情宛如春花绽放。

许念园一时之间有些看呆了，那句“君子一笑，陌上花开”，如轻柔的雪一般缓缓落在她的心尖上。

楚翼淮正欲说话，突然眉头微凝，接着他毫不犹豫脱下身上的外套披在她身上。

许念园被他这突如其来的举动吓了一跳。

结果不等她说话，楚翼淮已将她拉到一边嘱咐：“你先在这里等我五分钟，我马上回来。”说完他转身就走，夜风鼓起他单薄的白衬衫，她张了张嘴，再联想他方才不同寻常的举动，顿时恍然大悟，一张脸仿佛被捏碎的番茄。

不到五分钟，楚翼淮去而复返。

“给。”他将手里的袋子递给许念园，袋子是透明的，隐约显现出里头的物件，是女孩儿专用的东西以及红糖和暖宝宝。

许念园发现他白皙的面庞染上了一层红晕，也不知道他刚刚是抱着什么样的心情去买这些东西，那些女生走了没有？

如果没有的话，该不会又继续缠着他要签名合照吧，会不会看到他在买这些东西？许念园不无担忧，见他只穿着一件单衣，心底过意不去，忙道：“谢谢你，我们赶紧回去吧。”

进了酒店，推开门，暖气迎面而来，驱散了他们身上的寒气，两人乘坐电梯到了二十六层。这一层住的都是《加油，未来星》节目组的选手和负责人，因为是休息时间，所以走廊上十分安静。

许念园将外套脱下来还给楚翼淮，却发现上面染了“可疑”的血渍，她顿时尴尬得连手脚都不知道往哪里放，待楚翼淮伸手接过之时，她又缩了回去。

“外……外套脏了，我洗好，明天还给你可以吗？”

“没事。”他轻轻点了点头，道了一句“晚安”便扬长而去。

等他一走，许念园松了口气。

许念园洗了一个痛痛快快的澡，换好毛茸茸的兔子睡衣后，盘着腿坐在柔软的床上。此时她手里捧着红糖水优哉游哉地喝着，小腹上贴着暖宝宝，全身上下暖和不已，这个暖意直抵心尖。

手机响起，许念园看了一眼来电显示，嘴角翘了下接起：“萱萱。”

对方单刀直入：“我看了你的直播了。哇，我家园园太帅了，居然打败了楚神。”

许念园一脸无奈：“并没有打败好吗？”她还是输得一败涂地。

“即便你没有打败他，但第一场的时候你赢了，我觉得楚神应该会对你刮目相看了，迄今为止，还没有谁能和他对阵两局面屹立不倒，你是第一个，巾帼英雄啊。”好友在那端感叹。

是吗？

许念园思维发散，是因为她是迄今为止对战他两局还留在舞台上的选手，所以楚翼淮才对她特别吗？那端的言晓萱还在絮絮叨叨，她的思绪却已经飘远了。

半年前，楚翼淮参加《加油，未来星》大型科学问答节目第一季赛事。第一次看到楚翼淮，许念园便被台上宠辱不惊、冷静自持的他吸引了。

许念园喜欢聪明人，最重要的是，楚翼淮是个聪明却不自傲的人，他不会因为获胜而沾沾自喜，也不会因为一时失败而耿耿于怀，成败对他来说一点都不重要，他享受的是比赛过程的惊心动魄和刀光剑影。

自电视直播上对他"一眼万年"后，许念园便开始收集楚翼淮的资料，关注他的微博，时时刻刻盯着他的新动态。她虽然不像其他迷妹那么直白疯狂，天天在他微博下表白，但也用小号暗搓搓地在他微博下留下了一句话：

"男神，有朝一日，我一定要和你并肩站在一起。"

这机会很快便来临了。一日，校长将她叫到办公室，将一个表格交给她。她看着表格上粗体加黑的"《加油，未来星》选手报名单"一行大字，明白自己的机会终于到了。

那之后，她便顺利通过初试复试，最终和其余的二十几位选手一同进入下榻酒店。

《加油，未来星》的录制时间比较紧张，而她作为初出茅庐的小兵，只能听从节目组一切指挥，所以即使她和楚翼淮同在一个下榻酒店，两人却从来没有遇到过。

楚翼淮虽然在赛场上指点江山，但在生活中却寡言少语。据她观察，他平时喜欢独来独往，即便有人找他“搭讪”，他也是礼貌回复，并没有过多交集。

她曾鼓足勇气想向他介绍自己，但每次都临阵退缩。她怕自己被他拒绝，怕拒绝之后她连参赛的勇气都没有了。

思来想去，许念园发现一个问题，她因为“胆小”而不敢和男神搭讪，男神却主动找她说话，昨晚还主动帮她买……

想到这里，许念园猛地站起来，结果因为盘腿太久而脚发麻，一不小心滚到了地上。她捂着脑袋，“嘶”地倒抽一口凉气。

“园园，你怎么了？”那端的言晓萱关心地询问。

“没，没事。”许念园揉了揉脑袋，爬上床，“那个萱萱，我想告诉你一件事，其实……”

“其实你一直崇拜楚翼淮是吧。”言晓萱嘿嘿一笑，听到那端突然屏住的呼吸，打趣道，“你每天不是研究航模就是做题看书，也就这半年突然偷偷摸摸，别以为我不知道你开了小号关注楚翼淮……”

言晓萱滔滔不绝，许念园尴尬之后也释然了：“对不起，我不是故意瞒着你。”

“这有什么，谁都有喜欢偶像的权利，像我就喜欢吴彦祖、刘昊然，我不也大大方方表达吗？不过你喜欢你家男神的表达方式有些奇特，居然和他站在对立面，成了对手。”

许念园一脸懊恼，她本想用这种方式认识男神，结果路好像稍稍走偏了一些。

“怎么认识的不重要，重要的是，你们已经认识了。”言晓萱在那端安慰道，“园园，你不仅离你家偶像近了一点，也离你的梦想更近了一步。”

因为好友的宽慰，许念园内心腾起许多暖意。

她和言晓萱是在高一的开学典礼上认识的。

开学典礼之时，两个小姑娘因为路上堵车而迟到，错过了升旗仪式，被学校门卫拦在了门口：“第一天上学怎么迟到了。”

从幼儿园开始，许念园从未迟到过，今天爸爸妈妈特意请了半天假，开车送她上学，谁知道开学日遇到了堵车高峰。

“门卫叔叔，我们不是故意迟到的，今天是开学典礼，这么重要的事情我们怎么会不严肃对待，都是因为路上堵车了，不信你问问她，刚才我和她堵在一起了。”

突然被点名，许念园顿了顿，迎上门卫大叔探询的眼神，她诚实地点点头，表示对方所说不假。最终，在言晓萱的再三恳求下，门卫大叔放她们进校。

虽然升旗仪式结束了，但开学典礼才刚刚开始，言晓萱看了一眼远处，拍了拍胸脯：“还好没被记过，今天多亏了你。对了，我叫言晓萱，草字头的‘萱’，言语的‘言’，你叫什么名字？”

“我叫许念园，念念不忘的‘念’，园丁的‘园’。”

“哇，这名字好听又特别，不像我，萱萱，我敢打赌，全国有三分之一的人和我重名了。你说我爸妈怎么不给我起一个特立独行的名字，就是叫狗蛋都独一无二。”

许念园想了想一个漂亮阳光的小姑娘叫狗蛋……那画面太美，她有些不忍再想下去。

“不会，我觉得这名字很好听，谁言春去花事歇，萱草石榴情更多。”许念园说，“‘萱’是一个很美好的字，我想你的爸爸妈妈给你起这名字的时候，一定想了许多。”

“扑哧！”言晓萱忍俊不禁，“我发现你特别有趣，我们可以做朋友吗？”

“可以啊。”

“那以后就请多多指教了。”

“好啊，请多多指教。”

两只纤细白嫩的手握在一起。

远处的曦光一点一点冲破云霄，揉碎了一地金芒，两个女孩儿在阳光下，笑容如绽放的第一抹春光。

第二章
烤红薯的友谊

《加油，未来星》依旧在进行，许念园因上次战败，暂时回到了选手池，而楚翼淮不负众望，以 1 比 23 的好成绩，继续稳坐擂主宝座。而今天的比赛，由选手池总成绩最好的凌禹与楚翼淮对战。

这次的对战并不是普通擂台赛，而是《加油，未来星》这一季的总决赛，胜者将成为《加油，未来星》第三季总冠军，所以这势必是一场精彩绝伦的决战。

当许念园知道和楚翼淮对战的对手是凌禹后，不禁替楚翼淮深深地捏了一把汗。

凌禹，复旦大学化学系大四学生，年纪轻轻便获得了不少专利成果和荣誉，顺利保研，知识面广泛。这一季选手们常说的“北楚南凌”，“楚”是楚翼淮，“凌”便是凌禹。两个人可谓真正的旗鼓相当，因此，这一场比赛还没开始，选手池已经炸开了锅。

“这凌禹是除了楚神之外，公认的冠军热门人选，何况楚神有一个硬伤，手速不行。”

“我也觉得，凌禹的手速和许念园一样快，关键他的知识储备量不比楚神少，看来这次够楚神喝一壶了。”

“这比赛还没开始呢，反正我对楚神有信心，他守了这么久的擂，战绩说明一切。”

“哇，这一场简直就是神仙打架。”

“这两人都超帅的，我都不知道该支持谁了。”

“我支持楚翼淮，他一定会赢。”久不出声的许念园突然开口，吓得一旁的选手们目瞪口呆。

对比凌禹和楚翼淮对战的火热话题度，许念园这句突如其来的话像重磅炸弹一样在选手池炸开。谁都知道，不久之前，许念园才被楚翼淮连连碾压，被打回了选手池，结果她竟然帮“对手”说话，甚至站在他那一边力挺。

是他们疯了，还是这个世界疯了？

可惜许念园说完这句话之后就全神贯注地望着前方，选手池的选手们面面相觑片刻，接着思绪被主持人的声音拉回了现场。

相比之前的轻松，此时主持人贝勤的语调沉稳严肃：“经过五轮比拼，我们终于迎来《加油，未来星》第三季的总决赛，楚翼淮、凌禹，请上对战台。”

话音刚落，两个身材修长的少年在聚光灯下缓缓现了身形。许念园的目光不由自主地落在了左边的楚翼淮身上，他今天穿了一件淡蓝色衬衫，衬得那张清隽的面庞越发白皙，他目光直视前方，眼神坚定且温和。

许念园觉得楚翼淮身上有一种修竹般的气质，一点一滴地渗透到他的骨子里，让他举手投足之间都像是一幅赏心悦目的画。

不知为何，楚翼淮目光轻轻向下一扫，与她的目光恰好对上。许念园微愣，在她将要错开目光之时，对方突然弯眸朝她微微一笑，她原本紧张的心突然平静下来，握着拳朝他做了一个加油的动作。

作为一个十六岁的高二少女，许念园有着超出同龄人的成熟稳重，她也喜欢“追星”，但从不会像言晓萱一样，追得明目张胆、热烈恣意。相反，她只会默默无闻地关注对方，想通过自己的能力与喜欢的偶像并肩站在一起。

像这样“幼稚”的加油举动，她是第一次做，除了不太熟悉之外，好像并没有想象中的难以接受。

看到她的举动，台上的楚翼淮顿了顿，朝她微微颔首，似乎接收到了她“无声”的鼓励。

贝勤看向楚翼淮：“对于凌禹，楚翼淮你有什么想说的？”

楚翼淮淡淡道：“狭路相逢勇者胜。”

闻言，一旁的凌禹抽了抽嘴角，自嘲道：“这本来是我的台词，结果被楚翼淮给抢了，那我就换一个吧——狭路相逢，手速快者胜。”

此言一出，台下一片哗然，连贝勤都惊愕了片刻，不过好在他很快恢复了淡定：“瞧，凌禹发出挑战了，楚翼淮，你可要小心防备了。”

“嗯。”楚翼淮微笑着点点头，眼底却没有半分惧意。

看到楚翼淮这模样，自信满满的凌禹微微皱了皱眉。在《加油，未来星》赛事上，楚翼淮是最大，也是最不可预估的对手，楚翼淮太不按章法出牌，更让他摸不出底。

《加油，未来星》第三季总决赛分实验题和抢答题两项，实验题两道，楚翼淮和凌禹同样答对，两人打成平手，这让紧张的气氛更上一层楼。

而接下来的六道抢答题，得分多者，便是最后《加油，未来星》的总冠军。

想到这里，许念园越发忐忑不安，目光一动不动地看着擂台上的楚翼淮，经过第 轮的比拼，他仍镇定自若。

节目组曾经放山采访他的一个小片段，当时他才刚刚参加《加油，未来星》的比赛，身上犹带青涩，而现在，他身上的青涩已褪去，取而代之的是看淡风云的潇洒和自信。

她记得他说过，来参加比赛并不在乎输赢，而是把这当成一个游戏、一个历练，并且通过这平台，了解更多的知识。

而她便是通过他，深深坚定了自己学习物理的决心，他让她明白科学的神奇和美妙，也激发了她前所未有的好奇心和探索欲，想去了解这个世界。

虽然开始的时候，他不认识她，也不知道她的存在，但那时候，她早已在心中将他当成了启蒙老师。

“第一道题，请根据以下线索，说出一种动物。线索一，它生活在大西北，是一种猫科动物；线索二，它虽然是猫科动物，但它的汉语名字却跟猫毫无关系；线索三，它的体型和家猫差不多大，但它的瞳孔收缩时是圆形，而不是和家猫一样竖成一条缝；线索四，它是大脸界的代表。”

话音刚落，楚翼淮飞快地摁下抢答键，一旁的凌禹诧异地看着他，万万没想到不过几日之间，楚翼淮的手速居然增长神速。

好在是第一道题，凌禹很快调整了状态，认真地看着对手。

眼见楚翼淮抢到第一道题，选手池又炸开锅了。

“我天，刚刚那是楚神吗，他手速什么时候变得这么快了？”

“是他，可能之前楚神都在打瞌睡吧，现在他面对的可是大魔王，肯定要全力以赴了。”

……

“第一道题楚翼淮抢到了，请你回答，这种动物叫什么。”主持人贝勤问道。

楚翼淮自信笃定：“它应该是兔狲。”

闻言，凌禹眼眸暗淡了片刻。

“为什么是兔狲呢？”贝勤问道。

“兔狲是生活在亚洲中部地区的猫科动物，在我国中西部地区广泛分布，它的体型跟家猫差不多大，但是看起来更魁伟一些。”

说到这里，楚翼淮不知为何，想起了许念园那双大大的眼睛，那双黑白分明的大眼瞪圆的时候，像极了一脸懵懂的兔狲。

……

“好，第二道题，汽车发动机的防冻液的主要成分是乙二醇和水，那么乙二醇的作用是什么？A、用来降低水的冰点；B、抑制细菌生长，保护发动机；C、用来提高水的比热容。开始。”

楚翼淮和凌禹同时摁下抢答键，但是，楚翼淮快了一步，凌禹难掩失望，抿着唇皱着眉，轻打了下摁键。

“好，又是楚翼淮抢到了。”贝勤说道，“这道题楚翼淮如果回答正确，那么接下来的四道题中，如果凌禹再没抢到，那么赢的希望就很小了，凌禹，怕了吗？”

凌禹深吸口气：“不怕，我还有机会。”

“好，楚翼淮请回答。”贝勤道。

“我选 A。”楚翼淮自信满满地答道，“防冻液的作用就是降低水的冰点，让它不会快速结冰，而乙二醇的冰点是 -13℃，它与水混合后，水的冰点最低可达到 -40℃。”

许念园一脸崇拜地看看楚翼淮。他不仅仅是知识储备丰富，关键他的解释通俗易懂，且融会贯通、信手拈来，其实这道题她肯定凌禹也会，但凌禹不一定能解释得这么清楚。

所以，这就是区别。

“请听第三题。将一盆水放在转盘上匀速旋转，其液面将会弯曲，形成一个凹陷的曲面，但转速适中时，该曲面的形状最接近以下哪个选项？A、球面；B、椭圆面；C、抛物面。开始抢答。”

凌禹摁下抢答键，快了一步：“我选 B。”

他刚说完答案，楚翼淮可惜地摇摇头。

凌禹看了楚翼淮一眼，心中虽早已慌乱不堪，却依旧故作镇定。

“回答……错误。”贝勤可惜道，又问，“楚翼淮，如果是你，你会选择什么？”

“我会选择C，首先……”

当人抬头的时候，在天空中看到的最醒目耀眼的星星，是北极星，它为人们指引道路，而因自身的光亮也让人侧目停驻。楚翼淮就是这样的人，他本身就是一个耀眼的发光体，让别人沐浴在光芒之下。

凌禹之前输给楚翼淮并不服气。

一则，他认为楚翼淮幸运多过专业；二则，他不相信以自己多了四年大学的学识，会赢不过一个初出茅庐的大一新生。可事实证明了年龄和经历永远不是衡量一个人的标准，在他笃信自己会赢的那一刻，其实已经输了。

他输给了楚翼淮，却心服口服。

他不得不承认，楚翼淮是一个潜能无限的人，假以时日，对方会站在更耀眼的地方，以自己的光芒辐射所有人。

楚翼淮有这样的能力，差的，不过只是时间罢了，而时间对楚翼淮来说算什么。

随着楚翼淮解释完最后一道题的答案，凌禹的眼神已经从最初的不甘化为欣赏。楚翼淮说完，朝他报以一笑，那一笑并没有任何挑衅和炫耀，有的只是对对手的尊重和礼貌。

当主持人宣布楚翼淮获胜时，选手池的人纷纷站起来鼓掌，一个个恨不得将自己的手拍红，唯独许念园端坐在位置上，浅笑着看着被聚光灯包围的楚翼淮，光芒之下，他就是那颗耀眼的北极星。

比赛结束后，节目组在下榻酒店请大家吃饭，许念园吃到一半，偷偷溜了出去。

也怪言晓萱，故意给她发了一张烤红薯的照片，害她憋了这么多天，终于忍不住，看晚宴上珍馐美食都毫无胃口，只想吃热腾腾的烤红薯。

《加油，未来星》总决赛结束之后，选手们恢复了“自由身”，许念园目标明确，来到了酒店附近的青山公园。青山公园半年前刚建好，人流量极大，恰逢周末，青山公园人来人往，好不热闹。

许念园熟门熟路地找到了卖烤红薯的老爷爷，买了一个烤红薯，刚走到一个僻静处撕开皮，袖子便被人轻轻拉了拉。她低头一看，便见一个大眼萌娃眼巴巴地看着她手中的烤红薯。

许念园抿了抿唇，弯下腰，温柔地问道：“小朋友，你爸爸妈妈呢？”

“妈妈去上厕所了，爸爸在加班。”小朋友奶声奶气地回答。

小朋友一边回答，一边紧紧盯着许念园手里的烤红薯，许念园实在扛不住他那渴求的小眼神，只能忍痛割爱，将手里的烤红薯递给他：“给你。”

“谢谢姐姐。”得到香喷喷的烤红薯，小朋友开心不已。

“很烫的，吹一吹，慢慢吃，姐姐在这里陪你等妈妈哦。”许念园温柔地说道。

“好。”小朋友乖乖地点点头。

而许念园和小朋友的互动，被一旁找路的楚翼淮尽收眼底。

楚翼淮三步并作两步走到许念园身边，轻轻拍了拍她的肩膀。

许念园一惊，倏然转身，待看到对方是楚翼淮后，大眼一弯，惊喜道：“你怎么在这里？”

“饭后散步，有点迷路了。”他自嘲道。

许念园默默腹诽：现在聚餐正是火热进行中，而且你获得了《加油，未来星》的总冠军，现在该是许多人围着转，哪有时间来散步，而你出现在这里的原因只有一个……

那就是，楚翼淮并不非常能适应那样热闹的场合。

许念园看着楚翼淮，他眼神清明，并没有半分躲闪，眼底映着清凌凌的星光。

她神情略有些腼腆：“我对这里还比较熟悉，我可以带路。”

头顶传来一声轻轻的“嗯”，接着他的气息扑面而来：“那麻烦你了。”

许念园带着他在公园熟门熟路地穿梭，楚翼淮不禁好奇道：“你是本地人吗？”可她并没有本地口音，而是标准的江南吴侬软语。

“我是本地人，但小时候父母忙于工作，所以我差不多从幼儿园到初中都在苏州外婆家长大，直到高中我爸妈才将我接回来。”

原来如此。

绕了一圈，又绕到了老爷爷的烤红薯摊，许念园晚饭不过吃了几口，本来她出门的目的就是觅食解馋，结果煮熟的鸭子也飞了，她摸了摸空空的肚子，对楚翼淮道：“我请你吃烤红薯。”

“嗯？”楚翼淮低头看她。

“就是……”她结结巴巴地解释，心底万分后悔，人家刚得了总冠军，结果她就请人家吃烤红薯，实在敷衍。

“好。”楚翼淮点点头。

许念园蓦地抬起头，撞上他的黑眸，他没有说话，她那点紧张不安在他温和的眼神下尽数散去。

烤红薯摊就在不远处，许念园三步并作两步跑上前。

“爷爷，买两个烤红薯，要最大的。”许念园甜甜糯糯道。

“好嘞。”老大爷认出她，“小姑娘，你刚刚不是吃了一个吗？”

“爷爷，你家烤红薯好吃，一个不过瘾。”

许念园的话让卖烤红薯的老爷爷很是受用，他呵呵一笑，挑出两个最大的烤红薯，包装好递给她：“喏，给你两个，你给我一份钱就够了。”

“谢谢爷爷。”许念园正要付钱，一只修长的手伸来，快她一步付了钱。楚翼淮的手指修长，骨节分明，皮肤白皙，腕上的表盘精致且低调。

许念园将其中一个烤红薯递给他。红薯刚出炉，还冒着热气，甜腻的香味蔓延而出，钻入他的鼻孔中，楚翼淮咽了咽口水，他竟然有点饿了。

许念园咬了一口红薯，被烫得吐了吐舌头，旋即眉眼弯弯地看着他：“吃呀，很好吃的。”

闻言，楚翼淮听话地咬了一口，红薯烤得恰到好处，入口即化，甜而不腻，为什么他以前没察觉普通的烤红薯如此美味。

许念园一边吃着烤红薯，一边说道：“其实我和烤红薯还有一个小故事，你想不想听？”

他点点头，示意她继续说下去。

“其实我从记事开始便和外婆外公一起生活，爸爸妈妈太忙了，一个月才来见我一次，每次家长会，其他同学的爸爸妈妈都能来，而我只能从电话中汇报我的学习情况，很小的时候，我还问外婆，是不是爸爸妈妈不要我了。”

许念园眯了眯眸子：“后来上高中后，我爸妈把我接回去。刚回到这里，我对一切都很陌生，甚至还水土不服，爸妈虽然将我接回来了，但他们还是很忙很忙，你知道吗，第一天去新学校，我是自己去的。

“其实我很害怕，也很无助，回来的时候看着空荡荡的家里，突然就很委屈，后来一个人饿着肚子跑出去，结果一个卖烤红薯的老爷爷回家，见我一个人坐在马路边上，便把最后一个烤红薯给我吃，还联系了警察……”

楚翼淮静静地听着她的叙述，眼神逐渐变得柔和。

原以为她是一个被父母呵护着长大的小公主，却没想到她一个人经历了这么多，而且她已经强大到可以独自站在舞台上，与来自五湖四海的精英一战。

“所以，你现在喜欢吃烤红薯？”楚翼淮看着她的侧脸。她睫毛纤长浓密，脆弱和坚毅无缝切换，让人心疼她的同时，又对她报以欣赏。

“嗯，我现在找不到那位好心的老爷爷了，但他给我的那份温暖我一直记在心里。”

楚翼淮手里抓着红薯，红薯的温度透过纸袋传到他的手心，他侧眸低头，看着滔滔不绝的许念园，眸底闪着浅浅的笑意。

夜风萧瑟，两人即便吃完烤红薯，身上的热气也很快被冷风驱散，楚翼淮看了一眼她娇小的身躯，提议先回酒店。

酒店宴席已散，但还有三三两两的记者守在酒店大堂。

《加油，未来星》深受广大观众喜爱，而其中露脸最多的楚翼淮和凌禹成为记者们当之无愧的“捕捉对象”，只是节目组对选手们加以保护，免得影响他们的参赛心情，可现在比赛结束了，他们寻了机会在此处守株待兔。

看到他们，站在酒店外面的楚翼淮和许念园面面相觑。突然，其中一个游荡的记者眼尖地发现了他们，不过片刻，一群记者呼啦啦围上来，将两人团团围住。

许念园长得娇小，被这群人高马大的记者挤得东倒西歪，这时一只手稳稳拉住她，将她拉出了窒息的人墙，还未等她反应过来，楚翼淮已经拉着她跑远了。

耳边尽是呼呼的风声，那群记者的声音越来越远，许念园低头看着紧握自己的那只手，心中涌现一股奇怪的感觉。

不久前他们还是“陌生人”，现在却手牵手“逃命”，这是她平静生活中掀起的最大涟漪，不过她喜欢。不知道跑了多久，他们终于甩开了那群记者，停下来歇一口气。

许念园发誓，她的体育成绩不算差，八百米跑下来也获得过不俗的成绩，可看着跑了一大段路还脸不红气不喘的楚翼淮，她顿觉男女在体力上还是有质的差别。

楚翼淮望向喘气的许念园，她额头沁着细细密密的汗珠，刘海儿湿漉漉地黏在额上，小小的鼻头被冷风吹红，此时正微张着唇换气。

他突然觉得自己刚刚的决定是错误的，显然那群记者是冲着他来的，只要他跑了，记者们只是跟随他，可他为什么偏偏拉着她一起跑？

“对不起，是我连累你了。”楚翼淮道歉。

“不不不，你救了我，否则我会被他们淹没。”许念园摆摆手，“我现在才明白为什么当记者的第一要素是要身体好了。”

楚翼淮一听，微愣之后，手扶着额头低低地笑了起来。许念园看着他笑，也不由自主地笑起来，她只是觉得气氛有些严肃，想缓解一下，没想到自己竟然说了一个老掉牙的梗。

……

“园园，园子，许念园！”言晓萱急切的声音陡然惊起许念园，她眨了眨眼睛将飘远的思绪拉回，发现老师以及全班同学都盯着她看。

坐在她身边的言晓萱小声道：“你发什么呆呢，陈大魔头正提问你呢。”

言晓萱口中的陈大魔头是高二物理组组长，同时也是他们高二8班的班主任陈艳楠，因为她一丝不苟、严肃认真，尤其教育起学生来不留情面，所以许多学生暗地里叫她“大魔头”。

此时，她一双犀利的眸子正盯着许念园，不过那双眼睛在看许念园的时候，却多了几分期盼和宠爱。再严厉的老师遇到懂事且学习优秀的学生，总是多了几分宽容。

许念园上课鲜开小差，她很快调整了一下情绪，在言晓萱的提示下飞快地扫了一眼黑板，并且在脑内快速地计算。

“念园，来做一下这道题。”

“陈老师，我选择A。”许念园毫不犹豫道。

“为什么选择A？”陈老师问道。实际上今天的课程已经结束，陈老师额外补充了一道超纲题，不是没有人和许念园一样选择A，只是诧异她能在这么短的速度内得出答案。

不过，她都能和天才少年楚翼淮对战，能解出这道题也不令人意外。

听到这回答，副班长陈旭多看了许念园一眼。陈旭觉得自己也算擅长物理，也拿过些大大小小的奖项，难题对他来说不过是需要多一些思考和演算的时间。可他的自我肯定碰上许念园，却总是让他提不起自信。

“念园，你来解释一下这道题。”陈老师紧锁的眉头慢慢松开，眼底聚了几分笑意。在许念园有条不紊的解释下，她眼中的赞赏已掩藏不住。

等许念园说完，言晓萱带头鼓掌，“啪啪”的声音在安静的教室中显得尤为突兀。许念园轻轻地瞪了她一眼，她却骄傲地挑了挑眉：“我同桌这么厉害，我不鼓掌过意不去啊。”

言晓萱是文艺委员，天生是带动气氛的小能手，紧接着掌声就热烈起来。

重点班的学生平日里都比较克制，同时他们也有很强的竞争心，可扪心自问，自己的身边有这么一个聪明的“学霸”，谁会不骄傲？

许念园在《加油，未来星》中取得了不俗的成绩，即便最终败给了楚翼淮，却虽败犹荣，大家对她早已心怀崇拜，言晓萱的起哄不过一个契机罢了。

陈老师也难得开心，不过最终她还是压了压手，示意大家安静下来，最后对大家说道：“许念园同学在这次比赛中获得了成绩，当然也收获了经验和教训，我相信她下次参加其他比赛的时候，一定会有更大的收获。”

一听到后面那句话，原本低头做笔记的陈旭倏然抬头，而一旁的言晓萱挤眉弄眼地撞了撞许念园的胳膊：“看来陈老师又给你报名了什么比赛。”

果不其然，下课后，许念园被校长叫到了办公室，同时前去的还有副班长陈旭。

清河中学是市里首屈一指的重点实验中学，能进清河中学的都不是泛泛之辈，并不是夸张，清河中学培养的都是未来的人才，而类似许念园、陈旭这样的学生，便是人中翘楚，他们被学校寄予了厚望。

校长本人喜字画，办公室里挂着很多他自己的作品，十分雅致。校长不过五十出头却已满头白发，那些银丝被他梳得一丝不苟，一袭中山装更是衬得他严肃无比。

看到许念园和陈旭来，正伏案办公的校长抬起头来，他扶了扶眼镜，不动声色地打量了二人一番，接着开口："先坐下。"

闻言，许念园和陈旭听话地坐在他面前的皮椅上。

校长起身，打开身后的柜子，抽出里面两份资料递给他们，许念园和陈旭同时接过，待看到上面的"国际知识竞赛"几个字的时候，皆震惊地抬头望向他。

"这是难得的机会。"校长开口，音色浑厚低沉，"希望你们能为清河中学争光。这件事我已经交给你们班的陈老师全程负责，之后她会负责你们的赛前准备。"

许念园和陈旭点点头，拿着报名材料起身离开。

离开校长办公室后，陈旭看着身边比他矮一个头的许念园，以前一直在学习上和她较劲，没想到现在要并肩去迎战别人。这种感觉，莫名有些新奇，不过他并不排斥。

许念园长得不高，可就是这么一个小小的身躯，却蕴含着无穷潜力，说实话，陈旭很佩服她。

"对于这件事，你怎么看？"陈旭突然开口。

虽然他们同为班委，但在学习上却鲜有交集，大部分原因是他“莫名其妙”的骄傲和自尊。

所以，听到他突然问自己，许念园有几秒的诧异，不过她很快收起了这份诧异：“我觉得可以挑战一下。”

“是吗？”陈旭喃喃道，也不知道是问自己还是问她，“这一次可不是国内举行的百科知识竞赛，而是国际知识竞赛，你知道我们要面对多少来自五湖四海的对手吗？”

“我知道。”许念园点点头，“可是不走出去，怎么知道宇宙的辽阔，怎么知道自己的不足。”她朝陈旭伸出手，笑容真诚温和，“我知道你并不喜欢我，不过从现在开始我们就是战友了，希望我们合作愉快，一同加油。”

陈旭低眉，望着那只素白纤细的手好一会儿，接着他伸出手，紧紧握住她：“好，合作愉快。”

得知许念园将要参加比赛，言晓萱一改往日淑女之风，一把抱住她。

感受到好友的热情，许念园方才在校长办公室的紧张褪去了一大半。

“培训一个月之后你和副班长就要去参加比赛了，会不会太急了？”言晓萱听到后面一个消息，方才的喜悦一扫而空，“那你要去多久？”

“应该要去二十多天。”

“完了完了，那我岂不是要独自上学，独自做作业，独自吃饭了……”言晓萱越说越伤心，最后眼神一定，双手握拳，“我决定了——”

许念园有一股不好的预感。

“我向陈老师申请陪你去。”

许念园一脸无奈。

“言晓萱同学，你信不信你这个危险的想法会招来叔叔阿姨一顿教育？”她安慰地拍了拍言晓萱的肩膀，“放心，我会照顾好自己，二十几天一晃而过，我马上就回来了，你看我去参加《加油，未来星》的时候也是封闭式，不也过来了。”

“那不一样。”言晓萱恹恹道，“参加《加油，未来星》你毕竟在国内，可现在你要出国了啊，你一个小女生独在异国他乡，迷路了怎么办？受欺负怎么办？”

言晓萱在一旁絮絮叨叨，许念园心里却涌上一股暖流。

她从小在外公外婆身边长大，当别的小孩儿围在一起玩捉迷藏的时候，她正坐在窗边的书桌前看书，背英语单词。

她的童年有一大半时间是外公书房中度过的，外公和外婆都是知识分子，在他们的熏陶之下，她从小最好的伙伴就是书房中那一排排厚厚的书籍。

过早的懂事和独立，让家人默认她是不需要操心的小孩儿，也因此，像言晓萱这样的关心，对她来说稀少又珍贵。

第三章

确认过眼神

两天后，学校确认了此次的几个陪同老师，其中一个正是许念园的班主任陈艳楠。

作为一名物理老师，陈艳楠对物理的热爱几乎到了一种极致，当她发现对物理有着很高天赋的许念园的时候，她笃信这个姑娘如果能保持初心，未来一定会在这个领域发光发热。

培训在三天之后正式开始，培训的学生除了许念园和陈旭，还有高一和高三的学神。因此，参赛的阵容算不得小。

紧接着，除了正常上课之外，许念园的课余时间皆被“特训”占据。

第一次“特训”是在周五晚上，陈艳楠作为此次比赛的主要负责人，直接把培训的场地安排在了自己家。

进屋后，许念园环顾四周，客厅收拾得纤尘不染，沙发上的抱枕规规矩矩地摆放着，仿佛连角度都是计算好的。

她和陈旭没说话，倒是高一的学弟学妹在一旁窃窃私语：

“陈老师家好干净啊。”

“是啊，就跟样板房一样。”

因为高三课程紧张的缘故，高三年级的学长学姐还未下课，所以陈艳楠一开始就给四人布置了一道“简单”的物理题。

说是简单，高一的学弟学妹却有些无从下手，两人跟做错事的小学生一样，眼巴巴地看着陈艳楠。

陈艳楠递给他们一个鼓励的眼神，继而看向埋头演算的许念园和陈旭，两人几乎是同时完成演算步骤，连得出答案都只差分秒。

她诧异于陈旭的进步，不过也欣慰不已，果然有竞争才会有进步，陈旭和许念园在一起，并不会抹杀他的战斗力，只会一步步激发他的潜力。

至于许念园……

陈艳楠看着眸光清亮，即便得出正确答案也毫不骄傲的女孩儿，心底涌现一股陌生的熟悉感，她真的像极了当年的自己。

特训十点半结束，一个晚上的特训，许念园和高一组的女孩儿周薇薇熟稔起来。周薇薇方才解不出陈艳楠出的题目，在请教了许念园之后，对她生出了许多好感，这会儿正邀请她结伴回家。

“园园姐，我们一起回家吧。”

“我……”

许念园话还没说完，结果周薇薇直接拉住她的手：“我刚问过陈老师了，她说叔叔阿姨今晚有事不能来接你，陈老师待会儿亲自送你回去，你看陈老师都累了一天了……”

许念园张了张嘴，实际上她打车就可以了。

一直站在一旁沉默不语的陈旭看到这一幕，默默地背着书包走了，那句“其实你可以和我一起同行”的话彻底咽回肚子里。

既然她有人陪伴了，那他就没必要开这个口了。

特训第一周之后，大家都混熟了。来自高一年级的周薇薇，热情活泼，是个天生的交际能手。她从小学开始便担任班级乃至全校各种活动的主持人，控场能力数一数二，而和她同班级的少年沈一临相对来说沉默寡言许多，平时特训总是默默无闻地刷题，从来不会多说一句话。而高三的学长和学姐因为课程紧张，不得已缩短了培训时间，经常见他们来去匆匆，所以他们四个经常一起特训的比较熟悉。

今天特训结束后，陈艳楠收拾好东西，拍拍手对他们道：“明天我请了一个你们的前辈和你们做分享，他也曾参加过国际知识竞赛，并且取得了相当不错的成绩，明天你们有问题都可以向他提出。”

陈艳楠说这话的同时，也朝许念园看了一眼，微笑道：“我请的这位和念园也算打过交道。”

其他人齐刷刷地向许念园望来。许念园不解地看着陈艳楠，她还和参加过国际知识竞赛，并且夺冠的人认识？是谁？

不过陈艳楠卖了一个关子之后停住了，许念园满脑子都是她刚才留下的课后题，也没多想。

下课后，他们一起从陈艳楠家中出来，走在宽敞的小区长道上，周薇薇亲昵地挽着许念园，一直叽叽喳喳地和她说话。

虽然言晓萱话也多，但许念园并不觉得烦，反而乐在其中，而周薇薇的话题大多围绕在明星、化妆品、各种综艺节目上，她对这些并不了解，也不感兴趣。

所以，一不小心，她又开小差了——刚刚陈老师布置的那道题，应该用什么方法算比较快速得出答案呢？

“园园姐，你听到我说话了吗？”

“啊，什么？”许念园忙回过神，“在听。”

周薇薇叹了口气：“你是不是觉得我太啰唆了，我只是好奇明天给我们上课的前辈是谁。听陈老师的口气，他应该很厉害，而且关键是陈老师说，你和他认识。”

她并不认识啊！

许念园一头雾水：“我一时之间也想不起来，明天见了才知道。”

“哦。”从许念园这里得不到答案，周薇薇有些失望。

恰好走到小区门口，眼见周薇薇又要起话题，许念园忙说道：“我先走了，明天见。”

“明天见……”

许念园走了几步，来到公交车站，一抬头发现陈旭清清冷冷地站在她面前。她冲他笑了笑，对方抿了抿唇，解释道：“我和你家在同一个方向。”

“嗯。”

106 路公交车很快到了，许念园和陈旭上了车。夜晚的车厢，乘客并不多，许念园挑了一个靠窗的位置坐下，而陈旭径直走到最后一排，也坐在了靠窗的位置，一坐下他便拿出一本书，沉默地看着。

许念园一方面感叹他争分夺秒的刻苦，一方面也认为人不能总像一根弦一样时刻紧绷，否则过犹不及，迟早崩断。

她将窗户打开，望着窗外掠过的树木，深深地吸了口气。

翌日一早，许念园被闹钟吵醒。她睡眼惺忪地爬起来，睁着一双迷蒙的睡眼刷牙，等冷水泼上脸的那一刻，她彻底清醒过来。

收拾好一切，许念园背着书包下楼。陈奶奶刚好拿着做好的小米粥和煎蛋出来，对她慈祥一笑："园园醒了啊，快来吃饭，今天做了你最爱吃的煎蛋。"

"陈奶奶早上好。"许念园朝她露出一抹大大的笑容。

许念园的父亲是一名机长，母亲是舞蹈家，两人一个空中飞人，一个忙着四处演出，并没有太多时间照顾她。小时候她是在外公外婆身边长大的，而现在则是陈奶奶照顾她的衣食起居。

陈奶奶"欸"了一声，笑眯了一双眼。她照顾过不少孩子，许念园是她见过最懂事也最知书达理的一个。

看到许念园，她好像看到自家孙女一样，打心眼儿疼许念园，也尽可能照顾好许念园的衣食起居，将许念园养得白白胖胖。

许念园吃完早餐，和陈奶奶道别后，乘坐公交车去了陈艳楠家。

乘坐电梯到了二十六层，许念园站定在门口，按下门铃，耐心地等待里面的陈老师开门。不久后，里面传来脚步声，接着门被人从里面打开。

许念园抬头，问候的话卡在喉咙中，她惊愕地瞪大眼睛，不敢置信地看着眼前人。少年穿着高领白色毛衣，衬得他很是书生气。他似乎也被她的出现吓到了，微微眯了眯眸子，旋即，那双诧异的黑眸逐渐变得温和。

少年握着门把，长身玉立地站在她面前，笑容如晨曦一般温暖："许念园，我们又见面了。"

许念园一直不太相信缘分。

可现在她捧着热腾腾的茶坐在沙发上，看着坐在对面的楚翼淮，顿觉地球果然是圆的，兜兜转转一圈，不过半个月时间，他们又见面了。

楚翼淮看出她的紧张和忐忑，缓缓道："我虽然不是清河中学毕业的学生，可当年也得到过陈老师的指导。听说她带领的队伍要参加国际知识竞赛，所以答应她来和你们交流一下。"

"哦。"许念园紧张地点点头，"那真是太麻烦你了。"

楚翼淮想笑，又敛了笑意，眼底藏着几分无奈。明明上次他们的相处还算融洽和自然，不过半个月没见，她怎么一副看到大灰狼的模样，恨不得拔腿就跑。

"我有那么可怕吗？"他问。

"不是，不是。"许念园机械地摇摇头，快速回答。他怎么会可怕，只是她在毫不知情的情况下和他碰面，她完全没做好准备，有些紧张。现在她脑子里一团糨糊，迷迷糊糊中，陈老师的声音时近时远。

"他也参加过国际知识竞赛，是一个相当优秀的人。"

"他还和念园 PK 过。"

所以，陈老师所说的“打过交道”，是指她和他在《加油，未来星》PK 的那次吗？许念园心底懊恼非常，早知道昨晚就该刨根问底，也不至于她现在手忙脚乱，不知道该说什么。

楚翼淮笑了笑，从茶几上拿了一本书，递给她。

书的封面是硬皮的，指间触到的那一刻，许念园轻颤了下，不过她还是伸手接过，封面画着一个简单的星体。

她翻开第一页，新书的墨香扑面而来。

许念园从小闻着书籍的墨香长大，她满足地眯了眯眸子，像一只捡到鱼儿的猫咪。

楚翼淮没有错过她的每一个微表情。他嘴角扬起一抹浅浅的弧度，嗓音沉沉道：“这本书送给你。”

“啊，送给我，为什么？”许念园猛地抬起头，黑亮的杏眼疑惑地看着他。

“你用得着。”他言简意赅。

“可是，你自己……”无功不受禄，何况这一看就是新书，她凭什么随随便便拿走别人的新书。

“你请我吃过烤红薯，这就算是礼尚往来？”楚翼淮指了指她手上的书，“其实我还有一本原版的。”

原版……

许念园低头看了几眼书，这中文版的她理解起来都有一些费力……果然人比人，气死人，她在赛场上输给楚翼淮似乎也是情理之中的事了。

“那谢谢你了。”许念园说完，又补充了一句，“要不上完课之后，我请你喝奶茶。”

奶茶？

楚翼淮皱了皱眉，他从来不喝这种甜腻腻的饮料。不过迎上她真诚且毫无杂质的眸子，拒绝的话咽了回去，他点了点头：“好啊。”

两人聊天时，其他人陆陆续续来了。

周薇薇看到楚翼淮之后，先是站在原地怔愣了几秒，接着猛地跳起来，三步并作两步跑到楚翼淮身边。眼见她就要扑来，楚翼淮眼疾手快地闪开，避开了与她的身体接触。

周薇薇扑了一个空，有些失望，不过她很快又振奋了精神，一双眸子熠熠生辉地看着楚翼淮：“楚神楚神，我是你的偶像，不不不，你是我的偶像，没想到我可以在这里见到你，我真是太兴奋了！”

站在一旁的陈旭和沈一临十分尴尬。

“你能给我签个名吗？”周薇薇尽情发挥粉丝本色，从书包中掏出纸和笔，强行塞到楚翼淮手里，“我要将你的签名裱起来，每日三省吾身。”

楚翼淮被周薇薇逼得退无可退，最终站定在窗边。他身高腿长，不笑的时候有些严肃，此时手里拿着笔，眼神却有些清冷，可惜周薇薇太过激动，并不为他的态度所影响。

“薇薇，要不我们先上课？”许念园打破了这尴尬的一幕。她走到两人中间，不着痕迹地隔开两人，小小的身躯，此时却像一堵墙一样拦在他面前。

楚翼淮低头，看着她的发顶，那里有个小小的旋儿，黑亮的头发柔顺地散着，莫名有些可爱。

“可是……”周薇薇还是有些不甘心，“我还没要到楚神的签名。”

“行了。”一直“哑巴”状态的沈一临难得开口，声音竟有股冰霜般的清冷，“时间已经来不及了，你别耽误其他人的时间。”

周薇薇脸色有些差，但还是心不甘情不愿地回到自己的位置上。

许念园转过身，楚翼淮朝她点点头，报以感激一笑。

这一幕被一旁的陈旭看在眼里，他抿了抿唇，将书包放在了桌子上。

今日陈老师来得有些晚，她一到，第一件事就是介绍楚翼淮，一旁的周薇薇双手握拳，崇拜地看着楚翼淮。

陈老师介绍完楚翼淮，便将今天上午的内容交给他。

作为“新老师”，楚翼淮望了下方的几个人一眼，接着缓缓道：“我叫楚翼淮，我和你们一样都是学生，你们有问题可以随时问我，不过我也有涉猎不到的知识，所以还请你们多多包涵。”

“哇，好谦虚。”周薇薇不禁出声。

许念园也在心里琢磨，楚翼淮的确谦虚了，毕竟他有“行走的百科全书”的称号。不过他这么一说，方才一脸尴尬和沉默的陈旭和沈一临面色缓和了许多。

楚翼淮曾参加过国际知识竞赛，当时高一年级的他，出乎意料地打败瑞典队，带领团队杀入总决赛，并获得了第二名的好成绩。即便是第二名，也让楚翼淮变成了一个小名人，不少外国成员纷纷找他合影留念，并承认中国是有天才少年存在的。

听完陈老师诉说的这段往事，许念园几乎可以想象到，当年才十五六岁，尚且青涩的楚翼淮，站在人群面前，从容淡定的模样。

楚翼淮分享的方式十分轻松，他并不像陈老师上课那般，自带严肃气场。估摸着年纪相仿，代沟较少，他总能将晦涩难懂的题目用最简单易懂的方式告知他们思路，连平时问题最多的周薇薇都能很快消化理解。

时间一晃而过，等大家回过神来，时钟已经指向十二点。

陈艳楠拍拍手：“好了，大家辛苦了，中午大家一起在我家吃饭，我去买菜。你们有不懂的问题趁现在赶紧问翼淮。”

“陈老师，我陪你去吧。”许念园向来乖巧懂事，“你一个人提不动。”

“没事。”

“这样吧，我和许念园同学一起去，您在家中准备。下午我没什么事情，可以继续待在这边，顺便还能听您讲课，已经很久没听您讲课了。”楚翼淮主动请缨。

“好啊。”陈艳楠露出一抹笑，“那辛苦你和念园了。”

小区周边配套设施完善，从小区出门直走五百米就有一个大型超市。

许念园平时不是忙着上课就是看书，偶尔几次和陈奶奶一起逛超市，买的也是她平日所需的日用品，现在进了超市，看着琳琅满目的食材，她顿时有种不知所措的感觉。

倒是楚翼淮，推着推车，熟门熟路地走到海鲜区。

“你吃鱼吗？”他问许念园。

“嗯，我不挑食。”

楚翼淮笑着看了她一眼：“你这话没有说服力。”

没有说服力？许念园奇怪地看了他一眼。三秒钟后反应过来，她三步并作两步走到楚翼淮跟前，义正词严道：“我真的不挑食。”吃不胖长不高也不是她的错，她也很疑惑郁闷，毕竟爸爸身高一米八二，妈妈一米七，结果她完全没遗传到他们的身高。

“没事，你……还小。”楚翼淮安慰她。

两人又买了一些菜和肉。看着他熟练地挑选食材，许念园止不住好奇：“你会做饭？”

“会一点。”他谦虚地回答。

“最后一个问题。”结账后，走出商场的时候，许念园踌躇了片刻问他，“你为什么要和我来买菜？”

楚翼淮诧异地看了她一眼：“我以为我们是朋友。”

我以为我们是朋友……

这句话一直循环反复在许念园的脑海中，直到走进陈老师家，看到周薇薇羡慕嫉妒恨的眼神，她才反应过来，自己的确和楚翼淮一起去逛超市了，而且他还说了那句话。

我以为我们是朋友。

许念园懊恼得恨不得捶自己的脑袋，她明明想和他成为好朋友，实际上的行为却似乎一直想和他划清界限，这不是让他误会了吗？

许念园以前一直不理解近乡情更怯的意思，后来见到父母才深刻体会到这句话的含义。她在外公外婆身边长大，明明每时每刻都在想念父母，可当他们出现在她面前的那一刻，她的第一反应却是拼命地往外公外婆身后躲。

现在，她似乎重复了以前的行为。

“园园姐，你们刚刚去买菜的时候聊了什么？”周薇薇的话拉回了许念园的思绪，等她反应过来，周薇薇已经拉着她来到角落，一脸渴求地看着她。

“没聊什么。”

“原来你们认识啊。”周薇薇语气中带着几分醋意，“你和楚神之前不是对手吗，你们怎么成朋友了？”

对手就不能成为朋友吗？许念园张了张嘴想解释，最终还是作罢。

“不过不重要了，认识就是认识。园园姐，我想请你帮我一个忙。”周薇薇一脸讨好地看着她。

许念园突然有种不祥的预感。

楚翼淮和陈艳楠在厨房忙碌，剩下他们四个人一边做题一边等开饭。

陈艳楠明着让他们休息，却也布置了一道物理题，其余人埋头苦想，唯独许念园时不时抬头望向厨房里的楚翼淮。

她怎么会糊里糊涂答应周薇薇的请求呢，现在后悔还来不来得及？

等他们做完饭菜，许念园第一个算出答案。一旁的陈旭见她又快了自己一步，神情复杂地看着她，而一旁的沈一临和周薇薇因为公式吵了起来。

楚翼淮端着热腾腾的松鼠鳜鱼过来，扑鼻的香味顿时止住了二人的争吵，周薇薇“哇”了一声，像小麻雀一样跳到楚翼淮身边。

“周薇薇，别一直缠着楚学长，你让人家把菜放下好不好，怎么那么没眼力见。”沈一临忍不住斥了她一声。

本来还高兴的周薇薇立马变了脸，朝沈一临哼了一声：“我又不是跟你说话。”

“你……不可理喻！”

两人一言不合又吵了起来。

楚翼淮头痛地看着这两个“幼稚”的小孩儿。突然，他手上一空，低头一看，是许念园接过了他手里的盘子。

“我来吧。”

“很烫。”他说。

“没事的。”许念园笑着眯起了眼睛。

所有菜上桌的时候，周薇薇和沈一临终于停止了争吵。

看着满桌丰盛的饭菜，陈艳楠难得打趣道：“这可是翼淮主厨给你们准备的壮行宴，看在他辛辛苦苦的份儿上，你们也要在这次比赛中取得好成绩。”

周薇薇开始哀号：“陈老师，这样我们压力很大的，求放过。”

“压力大你就退出，没人逼你参加。”沈一临适时地泼冷水。

周薇薇狠狠地踩了沈一临一脚，沈一临面色一变。

眼看两人又要闹起来，许念园赶紧解围：“我们赶紧吃饭吧，不然待会儿饭菜都凉了。”

吃完饭，几个人肚圆溜溜地坐在沙发上休息。许念园帮忙收拾桌上的残羹冷炙，她拿着餐盘一转身，险些撞上一堵肉墙，陈旭站在她眼前，面无表情地伸手：“我来吧。”

“没事，我来就可以了。”她朝他友好一笑，笑容却十分疏离。

陈旭抿了抿唇，他也不强求，走到一旁拿拖把拖地去了。

看着陈旭的背影，许念园突然觉得他只是不善表达，并不像周薇薇说的那般不近人情，是一个只会读书的机器人。

楚翼淮正在厨房洗碗。洗碗台矮，他长得高，需要微微弯下腰，他虽然瘦，却隐隐现出坚实的脊背。

他似乎听到声响，倏然回头，和站在厨房门口的许念园四目相对。

“要不我来洗碗吧，你去休息一下。”许念园说道。他一早上又是上课又是买菜做饭，实在辛苦，而他们总不能什么事情都不做。

楚翼淮转身，接过她手里的盘子放下，蓦地俯身靠近她。

面对楚翼淮突如其来的举动，许念园紧张地咽了咽口水，呼吸瞬间轻了许多，虽然她此时心跳已爆表，但表面上还在努力维持镇定。

那双黑眸一动不动地盯着许念园，直到许念园扛不住的时候，他才轻轻一笑，眼底藏了几分无奈：“你是不是怕我？”

说完他又直起身，有些失落地叹息一声：“明明吃烤红薯的时候你和我还没这么生疏。”

他说这话的时候，眼尾垂下，像极了一只被无辜冷落的小狗，看得许念园心底翻过滚油，瞬间觉得自己大错特错。

她忙解释：“不是，你误会了，我只是……”

“只是什么？”他问。

楚翼淮弯腰，视线与她平视，眼神认真诚恳：“许念园，我们互留了联系方式对吗？”

“嗯。”

“都知道彼此的姓名和基本信息对吗？”

“对，对啊。”

“你请我吃过烤红薯对吗？”

“嗯。”她害羞地点点头。

“我送了你一本书是不是？”

“嗯。”

楚翼淮微微笑了笑，用干净的手揉了揉她的脑袋：“那你还生疏什么呢，以后有什么问题直接来找我。”

因为这句话，许念园彻底将“近乡情更怯”这根杂草拔出，上面长出了新的枝丫。

晚上，许念园捧着楚翼淮送给自己的书，向言晓萱吐露自己的心声。

“你说他为什么送我书？”许念园拇指摩挲着封面，声音在夜色中软软糯糯。白天发生的事情依旧历历在目，他伸手揉搓她脑袋时的温柔和亲昵，她直到现在依然记忆犹新。

“你是真傻还是装傻啊园园。”言晓萱在那端咯咯笑，“那当然是楚翼淮想和你成为朋友，所以以书会友了。”

“以书会友？”许念园哑然失笑，“你这个词用得好。”说着她又懊丧地捶了捶脑袋，“可是怎么办，之前我在他面前表现得太差了，他以为我怕他。”

“我理解我理解，像如果我家男神突然出现在我面前，我也会紧张得手足无措，暂时失去语言功能，而你还能镇定自若地和你家男神说话，你已经很不错了。”

在言晓萱的开导下，许念园终于领悟了一个道理：那就是面对楚翼淮的时候，展现真实的自己。就如同他说的一样，那天晚上吃烤红薯的她，才是最自然真实的她。

特训期间，楚翼淮并不能“随叫随到”，只是偶尔客串替陈老师“代课”，不过距离上一次见他已过去了一周。

楚翼淮没来的时候，周薇薇都似霜打的茄子，整天有气无力，看得一旁的沈一临嗤之以鼻，不过两人倒是经常吵架。

许念园一如既往地听着耳边时断时续的争吵声，一边低头做题，累的时候，时不时抬头望望窗外。

楚翼淮休息之余，也喜欢站在窗旁看着下方的车水马龙。他站定的时候，脊背永远挺拔，深思的时候，眸子微微眯起。许念园偶尔会偷偷站在他旁边，不过他总是能很快发现，然后两人相视一笑，接着一起安静地望着远方。

有一次，他问她：“你为什么喜欢物理？”

许念园沉吟片刻，回答：“可能因为它千变万化的美和神秘吧。”

闻言，他瞬间转头，一刹那，她似乎从他眼中看到一闪而逝的光芒，是那种寻到知音的喜悦和恬淡。不过接下来他却没说什么，只是笑着点点头。

许念园做完题目，一抬头看到周薇薇站在自己面前，委委屈屈地盯着自己。她放下笔，看了一眼远处冷着脸的沈一临，轻道：“你又和他吵架了？”

“他就是欠骂。”一提起沈一临，周薇薇俏脸一变，她似想数落沈一临，最后却“画风”一转，双手攀着许念园的手臂撒娇，“园园姐，你答应过我，帮我要到楚神的签名。”

许念园咽了咽口水："我尽量做到。"

"我看好你哟。"周薇薇朝她比了一个心，蹦蹦跳跳地离开了。

许念园正要叹气，一旁埋头看书的陈旭突然开口："觉得勉强的事情就不要答应别人，违心。"

其实要一个签名并不难，只是楚翼淮并不喜欢这些，所以这才是她一直拖拉的原因，但经陈旭之口说出，她突然有些惭愧。

陈旭说完这句话，刚翻了一页书。突然一阵清风掠过耳边，他倏然抬头，见许念园站在自己身边，顿时清隽的面庞染上两朵不自然的红晕。他忙往后退了退，这显而易见的举动让许念园更加确定他讨厌自己。

"我知道你不喜欢我。"许念园诚恳道，"虽然我不知道你为什么不待见我，但我们现在是一个团队，既然是团队的话，就不能有二心。其实我比较羡慕沈一临和周薇薇，虽然他们总是一言不合就吵架，但我看得出来，沈一临并不是真心想和周薇薇吵架，而薇薇也只是和他斗嘴罢了。"

陈旭静静地盯着她那双黑亮的眸子，尘封的记忆被一只手轻轻打开，阳光热烈涌现，暖阳照射的教室内，一个扎着马尾辫，笑容比朝阳还暖的女孩儿，穿着白色小裙子、蓝色格子上衣，乖巧地站在讲台旁边，落落大方地和所有人打招呼。

那时候，她被选为班长，而他被选为副班长。

班委选举结束后，她朝他伸出手，笑盈盈地说道："你好，我叫许念园，以后请多多指教。"

一年多过去了，他们分班之后重新聚在一起，她依然是班长，而他依然是副班长，可当初那句“请多多指教”迟迟未出口。

沉默半晌，陈旭小声道：“我没有讨厌你。”

许念园微愣，不过他眼神真诚，并没有一丝一毫躲闪，看上去不像说谎。她笑了笑，朝他伸出手：“那这一次还是要请你多多指教。”

看着眼前白皙纤细的手，陈旭眸子动了动，最终有点害羞地扭过头：“这样的事情你上次已经做过了，我没有讨厌你。”

下课后，陈艳楠交给许念园一个包裹，有些抱歉地交代她将包裹送到楚翼淮手中。

翌日，陈艳楠请假去邻省看儿子主战的辩论赛，其他特训老师接手上课。课程结束之后，许念园收拾好书包，在周薇薇艳羡和期待的目光中去了楚翼淮所在的学校。

而此时，楚翼淮正在图书馆凝神看书。

“楚翼淮，又有人送你情书了。对了，还有巧克力。”一个高挑的男生左手粉红情书，右手巧克力，艳羡地站在楚翼淮面前。

隔了三秒，楚翼淮抬头，盯着男生：“你知道如何确定宇宙中暗物质的总量吗？”

男生微愣，迟疑回答：“这个……”

楚翼淮重新低头：“在宇宙尺度上，通过对宇宙中微波辐射，各项异性的精细观测，可以确认出宇宙中暗物质的重量。目前的观测表明宇宙总能量的百分之二十六点八是由暗物质贡献，构成天体和星际气体的常规物质只占百分之四点九，其余六十八点三为推动宇宙加速膨胀的暗能量。”

听完楚翼淮的一系列科普，帮送情书的男生呆立原地。

楚翼淮收拾好书包，刚走出图书馆大门，就看到一道熟悉的身影。今天温度略高，她穿着鹅黄色针织毛衣，底下穿着小白裙，踏着干净的小白鞋，扎着简单利落的马尾辫。

他紧走几步，来到许念园跟前，轻轻拍了拍她的肩膀。

许念园吓了一跳，猛地转过身，待看到楚翼淮，那双迷茫的星眸噌地亮起，似银河泼洒而出的碎钻，在清溪中缓缓流淌。

“你怎么来我们学校了？”

许念园从书包中拿出包裹，递到他手里：“陈老师让我给你。”

“谢谢。”楚翼淮侧了侧头，“不早了，我请你吃饭。”

许念园：“……”

许念园糊里糊涂地和楚翼淮吃了一顿晚饭，接着，他又提议带她参观学校。许念园从头至尾就像一个乖宝宝一样跟在他身后，心里却像今夜的晚风一样和煦轻快。

暮色四合，晚风打过树梢，惊起了瞌睡的鸟儿，扑棱着翅膀掀起了清甜的花香，许念园踏步在林荫道上，一轮明月悬在头顶，清辉洒了一地，几缕落在她的肩上。

楚翼淮跟在她后头，风拂起她的裙摆，像展翅的白鸽，她蓦然一回头，让他不禁想起那日在选手池中，他一抬头，一眼看到她期许崇拜的目光。

“楚……楚翼淮，我有话跟你说。”许念园小跑几步来到他面前，瞪圆双眸，紧张地看着他，“其实……”

一只鸟儿从她的头顶掠过，一阵扑簌簌过后，在她肩膀上留下了一摊白白的鸟粪。

许念园欲哭无泪。

确认抓不到始作俑者之后，楚翼淮憋着笑给她处理肩膀上的鸟粪。

她捏着鼻子，瓮声瓮气道：“好了吗？”

“快好了。”他抓着纸巾，细致地替她擦去肩膀上的鸟粪，站得近，他才发现许念园海拔的确有些低，以他一米八六的身高作为参照物来看，她的身高应该不超过一米六。她肩膀小小的一团，仿佛一捏就碎，让人无端起了保护欲。

一个奇怪的念头刚起，楚翼淮忙压下，将纸巾扔进垃圾桶：“好了。”

“哦，谢谢你啊。”许念园方才的勇气全被那一坨鸟粪打散，已经不知道该怎么提起“签名”的话题了。

唉，都怪那一坨鸟粪。

“楚翼淮，你怎么在这里，这位是……”一个抱着篮球的男生走过来，好奇地打量了一下许念园，“这位是……”

“是我朋友。”楚翼淮打断他的话。

“哦，你好，我叫程飞宇，是楚翼淮的室友。”程飞宇友好地朝许念园伸出手。

“你好，我叫许念园。”

“许念园，很好听的名字。是什么 yuan ？是小园香径独徘徊的园吗？”程飞宇好奇地问。

一旁的楚翼淮见他们相谈甚欢，眉头蹙起。程飞宇平日里最讨厌舞文弄墨，他是什么时候会背诵晏殊的《浣溪沙》了？

“时间不早了，我送你回去。”楚翼淮不理会聒噪的室友。

“不用了，不用了。”许念园忙摆手，“我爸爸过来接我了。”她的确没说谎，今天空中飞人的爸爸难得下早班，答应陪她过周末。

知晓许念园的爸爸会亲自来接她，楚翼淮不再勉强，对她叮嘱道：“那路上注意安全。”

“嗯。”

目送许念园离开之后，程飞宇凑到他身边，挤眉弄眼地八卦：“这小美女是谁呀，你们怎么认识的？看她年纪跟初中生一样，你该不会想老牛吃嫩草吧？”

楚翼淮淡淡地睨了程飞宇一眼：“她读高二。”

“哇，看不出来啊。”程飞宇惊诧万分，用手比画了一下，“长得娇娇小小，像一个奶团子，一副纯天然无害的模样，竟然是高中生，她一定跳级了。”他自我安慰。

楚翼淮再一次给好友重击，和他擦肩而过的时候说道：“她就是差点击败我的巾帼英雄。”

程飞宇愣在原地。

第四章

不按套路出牌

许念园刚回家，正想发短信给楚翼淮报个平安，结果他的电话先打来了。看着屏幕上跳动的“楚翼淮”三个字，许念园近乎虔诚地接起电话。

“到家了吗？”清润的嗓音透过电流传到她耳边，像一缕春风扫过大地，霎时间万物复苏。

“到、到家了。”许念园表面镇定，脑内的弹幕却已刷屏。楚翼淮主动给她打电话了？他主动给她打电话是因为担心她的人身安全。

“到家了就好。”楚翼淮微松了口气，“那你早点休息，晚安。”

“晚安，我……我是说，我下次还能找你吗？”许念园握着手机，屏住呼吸，静气凝神地等待他的回答。

那端的人顿了顿，接着清润的声音传来：“可以。”

五天后，许念园鼓足勇气给楚翼淮发了一条短信：“我有一道题一直解不出来，我想请教你，不过如果你觉得麻烦的话，那就算了。”

很快，楚翼淮回复了：“不麻烦，刚好我也有东西要给你。”

周五下午的最后一节语文课，很多同学的心早已插着翅膀飞回了家，为此，语文老师也是睁一只眼闭一只眼。但是，向来认真听课的许念园也埋着头咻咻笑，一副心不在焉的模样，这让语文老师心情十分沉重。

一下课，许念园背着书包去找楚翼淮。到了他所在的大学之后，根据他给的路线，她来到一栋实验楼。

透过门窗，许念园看到楚翼淮坐在实验室全神贯注地做实验。

他穿着一袭干净的白大褂，戴着护目镜，薄唇微抿，垂眸认真地观察数据，时不时提笔记录，整个实验室安静无比，只有墙上的挂钟发出细微的声响。

她站在窗外，静静地看着他。

不久前，他们还是陌生的两个人，为了离他近一些，她鼓足勇气，站在了舞台上，甚至和他成为对手，为的只是让他注意到自己。

她想告诉他，因为他，她才走出迷茫期，才知道，努力也是一件幸运且快乐的事情。他无形中给予了她勇气和梦想，而他却不自知。

似乎注意到有人在看自己，楚翼淮侧眸。看到站在门口的许念园后，他微微一笑，取下护目镜，迈着长腿走到她身边：“抱歉，刚埋头做实验，没注意到你来了，进来吧。”

“可以吗？”许念园有些忐忑，“我能进去吗？”

“可以。”楚翼淮点点头，“我有东西要给你。”

“给。”楚翼淮将一个袋子递给她，“这里面是我以前参加比赛总结的知识点，我想你应该需要。”

许念园受宠若惊：“谢谢。”

“我们是朋友，不用这么客气。”楚翼淮伸手，自然而然地轻轻拍了拍她的脑袋，旋即坐在位置上，对她招招手，“你不是想看实验，过来。”

“啊……好。”许念园放下东西，僵硬地应了一句，缓缓地走了过去。

“你在做什么实验？”许念园好奇地看着桌上的仪器。她上物理课的时候，最喜欢的就是动手做实验，比起手残党言晓萱，她更喜欢从实验和数据中得出结论。

楚翼淮一笑：“待会儿你就知道了，愿意帮我忙吗？”

“当然愿意。”

实验并不难，难的是精细的数据和一遍又一遍重复的验证，楚翼淮记录完一组数据，侧头看着许念园，她正睁圆双眸，全神贯注地观察数据，眼底并没有半分不耐，反而嘴角微翘，一副乐在其中的模样。

“好了，这一组数据是……”许念园一扭头，看到楚翼淮一动不动地盯着自己，护目镜下的星眸氤氲着浅浅的光芒，她微愣，旋即说道，“楚……”

“你把数据记录下来，我出去一下，很快回来。”楚翼淮说着，飞快地出了门。

半小时后，楚翼淮回来了。

夜风微凉，他从外面进来，裹着一身的凉意，鼻尖因为奔跑的缘故，沁了细细密密的汗水，气息微喘，一张清秀的面庞如浸了月色般温润如玉。

让许念园奇怪的不是别的，而是他手里提着的一袋零食，有巧克力、饼干、妙脆角、薯片、棉花糖等等，一切女生爱吃的东西似乎都被他“搜罗”来了。

楚翼淮将袋子放在她面前的桌子上，有些腼腆地笑笑：“我不知道你喜欢吃什么，所以每一样都买了一点。”

“你……出去是买零食给我吃吗？”许念园惊讶不已。

“嗯。”楚翼淮点点头，“你帮我做实验，我请你吃东西是应该的，而且我刚刚听到你肚子在叫。”

所以男神是在投喂她吗？许念园心底开了一朵又一朵的花儿，随意挑了一块棉花糖，一口咬下，绵软清甜的味道入口即化，像极了楚翼淮给她的感觉。

清甜、温柔，像一朵纯白无瑕的云朵，静静地悬挂于碧空，偶尔一抬头，便能看到那一抹耀眼的白。

“好吃。”许念园甜甜一笑，“谢谢你。”

“剩下的数据我来做吧，辛苦你了。”楚翼淮略略松了口气，忆起自己方才去校内便利店的事情。

在便利店，看着琳琅满目的零食，他再一次犯了难，女生喜欢吃什么样的零食？

无计可施之下，他拿出手机，决定百度，刚输入问题“女生喜欢吃什么”，便跳出五花八门的答案。他筛选了下，选择了其中几种。结账的时候，看着一篮子的零食，便利店的阿姨笑道：“给女朋友买零食呢。”

他轻咳一声，有些不好意思，却也一本正经地回答：“不是，是朋友。”

阿姨一边扫码一边意味深长地笑：“现在的小女孩最喜欢贴心的男生，像你这么细心体贴的男孩子已经不多了……”

他在阿姨的碎碎念下拿着零食淡定地离开……

“楚……”

“嗯？”楚翼淮回过神来。

许念园指了指墙上的时钟：“已经不早了，我先回去了。”

眼见时针指向十点，楚翼淮脱下身上的白大褂：“这么晚了，我送你回去。”

“不用不用，我自己能回家，不用麻烦你……”许念园背起书包，迈着小短腿就要走。

还没走几步，许念园脚步一滞，她蓦地回头，瞥见楚翼淮紧紧抓着她的书包，她哭笑不得：“我真的可以自己回家。”

“你一个女孩子晚上独自回家不安全，我送你。”楚翼淮收起平日的平易近人，面色微沉，无形中平添了一股我说了算的气场。

许念园咽了咽口水，立马认尿：“那……麻烦你了。”

楚翼淮冰封的面色霎时间春暖花开，他轻轻“嗯”了一声，放开她的书包。

晚风微拂，月色如霜，穿过林荫道，揉碎了一地的银斑，许念园抬头看着楚翼淮，他正目不斜视地往前走。

“今天谢谢你，还麻烦你送我回去，下一次你来我们学校玩吧，虽然我们学校不如这里，但是也很有特色，我带你去吃我们学校附近最好吃的炸酱面。”

“嗯。”楚翼淮轻轻应了一声。

“你有没有不喜欢吃的东西？”

“没有。”即便他说话言简意赅，但语气温柔如夜色下的风。

两人有一搭没一搭地聊着，时间过得飞快，直到许念园安全进了小区大门，楚翼淮才收回目光。

他刚准备返程，手机“嘀”了一声，打开一看，是许念园发来的信息：“今天谢谢你送我回来，到了一定要说一声。”

楚翼淮望着车窗外，外头流光碎影，他心底却暖如喝了一壶温酒。

另一面，许念园抱着手机斟酌了一番，又私心地加上一句话：“下周是我们学校的校庆，你要来看看吗？”

几秒后，楚翼淮回复：“好。”

许念园拼命抑制住心底的雀跃，深呼吸之后回复：“好，那下周见。”

“下周见。”

时间一晃而过，清河中学的校庆即将来临。作为老师眼里的宠儿，学生们艳羡崇拜的对象，许念园被委以重任，担任拍卖会的小主持人。

校庆当日，言晓萱认认真真地给她化妆打扮。

因为个人爱好的缘故，言晓萱可以算是走在潮流一线，她给许念园搭配了鹅黄的收腰及膝的连衣裙，以及一双白色的小板鞋，青春靓丽的同时也有几分可爱娇俏。

“不用打扮得这么隆重吧，我待会儿还有募捐活动要做，穿这样不方便。”

“傻瓜，就是因为募捐，你才要穿得扎眼点，不然待会儿谁去你那儿。”言晓萱拍了拍她的肩膀，“去吧，皮卡丘。”

许念园：“……”

募捐活动在九点半举行，许念园生怕和楚翼淮错过，于是发了信息。

“九点半我有一场募捐活动，可能要一个小时左右，我把我好朋友的手机号码发给你，待会儿她会在学校大门接你。”

“不用麻烦，我自己来。”

她正要回复，一个同学匆匆赶来，拉着她就走：“募捐活动快开始了，我们赶紧过去吧。”

九点半，募捐活动开始，此次募捐活动拍卖的是学生们亲手制作的画、模型、手工作品，展台上的募捐品琳琅满目。

作为主持人，许念园深吸口气，摒弃紧张的情绪，稳步走上舞台中央，握着话筒说明来意。她站得笔直，声音清朗严肃，举手投足不卑不怯，小小的个子，却有十足的气场。

楚翼淮来到募捐现场的时候，就看到许念园站在人群中最耀眼的地方，滔滔不绝地介绍着每一样拍品。

“哇，这小姑娘不错哟。”程飞宇拍了拍楚翼淮的肩膀，“虽然长得像只小奶猫，气场却不输大人，果然楚神认识的朋友就是不一般。”

“嗯，这就是翼淮认识的那位小朋友？”另一个室友徐晟睿问道。

“对啊。”程飞宇眼里难掩欣赏之情，“这可是学霸界的好苗子啊，不知道我有没有机会做她的学长？”

两人有一搭没一搭地八卦，楚翼淮并不理会，目光专注地看着台上。

“喂，楚神，问你话呢，你想不想她做我们的学妹？”程飞宇撞了撞他的胳膊。

楚翼淮收回落在许念园身上的视线，垂眸之际，浓密的长睫毛微微一颤，清润的声音带着几分明媚的曦光：“嗯，当然希望。”

“不过我听教授说，这几年咱们学校的分数变化莫测，全国优秀的人这么多，许念园同学的竞争压力还是蛮大的。也许需要有人添一把火，帮她开开小灶。”

楚翼淮喉结动了动，嘴巴张了张，最终还是将“其实她很厉害很聪明”这句话咽了回去。

“说不定人家早请家教了。”程飞宇又补充道，“我们还是别咸吃萝卜淡操心了，去那边逛逛吧。”

楚翼淮看她正忙碌着，并没有注意到他。想来她一时半会儿也脱不开身，他点点头：“我们走吧。”

然而，事实证明，三人行，必有走散者。

楚翼淮迷茫地看着前方，刚刚他还紧跟着程飞宇、徐晟睿，可现在他却落单了，落单就算了，还迷路了。

他环顾四周，正打算打电话给程飞宇，下一秒手机铃声响起，“许念园”三个字在屏幕上跳动。

他忙接起，许念园清甜的声音传来：“募捐活动结束了，你准备来我们学校了吗，我去学校大门等你。”

楚翼淮静默片刻，不好意思地轻咳一声：“我已经到你们学校了。”

许念园：“啊？”

楚翼淮淡定道："不过我好像迷路了。"

许念园极力让自己忍住笑，接着问道："你身边有没有什么特别的标志？"

楚翼淮环顾四周，目光所及之处皆是葱葱绿意，并没有什么特别标志，但他还是尽可能地把自己周围的环境一一描述给她。

"好，我知道了，你站在那里不要动，我过去找你。"许念园说道。

楚翼淮描述的地方辨识度不算高，而且离得有些远，许念园好不容易找到楚翼淮，却没承想两人被"包围"了。

许念园自不必说，是学校里的传说。而楚翼淮身高腿长，气质出众，颜值本身就是一大吸引力了，偏偏还被认出了身份。

"是楚翼淮，楚翼淮啊！"一个经过的迷妹忍不住尖叫，"楚神怎么会来我们学校？"

"楚神，我喜欢你很久了，你能给我签个名吗？"

"楚神，楚神你还参加下一期的《加油，未来星》吗？

"楚神，你和凌禹学长在台下是朋友吗？"

楚翼淮和许念园被一群粉丝团团围住，一个个争先恐后地发问。

面对突如其来的状况，楚翼淮显然在状况外。

许念园个子娇小，被人群挤得几欲跌倒，楚翼淮眼疾手快地扶住她，眼神关切："你没事吧？"

"我还好啦。"许念园轻轻地拉了拉他的衣角，"真是对不起，我没想到你的人气这么旺，介不介意我说个小谎？"

楚翼淮配合着低下头，小声道："只要能逃离这里，我不介意扯扯小谎。"

许念园露出一抹灿烂的笑意，挺直小腰板，字正腔圆道：“同学们先安静一下，楚翼淮是应学校的邀请才来的，我知道大家喜欢楚神，但是现在我要带楚神去老师办公室，你们能行个方便吗？谢谢。”

经许念园这么一说，迷妹们纵然舍不得，也只能散开。

等两人脱了身，许念园不好意思地挠挠脑袋：“差点忘记了，我带你去吃我们学校外面最好吃的炸酱面，还有牛排……”

“有烤红薯吗？”他问。

“烤红薯？”许念园不解，“你想吃烤红薯？”

“嗯。”楚翼淮点点头，“上次吃过之后，觉得味道还不错。”

“有是有，就是比较远。”许念园有些苦恼，“我还没带你参观学校呢。”

“没事。”楚翼淮朝她露出一抹温柔的笑意，“下次再逛。”

下次？

还有下次？

许念园心底开始放烟花，烟花绽放的同时，她跟着绽开一抹大大的笑容：“好呀，那我们去吃烤红薯。”

程飞宇郁闷地在篮球场上投篮，就在不久前，天才少年楚翼淮莫名其妙地和他们走散，他和徐晟睿分头寻找楚翼淮这只迷路的羔羊，结果没多久，楚翼淮打电话过来直截了当地通知他们，他要和小学妹跑路了！

而徐晟睿遇到久别重逢的青梅竹马，此时正在老乡见老乡，两眼泪汪汪中。

所以，落单的只有他！

程飞宇一个孤家寡人在这里寂寞地打球，他越想越气，说好的美好时光，结果他们两人倒是美好了，他两头不落好，还不如就在宿舍蒙头睡大觉。

“谁砸我，好痛。”

一道脆生生的女声拉回了程飞宇的思绪。

不远处，一个穿着小红裙的女孩儿抱头蹲在地上，一旁的篮球耀武扬威地在地上弹了几下。

显然是他“误伤”了人家小姑娘。

“对不起啊，我不是故意的，你没事吧？”程飞宇屈膝弯腰，一脸诚恳地道歉。

言晓萱捂着脑袋抬起头，一双大眼犹带泪意。程飞宇愣了下，心底默默滑过一句感叹：现在清河中学是以颜值作为参考选学生的吗，怎么一个两个都这么可爱！

“对不起有用的话，要警察做什么？你打篮球都不注意周围的吗？”言晓萱非常委屈。她刚刚被教导主任叫到办公室，说她最近学习状态不佳，考试成绩明显下滑。

她从小就在父母的期望下长大，小到穿什么衣服，大到念什么学校、报什么补习班、交什么朋友，都必须遵从他们的安排，她就像一个没有灵魂的提线木偶，完全没有自己的主动权。

她羡慕许念园，因为许念园从来不被家人束缚，想做什么就做什么，即便参加《加油，未来星》这样的大型节目，也是自己拿主意。许念园个子比她矮，年龄比她小，但俨然是一个成熟的小大人，清楚地知道自己想做什么，未来要走什么样的路。

而她，连自主选择文科的权利都没有，只能遵循父母的意思选择理科，但她打心底不喜欢这些。

言晓萱越想越委屈，眼泪如断了线的珠子落下，将脑袋埋在膝盖呜呜哭泣。

看着哇哇大哭的言晓萱，程飞宇手足无措，忙蹲下安慰她："欸欸，不至于吧，就是被篮球砸了下，你怎么哭得跟许仙被关雷峰塔一样。"

"什、什么意思？"言晓萱抬起头，抽抽噎噎地问。

"水漫金山啊。"程飞宇回答。

"噗！"言晓萱笑点低，虽然此时此刻十分伤心，但还是被他不按常理出牌的冷笑话逗笑了，顺带冒出两个鼻涕泡泡。

"……"

气氛登时有些尴尬，好一会儿，程飞宇才不自然地干咳了一声。

"又哭又笑，黄狗撒尿，擦擦吧。"程飞宇递过去一块手帕，一脸别扭，"你别误会哦，我身上才不会藏着这娘里娘气的手帕，这是我朋友的，落我这儿了。"

言晓萱接过，索性破罐子破摔地怼起他来："你知道不知道，有一个成语叫'此地无银三百两'。"

"你……"程飞宇被她气笑了，"你这小妮子还挺伶牙俐齿的。"

"那是，好看的人无所不能。"

程飞宇差点没因为小姑娘的自信笑出声，见言晓萱一直揉着脑袋，他收敛起笑意："你们医务室在哪里？"

"干吗啊？"言晓萱没好气地问。

"带你去看看，"程飞宇扶起她，"你头晕不晕，要不要我扶着你？"

言晓萱警惕地看着他："这位同学，你看着不像我们学校的人，我怎么知道你是好人还是坏人，我为什么要跟着你走？"

程飞宇被她气笑了，伸手开始掏兜："警惕性还挺高，我叫程飞宇，这是我的身份证，这是我的学生证，这是我昨天在商场抽中的免费券，现在安心了吧，可以去医务室了吧？"

她扫了一眼学生证上的照片，虽然站在她面前的人头发短了些，五官立体了一些，但的确是本人没错。

"你是清华大学的？"言晓萱嘟囔，"不看证件，我还以为你是德云社的呢。"

言晓萱又补充了一句："你这嘴皮子不去德云社真是浪费。"

程飞宇："……"

两人来到医务室，医生检查过后说："如果没有头晕呕吐目眩的情况，应该没事，如果出现这些情况，一定要及时上医院。"

"好，谢谢医生。"程飞宇笑眯眯道。

出了医务室，程飞宇看了看天色："时间不早了，我回学校了。今天的事情我感到十分抱歉，如果你来日有难，致电程飞宇，我必定前来支援。"

言晓萱眼圈红红的，大大方方地说："不用改天了，就今天吧。"

"什么？"

言晓萱不好意思地摸了摸肚子："哭得肚子饿了。"

程飞宇愣了下，旋即哑然失笑："好好好，我请你吃饭，地点你随便挑，想吃什么随便挑。不过你可别去什么高级餐厅，否则我就把你留下来刷碗抵债了。”

言晓萱破涕为笑，圆圆的眼睛弯了弯：“真的随便我挑吗？”

“嗯。”程飞宇点头。

半小时后，程飞宇站在汉堡店面前，嘴角微抽：“你就想吃这个？”

言晓萱撇撇嘴：“你那兜里不是还有免费券吗，而且我一直想吃这个，我爸妈不让，说这是垃圾食品。”

“什么垃圾食品，这明明是快乐源泉好吗！走，进去，你爱点什么就点什么，满汉全席都可以。”

言晓萱白了他一眼：“这里是简餐店。”

许念园手里捧着冒热气的烤红薯，不确定地问坐在旁边的楚翼淮：“我们真的只吃这个？我会不会招待不周？”

“不会。”楚翼淮笑着摇摇头，“我今天就想吃烤红薯。”

许念园埋着脑袋偷笑，没想到男神还挺接地气的。想到自己和男神有了共同的“爱好”，她心底美滋滋的。

突然，手上一空，许念园错愕地抬头，诧异地看向楚翼淮。他将剥好的烤红薯递给她：“你吃这一个，那个太烫了，不好剥。”

“谢谢。”许念园接过，轻轻咬了一口，低着头，忍住心底那有些矫情的泪意。

从五岁开始，她便知道什么叫独立。爸妈忙于工作，陪在她身边的时间少之又少。五岁那年，她被窗外瓢泼的大雨和可怕的雷声惊醒，却发现家里只有自己一个人。

外头电闪雷鸣，一声接一声轰隆的雷声似乎要将大地劈开，她一个人瑟瑟发抖地躲进衣柜，因为她觉得只有衣柜才是最安全的地方。

翌日，父母在衣柜中找到泪痕未干的她，随后，他们权衡再三，决定将她送到外婆外公身边，转到那边读幼儿园。

外婆外公年纪大了，很多事情也不会拿主意，从小学开始的每一次考试，每一次值日，每一次领奖，她都是一个人。

不是她想独立，是不得不独立，因为她知道身边没有人为她保驾护航，她跌倒的时候，没有人着急地跑上前，替她拍去裙上的泥土，着急地问她摔伤了没有。

可是现在，楚翼淮细心体贴地将吹凉剥皮的烤红薯递给她。

“好甜。”许念园笑了笑，“这是我吃过的最甜最香的烤红薯了。”

楚翼淮吹了吹，也咬了一口：“的确很甜很香。不过说来，下周就要去参加知识竞赛，紧张吗？”

“说不紧张是不可能的事情。”许念园咽下嘴里的烤红薯，面对楚翼淮，她不再有之前的忐忑，和他如认识已久的好友一样吐露心声，“这感觉好像又一次回到了《加油，未来星》的现场。”

楚翼淮想起在《加油，未来星》舞台上自信、笃定的许念园，嘴角不由得扬起。

他的表妹和许念园一般年纪，可每天过得天真洒脱。在某种程度上，许念园有着超乎同龄人的自律，相处之后，他发现了她身上还有数不清的优点，这些优点汇聚在一起，让她整个人处于“发光状态”。

“我相信你一定可以做到。”楚翼淮伸手，犹豫了下，最终还是揉了揉她的脑袋，“因为你是许念园。”

第五章

隐藏的忠粉

机场，许念园坐在休息区，频频向外望去。明明楚翼淮说过今天来送机，可眼看就要到安检的时间了，他却迟迟未到。

坐在她身边的陈旭从书里抬起头，看她一副心不在焉的模样，犹豫了下还是问道：“怎么了？”

他并不擅长关心人，所以语气和神情略有一些僵硬。不过已经看得出来，他在尽力友好和许念园相处了。

“没事，没事。”许念园摇摇头，扫了一眼他的书，咋舌，英文版的《莎士比亚》，看来他的英语词汇量十分可观。

见她一直盯着自己的书，陈旭淡淡道：“偶尔看看调换一下心情。”

“我也看。”许念园不好意思地笑道，“不过我词汇量有限，看的是中文版。”

“中文版少了一些味道。词汇量不是一朝一夕，需要日积月累，你平时早起的时候，可以计划多背一些单词……”

谈到学习上的事情，陈旭一改沉默寡言的模样，等他说得差不多了，他慢慢地合上书，将书递给她：“这本书借给你。”

“可是你……”

“我家里还有一本。”

“啊？”

“一模一样的。”陈旭补了一句。

许念园不知怎的，就想到了楚翼淮，果然学霸交朋友都喜欢送书的吗？

出神了几秒，许念园还是婉拒了他送书的好意：“我的词汇量实在是渣，看也看不懂，等我需要的时候再向你借，可以吗？”

陈旭抿了抿唇，最终点点头。

那端，周薇薇和沈一临因为一件小事又吵了起来，许念园和陈旭已经习以为常了，两人对视一眼，陈旭继续低头看书，许念园则起身准备去一趟洗手间。

洗手的空隙，两个女生正一边补妆一边有说有笑，其中一个短发女生道：“欸，最近你还在追《加油，未来星》吗？”

“不追了。”另一个长卷发女生兴致缺缺道，“楚翼淮都不参加了，我还看什么。”

一听到楚翼淮的名字，许念园的耳朵竖了起来。

长卷发女生一笑："楚翼淮虽然长得不是传统的帅哥，但五官组合在一起十分耐看。"

她刚说完，短发女生暧昧地撞了撞她的胳膊，调侃道："哦，我看某人是看上了人家鲜肉小哥哥呢。"

听到"小鲜肉"三个字，许念园不易察觉地皱了皱眉。不是她不喜欢"小鲜肉"这个词，萱萱就经常在她面前提起这三个字，但总感觉这三个字用在楚翼淮身上，让人十分不快。

他只是一个比平常人更有天赋的普通学生，他参加这个节目的目的和初衷，并不是为了出名。

两个女生并不知道许念园的不满，继续开着楚翼淮的玩笑。短发女生说道："喜欢人家就去追啊。"

"你没看到他一本正经的样子吗，这种人不好追。"

"有什么不好追的，没准他只是假正经，万一看到你这种漂亮的小姑娘，就挪不开眼了呢？"

"你们会不会过分了？"

一直沉默不语的许念园突然开口，两个正在说笑的女生戛然而止，不满地看着许念园。

"你是谁啊？"

"你凭什么说我们过分？"短发女生比较咄咄逼人，"我们聊得好好的，和你有关系吗？多事！"

"请你收回刚才那句话。"许念园一字一顿道。

"你有病吧，我们聊我们的，碍你什么事儿了？"

许念园平时温温和和，现在却一反常态，严肃无比："你们是真的喜欢楚翼淮吗？”

“废话，当然喜欢。”短发女生轻蔑地打量了她一眼，“怎么，你也是他的粉丝，见不得别人也喜欢他？可是小朋友，你还太嫩了。”

女生比比手，显然是在讽刺许念园的身高。

许念园生气于她们对楚翼淮的轻视，崇拜一个人，喜欢一个人，会将他奉为天上的星，会把他当作温暖的阳光，会向往成为和他一样的人。而不是现在这样，调侃轻慢，甚至扭曲他的人格。

她们的喜欢，肤浅又讨嫌。

没有触碰过灵魂的崇拜和喜欢，虽不是恶意为之，但也不该堂而皇之地进行言语亵渎，这一刻，许念园是真的恼怒，因为她们的喜欢，如此肤浅和廉价。

“你们真的了解楚翼淮吗？”

“什么？”

“如果你们真的喜欢他了解他，就不会说这些话了，他不是你口中所说的假正经。”许念园加重“假正经”三个字，“在不了解一个人的情况下，不要随意给他贴上任何标签，尤其是负面的标签。”

两个女生听完她的话，愣过之后旋即冷笑。短发女生双手环胸，下巴微抬：“哟呵，看来是碰到楚翼淮的一个铁粉了，不过开几句玩笑而已，你就上纲上线。”

“就是，你是他的粉丝，我们也是，你和我们有什么区别，在这里说什么冠冕堂皇的大道理，可笑。”

“别理她，不过一个幼儿园小朋友，没几斤几两就敢教训人了。”

长卷发女生从许念园身边擦肩而过时，还故意甩了她一身水。

许念园一个激灵，不敢置信地看着她幼稚的举动，忙跟着她们走了出去，想要让对方道歉。

对于许念园的不依不饶，短发女生打量了她一会儿，突然恍然大悟道：“等一等，她不就是和楚翼淮对战的那个……许念园？”

“呵呵，看来天才儿童也会成为别人的舔狗。”长卷发女生下巴微抬，“你这么维护楚翼淮，他知道吗？”

“我知道。”一道清朗的男声传来，只是和平日温和的声音不同，此时他的声音稍显低沉、紧绷，显然是在生气的状态下。

许念园和两个女生同时震惊地看向声源地，楚翼淮下颚收紧，明显生气的样子，他身边的周薇薇也是满脸震惊。

两个女生显然没想到她们刚刚讨论的对象会突然出现在自己面前，惊讶之余也有些兴奋，其中长卷发女生下意识地撩了撩长发，整理了一下衣服，走到楚翼淮面前，巧笑倩兮：“没想到能在这里看到你，简直太巧了，你能给我们签个名吗？”

“抱歉。”楚翼淮眼神不带温度地看了一眼两个女生，“我不是明星。”

两个女生面带尴尬，不过短发女生咽不下这口气，见楚翼淮冷着脸，她也不甘示弱：“不就是参加过一个节目，拽什么拽。”

许念园正欲说话，倒是站在旁边的周薇薇像点燃的炮仗，双手做叉腰状开始教训她们：“不就是参加过一个节目，你不屑，也去参加试试看，站着说话不腰疼。园园姐说得对，你们就不配喜欢楚神，我要是你，我早就羞愧得掩面而去了好吗！”

周薇薇和沈一临斗嘴斗得多了，教训起人来连珠炮似的，那两人扛不住周薇薇的火力，骂了一句“倒霉”便灰溜溜地离开了。

她们一走，周薇薇立马走到许念园身边，替她愤慨：“你衣服怎么湿了，是她们甩的水对吧？太过分了，两人欺负一个，还要不要一点脸啊！啊，我刚才不应该放走她们……”

看着义愤填膺的周薇薇，许念园有些感动，拍了拍她的手：“我没事。”

“擦擦。”楚翼淮从口袋中掏出纸巾，面色依旧冷峻，不过眼底却满是歉意，“抱歉，因为我你才受了这种委屈。”

楚翼淮对自己的认知十分到位，他只是一个普通的大学生，只因参加过《加油，未来星》多了一些曝光度，得到了一些喜欢和肯定。可这并不是他想要的，他只是希望通过这平台增长见识，认识一些志同道合的朋友，一同去探索更多有意思的领域。

而有些人却利用他的“知名度”，给他贴上标签，甚至一言不合，不符合她们心中所想便恶语相向。

还让这个小姑娘为了维护自己，被欺负。想到这里，楚翼淮看了看许念园，轻轻叹了口气。

“是我的错，我太冲动了。”她明明可以好好和她们说话，可当时失去了理智。

周薇薇安慰：“哎呀，你和楚神谁都没错，错的是那两个人，我们回去吧。”

楚翼淮走在许念园身边，看着她垂头丧气的样子，不禁伸手摸了摸她的脑袋。

许念园猛地抬起头，小鹿般的眸子望着他。看着她可怜兮兮的样子，楚翼淮心底又酸又涩。他看得出来，这姑娘后知后觉地有些害怕。

“我今天是不是太冲动了？”许念园十分失落，“我怕她们回去会把气撒在你身上。”

“我不在乎。”楚翼淮弯下腰，与她视线平齐，他的眸子清亮，里头映照着她小小的身影，他说道，“许念园，我现在问你一个很严肃的问题。”

“你、你问。”

“你喜欢我？”楚翼淮刚说完，见她面色倏然爆红，像被人捏爆的小番茄。意识到自己用词不当的楚翼淮立马换了一句说辞，“你别误会，我所指的喜欢是……”

“没错，我一直在关注你，我的确是你的小迷妹。”许念园深吸一口气，索性不再隐瞒，一鼓作气将自己的心底话全盘托出。

楚翼淮愣住了，他没想到许念园这么坦白直接，这倒让他一时之间不知道该怎么回应。

许念园说出心底话，仿佛卸下了身上的重担，整个人变得轻松无比。她眼神真诚，语气也诚恳无比：“我从你参加《加油，未来星》的时候就开始关注你了，我很喜欢你在舞台上的气场，喜欢你缜密的思维和逻辑，更喜欢你迎接挑战时自信笃定的样子，我也想像你一样，或者说，我也想成为和你一样的人。”

说完，她见楚翼淮一直盯着自己，刚才的勇气再一次荡然无存，只红着脸说道：“我有点……太直接了哈。”

楚翼淮笑了下，很诚实地点点头：“有点。”

“不过……”他依旧弯着腰，不过笑容却如朝阳下的木槿花一般，带着恬淡温和的清香，“我觉得有点不知所措。”

“啊？”

“没什么。”楚翼淮直起身，看了一眼远处，“安检时间快到了，赶快过去吧。”

三人回到休息区，陈旭终于把视线从书上移开，朝许念园看了一眼。

周薇薇凑到许念园耳边说道：“其实刚才是陈旭发现你一直没回来，叫我去看看，然后我半路碰上了找我们的楚神。”

周薇薇又补了一句：“我觉得陈旭并不冷漠，他还是挺关心我们这些队友的。”

机场广播响起，许念园、陈旭和周薇薇收拾好行李，准备进安检。

许念园想了想，紧走几步到楚翼淮面前，抬头看他：“我会全力以赴的。”

“嗯，我相信你。”

“加油。”

“嗯！”许念园用力点点头。

一个小时后，楚翼淮站在机场的窗边，看着许念园所乘坐的飞机起飞，尾翼划过湛蓝的天空，他扬起嘴角，默道：“加油，许念园。”

你一定可以。

飞机进入平流层后，周薇薇开始迫不及待地和她聊天：“园园姐，你可真是深藏不露，没想到你也是楚神的粉丝，不过你当时给我要签名的时候，怎么不和楚神说清楚呢？”

许念园心虚地轻咳一声。

“虽然今天那两个女生很可恶，不过倒是间接地让楚神知道了你的心思，你有没有很开心？”

坐在隔壁的陈旭多看了她们一眼。

许念园有些不自在，拉起毯子盖住自己：“要飞好久，我睡了睡了。”

许念园一觉醒来，飞机已经落了地。

陈艳楠领着他们一行人前往指定的酒店。到了之后，许念园想了想，还是给楚翼淮发了一条短信：“我已经到了。”

那端几乎是秒回：“嗯，比赛加油，别紧张。”

许念园捧着手机，几乎控制不住脸上的笑容。一旁的周薇薇啧啧几声，很是调侃：“同粉不同命啊，为什么楚神对我就那么客气疏离呢！”

经过她身边的沈一临多嘴了一句：“因为你比较聒噪的缘故吧。”

“你……”周薇薇气不打一处来，忘记拿行李，提步追了上去。

许念园无奈地摇摇头，看着周薇薇留下的行李，只好自己帮着提。不过她才刚动作，一只手先于她提起周薇薇的行李。她回头，陈旭却一脸淡然：“走吧。”

“谢谢啊。”许念园说道。

陈旭看了她一眼：“举手之劳，没什么感谢的。”

“我是说机场那件事。”许念园说道。

陈旭顿了顿，语气一如既往的平淡：“没什么。”

大家顺利入住酒店之后，陈艳楠给他们开了一个短会。

这次比赛是团队合作，和辩论赛一样，小组有主攻手、副攻手等，高三学长徐维和学姐赵晓担当主攻手，许念园和陈旭作为副攻手，沈一临和周薇薇作为替补。

作为副攻手，其实比主攻手还要万分小心，必须时刻注意主攻手的状态，总结下来，这不是一场好打的战，必须全力以赴。

会议结束之后，陈艳楠又给他们分发了比赛的注意事项，一切安排妥当之后，大家终于可以安心休息。

许念园洗完澡出来的时候，周薇薇正在给她的爸妈打电话，语气撒娇卖萌，许念园顿了顿，也不叨扰她，坐在沙发上继续研究比赛规则。

研究了一会儿，手机响起，看到屏幕上闪烁着“楚神”两个字，许念园有一瞬间的怔愣，接起的时候，两人皆是静默，听着楚翼淮清浅的呼吸声，她深吸口气率先开口：“楚神……”

听到“楚神”两个字，那端的楚翼淮愣了下，接着微微笑了笑：“明天什么时候比赛？”

“下午三点。”许念园老老实实地回答。

“嗯，不要太紧张，遇到不会……”楚翼淮有条不紊地交代着，许念园认真倾听。

周薇薇已经结束了和家人的通话，正哼着歌去浴室洗澡。

许念园走到落地窗前，外头华灯初上，远远望去如一片灯海，高层隔绝了底下的喧嚣，透过电流，他的声音越发清朗悦耳。

许念园觉得这个世界很奇妙，明明不久前，他们还是两个陌生人，明明不久前，他们还是对手，可转瞬之间，他们虽隔着大洋，却又好像离得很近很近。

“你早点休息，有问题随时打给我。”楚翼淮低声道。

“晚安。”许念园轻声道别。

“嗯，晚安。”

“哟，活久见啊！和谁打电话呢，这一脸春心荡漾，这深情款款的‘晚安’。”程飞宇从外面进来，看到楚翼淮站在阳台低眉敛目，神色温柔的样子，调侃之心完全绷不住。

“还能是谁呢，用头发丝都能想到是清河中学那个小学霸。”刚洗完澡出来的徐晟睿接话道。

程飞宇朝楚翼淮挤眉弄眼，做作地张开双手：“呀，是什么风吹过了我，是春风哪，这撩人的春天怎么说来就来了呢！”

楚翼淮收了手机，并不理会室友们的调侃。

不过他不说话，不代表程飞宇会善罢甘休，程飞宇凑到他面前，煞有介事道：“欸，你该不会真的对人家小姑娘，嗯？”

楚翼淮从书柜中抽出一本书，递给他。

程飞宇一头雾水：“你给我书干什么？”

一旁的徐晟睿一脸幸灾乐祸：“楚神这意思是，你太闲了，还是多读书吧。”

“嘿你……”程飞宇好笑又好气地坐在楚翼淮的位置上，拿书盖住脸，叹息，“没良心啊没良心，我可是在操心你的终身大事。”

下午两点半，陈艳楠带着许念园一行进入了比赛会场，与他们同时进入会场的是他们下午的对手，来自新西兰的参赛队。

比赛还未开始，大家就座之后，周薇薇拉了拉许念园的袖子，一脸忐忑：“园园姐，说实话，我现在紧张得连心都快跳出来了。”

“有什么好紧张的，会就是会，不会就交给别人。”沈一临哼了一声。不过许念园看得出来，他嘴上这么说，心里也是忐忑不安。

陈旭一如既往地淡定，就像一个没有感情的机器人。陈旭在某种程度上和楚翼淮很像，但又不一样，楚翼淮的淡然是来自自信，而陈旭的淡定，是不服输。

“不管怎样，加油。”许念园说，“不要辜负信任我们的人。”

“加油！”周薇薇伸出手，“让我们打得他们落花流水，毫无还手之力。”

“加油！”

六只手叠在一起，这个团队比任何时候都团结一致。

半小时后，比赛正式开始。

比赛分为三轮，第一轮是抢答题，一共六道题，优先抢到题的团队答题，如果回答错误，对手得一分，第一轮总共六分，如果回答错误至三题，那么第一轮便失去了先机。

第二轮是互动赛，总共十道题，小组成员可一起讨论答题，时间为十分钟，十道题，答对题多的团队，获胜。

第三轮，也是最难的一道题，由团队讨论，最后选一人上台论述，最终成绩由评委判定，而三轮比赛中总成绩多的团队获胜，可进入下一场淘汰赛，而失败的团队进入待选阶段。

宣布完比赛规则之后，第一轮比赛正式开始，一个西装革履、戴着金丝边眼镜的中年男子走上舞台，他是今天的赛场主席，只听他开口，接着耳朵里的同声传译就传来了声音：“现在比赛正式开始，比赛双方分别是来自新西兰的ZA团队和来自中国的清河团队，在比赛过程中，不可带有任何私人情绪，不可作弊，不可反复无常，如果有违反规定以及比赛规则，那么直接取消比赛资格。”

“第一题，请写出合成可燃冰的方程式。”

此题一出，几乎是许念园和来自新西兰团队的一个脏辫女孩儿同时按下按铃。不过在严密的仪器比对下，还是许念园快了0.1秒。

“请作答。”

许念园深吸一口气，在电子题板上写下：

$CH4 \cdot nH_2O+O_2=CO_2+(2+n)H_2O$

许念园的答案被切到主屏幕上。看到这答案，来自新西兰的脏辫女孩儿肉眼可见有些失落。

“清河团队回答正确，得一分。”

“哇，园园姐，你好厉害。”

没想到第一题他们就答对了，士气大振，连陈旭也朝许念园投去肯定的目光。

来自高三的徐维和赵晓笑了笑：“感觉我们队伍中有念园，顿时就有底气了。”

周薇薇肯定道：“那可不，园园姐可是仅次于楚神的百科全书。”

和国内的《加油，未来星》比赛不同，此次比赛的氛围松紧得当，且答题中间匀出时间让团队自行讨论，因为他们比的不是个人赛，而是团队赛。

见他们讨论完了，主持人继续出题。

题目一出，现场陷入了显而易见的沉默。新西兰团队正紧张地交头接耳，而许念园这边的人也眉头深锁。

“这题目出得也太偏了吧。”周薇薇嘟囔。

“快想。”沈一临催促，别说废话。

她倒是在想啊，可是说白了，国际化的知识竞赛哪有那么容易，他们的精力有限，不可能全世界的知识都能融会贯通。

许念园心中闪过一个词，可她并不确定，因为如果自己回答错误，那么对方自动得一分，她的回答会关系到整个团队的输赢。可是她又怕对方比他们更快得出答案。

焦虑之中，楚翼淮的声音似乎在她耳边响起：“尽可能地相信你的第一反应，如果实在回答不了，那么便放弃。”

按铃声响起，包括陈旭他们，以及来自新西兰团队的人皆抬头望向许念园，在他们惊疑的目光中，许念园缓缓说出答案。

她回答完之后，紧张得整张小脸都憋红了，等到主持人宣布她回答正确之后，她才彻底松了口气。

说实话，她的确赌了一把，可她赌对了。

新西兰团队接连失去两次机会，开始自乱阵脚，而他们的焦躁反而给了许念园他们机会，接下来两道题，新西兰团队虽然抢先，可皆回答错误，所以第一轮比赛清河团队获胜。

时间一分一秒地过去，直至最后，评委团判定清河团队顺利进入下一轮比赛的时候，许念园等人不敢置信地立在原地一分钟，最终反应过来，惊喜地相互击掌。

他们赢了！

走出会场的时候，陈艳楠笑着迎了上来：“你们今天表现得很好，尤其是念园。明天还有一轮比赛，晚上回去好好休息。”

许念园离开会场之前，去了一趟洗手间，恰好碰上了脏辫女孩儿。

看得出来脏辫女孩儿是 ZA 团队的主攻手，而她也是为团队得分最多的一个队员，此时看到她，许念园进退不得，有些尴尬地站在原地。

倒是脏辫女孩儿走到许念园面前，落落大方地朝许念园伸出手：“你好，我叫 Anna。”她说着不太标准的中文。

“你会中文？”许念园十分惊讶，“你好，我叫许念园。”

“你刚才表现得很好。”安娜一脸欣赏，“你和我哥哥认识的一个人很像。”

“你哥哥？”许念园不解。

“我哥哥当年也参加过这个比赛，他输了。不过我哥哥说，他虽败犹荣，而且认识了一个朋友，也是中国人，他是我哥哥见过的最厉害的人。”

许念园心里有一个大胆的猜测：“你哥哥的朋友叫什么？”

安娜微笑，表情像极了给朋友安利爱豆的样子：“他叫楚翼淮。”

为期一周的比赛终于结束，回想比赛的种种，许念园有一种恍如隔世之感，最终他们以一分之差获得了亚军，冠军是来自瑞典的 FD 队。

回程比来时轻松，明明一样的时间，但好像就是比去的时候快了很多。下了飞机后，许念园才知道外头下起了淅淅沥沥的小雨，拖着行李走出机场，她眼尖地看到了熟悉的身影。

灯火通明中，细雨根根分明，落在身上很快就晕染开来。楚翼淮手里拿着一把黑色大伞，迈着长腿朝她走来。

机场风大，他只穿着一件薄毛衣，外头罩着风衣，一如那时候，她推开便利店的玻璃门，而他在灯火下抬头，四目相对。

楚翼淮径直走到许念园面前，看着鼻头冻得通红的她，眉头皱了皱，将大伞往她这边倾了倾：“怎么穿这么单薄？”

“飞、飞机上不冷。”许念园大脑还没转过弯来，磕磕巴巴道。

楚翼淮直接脱下身上的外套，递给她：“穿上。”

“不用了，我不冷。”许念园说完，瞥见他拧眉，最终还是乖乖地披上。

那端，晚一步从机场出来的陈旭，看到这一幕，前行的脚步顿了顿，身后的周薇薇莽莽撞撞没有察觉，一头撞上他的脊背，他却毫无所觉，意味不明地盯着许念园和楚翼淮。

这一场国际知识竞赛，他们虽没获得冠军，却也不遗憾。且扪心自问，这一次比赛如果没有许念园，他们很可能连亚军都拿不到。

也许是高三课业比较繁重，因此学长徐维和学姐赵晓并不在状态，好在他们在最后力挽狂澜，徐学长答出了漂亮的一题，而一开始如果不是许念园表现出色，他们的士气也不会高昂。

从进入清河中学开始，他便关注许念园了，或者用“关注”不合适，他嫉妒许念园，并把她当成了敌人。进入清河后，学校进行了一次摸底测试，而以前一直第一名的他，这一次却以三分之差落于人后，成为他之前没想过的第二名，而第一名，便是笑得一脸单纯的许念园。

她像炽热的太阳，一刻都没停歇过她身上的光芒，而这光芒让陈旭第一次站在了阴影底下。

他想要挣脱这阴影和束缚，并认为带给他这一切的主要原因都是一个人，那就是许念园。

现在他才明白，他所谓的阴影全都是他自己造成的，是他的嫉妒、不甘、疑惑、艳羡、急躁，一点一滴汇织成了阴影，是他自己将自己笼罩在其中。

而许念园这一束阳光，也是这一刻才照进他心底。

隔着朦胧的雨帘，他看着许念园仰头望着站在她面前的楚翼淮，他看不到她的表情，却能从楚翼淮的神色中读出她的神情。

她的目光一定是崇拜的，她的笑容一定是如春日里的阳光般，温暖又和煦。

陈旭觉得，自己好像无形中失去了什么。

“欸，那不是楚神吗？哇，他居然来接我们了！”周薇薇兴奋不已。

“醒一醒，别做梦了，人家楚神明明是来接许念园的。”沈一临不客气地打击周薇薇。

“哼，就算来接园园姐，那又怎么样，你嫉妒啊？”

“我嫉妒什么……”

“走吧。”陈旭面无表情道，“陈老师帮我们叫好车了。”

“那园园姐……”

周薇薇还要说什么，沈一临拉了拉她，低声在她耳边说道：“你怎么这么没眼力见，走了。”

陈艳楠也知道楚翼淮来了，她先将其他人送回家，至于许念园的安全，就交给了楚翼淮。

“你饿吗，想吃什么？”车上，楚翼淮询问许念园。

“我现在超想吃一碗热气腾腾的面条，或者白米饭配红烧肉。”

她现在半点也不客气了，她真的万分想念家乡的味道。

楚翼淮忍俊不禁：“好，你想吃什么就吃什么。”

虽然许念园的要求很简单，楚翼淮却没有敷衍，精心挑选了一家中餐厅。进去后，许念园小心翼翼地拉了拉他的手：“简单吃一点儿就好了，不用这么隆重的吧。”

楚翼淮仗着身高优势拍了拍她的脑袋：“家常菜。”

菜上来之后，许念园就没有停下筷子，飞机上的餐饭她吃不习惯，此时埋头苦吃，像极了一只腮帮子鼓鼓的小松鼠。

吃得七分饱的时候，许念园抬头，眸光熠熠地看着他。

楚翼淮被她盯得不自在：“怎么了？”

“我没能夺冠。”许念园略有些失望和心虚，“我辜负你的期待了。”

“许念园。”楚翼淮一改之前满面春风的笑容，变得认真且赞赏，“你已经表现得很优秀了。”

“你真的觉得我很优秀吗？”

“是啊。”

灯光下，她的眸子似天上的星，简单的衣服，质朴的脸，却蕴含着无穷的力量，熠熠生辉，而她却不自知。

曾经一起比赛过的朋友无意中将她比赛的视频发过来，并且告诉他：“这个女孩儿，和你很像。”

但其实，他们并不像。比起自己，楚翼淮觉得，她的性格、她的努力还有她的乐观，总有一天会成就一个连他也望尘莫及的人。

如果可以，他想一直陪在她身边，见证假以时日后，她站在更高处。

第六章

命运的齿轮

比赛告一段落，许念园恢复了正常的学习生活，但又有些不一样。

好歹是出征过国际赛事，于是她在学校的人气也高涨了许多。偶尔有几个迷妹迷弟会缠着她要签名，言晓萱自告奋勇地做她的“经纪人”以及“贴身护卫”，完全戏精附体。

对此，许念园表示万分无奈。

陈艳楠将这些事看在眼里，趁着一节自习课，将许念园叫到了办公室。

看着自己的得意门生，陈艳楠心里有欣慰和骄傲。

“老师，您找我？”

陈艳楠从抽屉中拿出一张报名表递给她：“这是全国物理竞赛报名表，你填一下。”

“好的，陈老师。”

许念园点点头，正要拿着报名表离开，陈艳楠叫住她：“念园，我希望你好好对待这一次的物理竞赛，不仅仅是努力，这一次物理竞赛获胜，有利于你争取保送。要是有需要帮助的，可以随时找我，也可以让翼淮指点指点你，他挺欣赏你的。”

许念园张了张嘴，最终重重地点点头，予以陈艳楠承诺：“老师，我会的。”

从办公室出来，许念园抬头望向天空，湛蓝的天空没有一丝一缕的云，她想起陈老师说的那句话——“他挺欣赏你的”。

许念园用报名表蒙住脸，不知为什么，她觉得自己的脸有些热。

周末到了，许念园难得不再“宅”，主动邀言晓萱逛街。偌大的商场，两个活泼伶俐的小姑娘有说有笑，让许多成年人羡慕不已。

“园园，你要买什么礼物送男神啊？”言晓萱和她逛了大半天，腿都走细了，“你倒是给我一个参考的范围啊。”

许念园也十分苦恼：“我也不知道要送他什么礼物。他上次送我书，还请我吃饭、给我补课，我总得感谢一下人家吧。萱萱，你对这方面应该比较了解，要不你帮我选选？”

“我这不是陪着你选吗，可是选了一路，也没选到你满意的礼物，你让我怎么办？”言晓萱抚额。

说话之间，一副耳机吸引了许念园的注意，耳机是银色的，款式简单大方。她想象了一下楚翼淮戴着它听单词的样子，不由自主地笑了笑。

言晓萱看了一下价位：“有点小贵，你喜欢这耳机？”

“嗯。”许念园嘴角噙着暖暖的笑意，“我觉得挺适合他的。”

言晓萱大手一挥：“喜欢就买！走，结账去。”

礼物买好了，可怎么送给楚翼淮成了一大难题，许念园做完作业，难得没有摊开书预习课文，而是双手捧着脸，盯着书桌上包装精美的盒子发呆。

她不是没送过礼物，可这是第一次送礼物给男生，她实在有些不知所措。

许念园想了想，掏出手机百度：该如何委婉地送出礼物？

回答五花八门，却没一个让她满意，想到白天言晓萱说的话：礼物贵在心意，至于怎么送，送什么，那不过是一个形式罢了。

许念园左思右想，决定就像言晓萱所说的一样，大大方方地将礼物送出去。

恰好明天是周末，许念园找了一道难题，工工整整地抄写下来，接着深吸口气，发了一条信息给楚翼淮。

楚翼淮刚洗完澡，正擦着头发从浴室走出，看到手机信息之后，他勾唇一笑，长指动了动。

这低眉浅笑的一幕让程飞宇看到了，他和徐晟睿对视一眼，又开始唱起双簧。程飞宇大呼：“我感觉咱们学校要有一堆女生的心要碎了！”

“那你倒是去拯救那些心碎成二维码的女生啊。”徐晟睿调侃道。

楚翼淮对宿舍这种打闹一贯不旁观不参与，他将毛巾搭在肩膀上，发消息给许念园：“明天我在图书馆等你。”

收到消息，许念园抱着手机转了几个圈圈，最终呈“大”字形摊在床上，可一颗心却怦怦乱跳，无法平静下来。

翌日一早，许念园细细地检查了一番礼物，这才坐车前去楚翼淮的学校。

她凭着记忆找到了图书馆，一眼看到坐在窗边的楚翼淮。轻暖的阳光洒落在他身上，她蓦地想到一个词，芝兰玉树。

她笑了笑，提着礼物走到他身边。

楚翼淮抬头，眼底闪烁着温暖的笑意，与外头的阳光交相辉映，他嘴角噙着浅浅的梨窝：“你来了。”

“你在看什么书？”许念园看了一眼，咂舌，“好复杂。”

“等你上大学之后，经过系统的学习，就不会觉得这些复杂了。”楚翼淮将身边的保温杯递给她，“最近比较干燥，我泡了花茶，可清热降火。”

许念园也不扭捏，打开喝了一口，眸子微亮：“好香，你还加了蜂蜜？”

“加了一点点蜂王浆，不上火，你可以放心喝。对了，你不是有问题要问我，给我看看？”

闻言，许念园咽下嘴里的花茶，支支吾吾。

“这是……这是送给你的礼物，谢谢你那天请我吃饭，还有一直指点我。”许念园一鼓作气地将藏在包里的礼盒递给他。

楚翼淮微愣，旋即不予苟同地摇摇头：“指点你，是陈老师的嘱托，请你吃饭，那是朋友之间的基本礼仪，何况，我比你大了一些，就像大哥哥一样，帮你，照顾你也是应该的。”

虽然面上这么说，可楚翼淮也有一些心虚，许念园和周薇薇并无不同，可他显然更照顾许念园，似乎她在的地方，他都看不到别人。

他安慰自己，是因为许念园太懂事，或许第一次两人一起吃烤红薯的时候，他就被她隐忍、知世故却不世故的样子吸引了，也被她超乎同龄女孩儿的懂事所触动。

“你就是单纯照顾我吗？”

许念园心底有些不是滋味，她想起第一次吃烤红薯的时候，自己对他“推心置腹”，不由得有些感伤。

“小孩儿，不要总是顾虑太多。”楚翼淮被她伤感的模样逗笑，伸手揉了揉她的脑袋，“你忘了吗，我们是朋友，朋友之间互相帮助不是应该的吗？”

“嗯。”许念园被他哄好了，催促他，“那你打开看看，看喜欢不喜欢？”

楚翼淮打开，看到是耳机愣了下，脸上却越发温柔：“谢谢，我很喜欢。”

楚翼淮眼神专注地看着她，漆黑的眸子似浸过泉水的黑曜石，干净又透彻，不含半分杂质：“其实，我今天也有一件事想告诉你。”

“什么？”许念园不解。

楚翼淮郑重其事道：“陈老师找过我了，她说了你要去参加全国物理竞赛的事情，我可以辅导你学习，我会尽量抽出空余时间，不过平时上课我可能没空，周末的话……”

话还未说完，他的手臂已经被许念园牢牢握紧。

“楚神，你说的是真的吗！不是和我开玩笑的吧！我会当真的！”许念园激动得语无伦次，小脸涨红，“我我我……我真的会当真的。”

楚翼淮眼底闪着点点笑意：“我没开玩笑。”他扬了扬手上的礼物，“投以木瓜，报之以琼瑶。那就这么说定了，补习都安排在周末，你希望在哪里补课？”

“市图书馆吧。”许念园终于从极度兴奋中冷静下来，对楚翼淮甜甜一笑，“我以后可以叫你师父吗？”

他不甚自然地摸了摸鼻梁：“要不就……叫学长吧。”

“好嘞，学长。”许念园笑成了一朵花。

离开学校后，许念园在门口遇到了陈旭，他手里拿着一个黑色包裹，正和一个身高腿长的姐姐说话。她犹豫了一下，等长腿姐姐离开之后，才上去打了个招呼。

看到许念园，陈旭有一瞬间的惊讶，不过他很快反应过来，难得主动问道：“你是来找楚学长的吗？”

“嗯。”自从国际知识竞赛之后，她和陈旭之间的关系缓和了许多，有些英雄惜英雄的感觉了。

“我有一些问题不太懂，想请教一下楚神。”许念园解释道。

陈旭点点头：“我知道你报名参加了全国物理竞赛，我也参加了。”

这事儿她其实已经知道了，虽然两个人现在真的是竞争对手了，但她还是大大方方地说道：“那我们一起努力吧。”

“一较高下。”他神色依旧淡然，眼底却很是真诚，“这一次谁也别让谁。”

“我从来没有让过，都是全力以赴。”许念园认真道。

“我也是。”

两人站在银杏树下，轻风拂过，金黄的叶片纷纷扬扬地落下，一片叶子摇摇晃晃落在了许念园的肩膀上。

陈旭手指动了动，最终克制住，指了指她的肩膀：“你肩膀上有一片落叶。”

闻言，许念园往他手指的方向望去，果然看到一片金黄色的落叶趴在自己肩上。

她拿下肩上的银杏叶，挥了挥：“看来它是主动来做我的书签的。”

那一笑，似万丈光芒落入他心尖。

陈旭突然往后退了一步，清隽的面庞爬上一丝微红，他喉结动了动，对许念园说了一句：“我还有事，先走了。”

自打上次比赛结束后，周薇薇对许念园的崇拜就不亚于崇拜楚翼淮。在周薇薇百般撒娇、万般恳求下，许念园终于点头同意和言晓萱一起去她家做客。

周薇薇的父亲是本市企业家，为此她所住的地方也在本市的富人区。

看着坐落在临湖边的高档别墅，言晓萱啧啧有声：“园园，我本以为我们俩已经是小康向上的家庭了，可和人家一比，我们简直不要太惨。”

“知足常乐。”许念园笑笑，“我觉得我已经很富有了。”

和许念园做朋友这么久，言晓萱知道她所说的“富有”并不是表面上的富有。言晓萱煞有介事地点点头：“是啊，叔叔阿姨给了你聪明的头脑，漂亮的外貌，坚强的性格。”

“萱萱，你和以前不一样了。”许念园故意惊讶，“这话不像你说得出来。”她家萱萱皮惯了，这么正儿八经的话的确不像她所说。

不知道为什么，言晓萱脑海中闪过程飞宇的模样，要说不正经，他那咧着一口大白牙、吊儿郎当的样子才不正经。

“没什么。”言晓萱摇了摇头，将他的身影从脑海中赶走，“我们快走吧，别让人家等急了。”

进了周薇薇家里，向来心里淡然如水的许念园也不禁为这里的豪气吓到。

看到两人盯着墙上的一幅画发呆，周薇薇拍了拍许念园的肩膀：“走啦，我妈妈准备好了蛋糕，我们去吃吧。”

随着周薇薇来到三楼，看到一个气质优雅的妇人。看到她们三人出现，妇人笑着起身，来到她们面前，弯下腰，温温柔柔道：“欢迎你们来我家做客。”

“阿姨好。”两人礼貌问好。

周薇薇的母亲将目光定格在许念园身上，温和一笑：“你就是念园对吗，薇薇一直提起你。我家这丫头安静不下来，以后还要请你多多指点她……”

“妈，你说什么呢，我哪里皮了。而且你不要给园园姐压力啦，她现在要准备参加全国物理竞赛，这件事很重要。”周薇薇加重了“重要”两个字。

“你要是有念园这么乖，我还会担心你吗？”周妈妈嗔怪地看了自己女儿一眼，“好了，茶已经泡好了，你们三个小姑娘尽情玩，妈妈和爸爸有事出门一趟。”

家长一走，许念园和言晓萱才彻底松了一口气，周薇薇招呼她们吃蛋糕喝茶。大人一离开，周薇薇便恢复本性了，呵呵道：“园园姐，晓萱姐，我们来看恐怖片好吗？我爸妈去参加酒会，今晚不一定回来，你们就住在这儿，我们可以晚上看啊。”

言晓萱和周薇薇一见如故，说起恐怖片就像是打开了话匣子。最后，两人讨论完，周薇薇看向一直沉默的许念园，小心翼翼地问：“园园姐是不是怕恐怖片，如果是这样，我们就看一点温和的。”

言晓萱拍了拍周薇薇的肩膀，一副小大人的语气语重心长地说道：“孩子，你太天真了。”

晚上九点，偌大的别墅漆黑一片，唯有客厅的大荧幕泛着荧光。

周薇薇和言晓萱两人搂得紧紧的，两人被电影的恐怖情节吓得瑟瑟发抖，反观一旁的许念园淡定如常，目不转睛，似乎不是在看恐怖片，而是在看五年高考三年模拟试卷。

周薇薇上下牙齿打战，磕磕巴巴地说：“晓萱姐，我总算明白你说的话了，园园姐究竟是什么人才，这都不怕。”

“人，不可貌相。对不对？”言晓萱苦笑。

电影即将结束时，突然门口传来门铃声，两个女孩儿吓得跳起，面面相觑。此情此景，简直就是方才电影剧情的复盘——夜晚，门铃。

许念园起身：“我去开门吧。”

周薇薇和言晓萱一把拉住她，周薇薇深吸一口气：“我，我去吧。”

这是她的家，哪有让客人去开门的道理，而且要是有突发情况，她作为主人，也要保护她们二人才是。

周薇薇蹑手蹑脚地走到门口，还不忘准备棒球棍，打开门的一瞬间，她猛地挥出手上的棒球棍，好在对方闪避及时，否则妥妥重伤。

“周薇薇，你想谋杀吗？”

突如其来的怒吼声惊到了周薇薇，她不敢置信地看着因为躲避摔倒在地的沈一临，顿时松了口气。

“怎么是你，你大晚上来按我家门铃干什么？”她手里依旧拿着棒球棍，警惕地看着沈一临。

沈一临起身，拍了拍身上的灰尘，没好气道：“叔叔阿姨今晚不回家，打电话过来让我看看你一个人行不行，不行的话，可以去我家睡。”

站在后面的许念园和言晓萱惊得下巴都掉在地上了。

她们好像发现了什么不得了的事情。

别墅客厅，灯火通明，沈一临坐在沙发一角，正面无表情地喝着茶，另一端，周薇薇面红耳赤地和两人解释。

“我和他真的没关系，充其量只是不怎么熟悉的邻居而已。”周薇薇尽可能地撇清关系。

“哦，是啊。”沈一临喝了一口茶，凉凉道，“什么样的邻居才会三天两头去我家蹭饭。”

“我那是……”周薇薇脸更红了，“你别听他乱说，我只是偶尔家里没饭吃，才去那边。”

她的话换来沈一临一个不置可否的笑。

经过周薇薇的解释，许念园终于弄清楚她和沈一临的关系——一天不吵就少点什么的青梅竹马。

不过许念园仔细回忆了一下，虽然他们两人经常吵架，但看得出来都是沈一临在让着周薇薇，而且在国外的时候，还有一个小插曲。

晚上休息的时候，她在酒店楼下的自动饮料机买水，沈一临也在。

她挑了原味酸奶，正打算给周薇薇也拿一个原味的，一旁买好水的沈一临突然说道：“她更喜欢草莓味的。”

后来，她选择了草莓味的酸奶，拿给周薇薇的时候，周薇薇还笑着给她一个热烈的拥抱，感谢她对自己的了解。

“原来如此啊。”许念园将前因后果串联了下，做了一个简单的总结。

沈一临多看了许念园一眼，那一眼的意思是“你别乱说话”。

许念园很聪明地保持缄默。

晚上，三个女生一齐睡在周薇薇的房间。

周薇薇的房间是传统的公主房风格，到处是粉色和蕾丝。小时候周薇薇还喜欢这些，但随着年龄增长，她已经清楚地明白自己想要的是什么，可惜她有一个心里住着“小公主”的妈妈，所以她抵抗不得，唯有服从。

周薇薇睁着大大的眼睛问许念园：“园园姐，如果是你，你想要什么样的房间？”

“大概，星空吧。”许念园望着床幔喃喃道。

“谈论什么星空啊，房间啊，多无聊啊。薇薇，你聊聊你和沈一临呗。”言晓萱一脸八卦。

“我和他有什么好聊的。”周薇薇嗤之以鼻，但在言晓萱期待的眼神下，还是开了口，“我和沈一临从出生的时候就认识了，他比我大三个月，不过别以为大我一点就可以欺负我。小时候沈一临就特别听话，跟个机器人似的，每天不是看书就是做题，一点都不好玩，可恶的是，我爸妈总是拿他和我做比较，他就是‘别人家的孩子’。

“不过因为有了他，我也开始努力，我就不相信自己比他差，不信我不能成为‘别人家的孩子’，最重要的是，我不希望沈一临站在我的头顶嘲笑我。”

“你很讨厌他吗？”言晓萱是一个忠实的听众。

“讨厌。”周薇薇不假思索。

“如果你讨厌他的话，你连提都不愿意提起他了，相反，一说到你和他的事情，你记忆深刻，说明什么，说明你打心眼里根本不讨厌他。”

许念园表示赞同，言晓萱在这方面总是比别人通透许多，经常一针见血。

果然，言晓萱说完，周薇薇就沉默了，接着她承认：“好吧，我确实不是打心眼里讨厌他，不过他这人的确很容易激起我的怒火，他总喜欢招惹我，你别看他一本正经的样子，实际上特别坏。”

许念园和言晓萱默契地相视一笑。

“其实啊……”言晓萱双手枕着脑袋，“有一个陪着自己长大的朋友，真的是一件很幸福的事情。”

说到这儿，许念园沉默了。她从小就没什么朋友，陪伴她最多的就是书，而不知道从什么时候开始，她身边陆陆续续多了许多人，言晓萱、周薇薇、陈旭，还有……

还有楚翼淮……

让她本来孤单的世界多了些光芒的，楚翼淮。

时间匆匆如白驹过隙。短暂的轻松后，又是紧张的学习状态。

早上九点，许念园准时出现在市图书馆门口，结果楚翼淮比她还早了一些。

钢筋水泥铸造的图书馆融合了许多现代化元素，带着些许未来科技感，楚翼淮站在门口，阳光斜斜洒落，几缕落在他身上，他微低着头，正在看书。

似乎察觉有人来，楚翼淮一抬头，看到站在不远处的许念园。他蓦地一笑，露出浅浅的梨窝。金色的碎光下，他的笑似染了花蜜，甜到了许念园心中。

她想，原来男生也可以笑得这么好看。

许念园快步走到他面前，露出一抹抱歉的表情：“让你久等了。”

“我也是刚到，走吧。”楚翼淮自然而然地拿过她身上的书包。

“我朋友说今天上映一部很好看的电影，补习结束后，我请你看电影。”

“好。”楚翼淮点头。

进了图书馆，两人寻了一个角落的位置坐下来后，开始大眼瞪小眼。

许念园瞪得眼睛发酸，为打破这尴尬的气氛，她轻咳一声说道：“我觉得物理是我的短板，要不先复习物理？”

“好。”

“那我们开始吧，先打开第十页，讲的是电力学……”许念园不知不觉进入平日的“讲课状态”，滔滔不绝，等说了一半，她才反应过来。

她这是在干什么？

她今天的角色可是被辅导的学生，她怎么把人家的工作抢过来了，自己还有没有一点自觉！

许念园低垂着头，脸红红的。她小心翼翼地将物理书移到楚翼淮面前：“不好……不好意思，你、你来。”

楚翼淮打趣道：“许老师，课讲得不错，有理有据，比我好多了。”

许念园因为他的话而更不好意思了。楚翼淮看在眼里，自然地接过她手里的书，就着她刚刚说的地方，开始给她查缺补漏。许念园听得频频点头，马上进入状态，两个人一问一答，气氛融洽。

补习结束后，两人离开市图书馆。

华灯初上，一轮明月静悄悄地挂在梢头，许念园抬头，深吸口气：“难得见到这么好看的夜色，看来是有楚神之光加成。”

一句话，让楚翼淮心房一颤，他还未开口，许念园已经步伐轻快地往前走，走到一半发现他没跟上，她回过头来催他：“发什么呆呢，目标电影院，走呀。”

恰好是周六，电影院人满为患，许念园看着前面排队买票的长龙，咂舌道：“人好多啊。”

说话之间，许念园被身边的大叔挤得一个踉跄，下一刻，一只长臂伸来，许念园抬头，入目便是楚翼淮的下颚，他垂着头看她，声色琅琅：“人太多了，你就站在我身边别被挤着。”

“好。”许念园乖巧地点点头，心底却绽开一束又一束烟花。

等排到他们的时候，许念园指着上方的一张恐怖片海报说道：“你想不想看这部电影，听说特别好看。”

柜台小姐姐正被眼前两人的颜值吸引，仔细打量了一番楚翼淮，突然惊喜：“你是楚翼淮，参加《加油，未来星》的那个楚神？”

柜台小姐姐兴奋异常，瞥见她溢于言表的激动之情，楚翼淮下意识地拧眉，许念园于是拉了拉他的袖子问道：“需要我帮忙吗？”

楚翼淮微弯腰，低头小声道：“非常需要。”

“收到。”

许念园俏皮一笑，亲昵地揽住楚翼淮的手臂。楚翼淮愣了下，垂眸看着使劲儿踮着脚，配合自己身高的许念园。他下意识地屈膝，让她姿势不再这么别扭。

许念园并没有发现他的贴心，而是在心底过了一遍剧本，脸上挂着粲然的笑容：“你也觉得他像楚神吗？”

柜台小姐姐愣住了：“他就是楚翼淮呀……”

“他不是哦，他是我哥哥，我叫许圆圆，我哥哥叫许满满。”

楚翼淮差一点没有绷住，他好笑地看了一眼许念园，圆圆满满，没想到这个小丫头胡诌的本事也很大。

柜台小姐姐狐疑地看了一眼他们：“咳咳……兄妹啊，你们长得倒是不怎么看得出来是兄妹。”

许念园故作哀伤地叹息一声："是吧，我们兄妹在基因遗传选择上，截然相反。"

许念园戏精上身，到底是把小姐姐忽悠过去了。给两人拿了票以后，目送两人离开，柜台小姐姐还不忘多看几眼，一边看一边嘀咕："好像就是啊。"

"许满满？"离开柜台后，楚翼淮看着许念园啼笑皆非。

许念园不好意思地吐了吐舌头，难得狡黠："形势所迫嘛。那种情况下，我的脑袋里转来转去的都是什么许狗蛋、许铁柱之类的名字，满满已经很好了，真的。"

"……"

楚翼淮惊讶于她当下的活泼，随手拍了拍她的头顶，笑若春风。

许念园觉得这个笑容有点醉人，她需要冷静冷静。她反手就把电影票塞到楚翼淮手里："我去洗个手。"

第七章

星河璀璨

楚翼淮刚寻了一个位置坐下，程飞宇的来电狂响轰炸而来：“小淮淮，你知道我的篮球服放在哪里了吗？”

楚翼淮因为他的称呼沉默了片刻，并且想要挂断电话，忍了忍说：“今早上徐晟睿收衣服了。”

“然后？这和我的篮球服在哪里有什么直接关联吗？”

楚翼淮淡淡道：“徐晟睿收衣服的时候，不小心将你的篮球服掉到楼下，不偏不倚掉进了垃圾桶中。”

这次轮到程飞宇沉默了。

为避免室友自相残杀，楚翼淮难得散发同学爱：“他已经在买衣服赔罪的路上了，你千万别怪他。”

程飞宇呵呵冷笑：“等你回来，我给你表演一场手撕活人。对，你怎么还没回来，都晚上了。”

那端的程飞宇十分奇怪，毕竟他们的“宿舍之宝”楚翼淮是个难得的乖宝宝，像这种“晚归”的情况少之又少。

“现在是下午六点多，准确地说还算是傍晚。”楚翼淮一本正经。

恰逢电影院广播响起，程飞宇听到广播声，啧啧惊叹：“不是吧，你在电影院，你和谁一起看电影，科幻片？”

他犹记得大一开学那会儿，为了庆祝成为室友，他们宿舍四人结伴去看了一场电影，当时那部电影是商业价值兼口碑都不错的科幻片，看完后，四人交换意见。

最后……

楚翼淮一本正经地给他们上了一堂天文课。

自此之后，宿舍再也没组织过相关活动，明明是娱乐消遣还要被迫接受知识的洗礼，这种人生真是太难了。

就是不知道是谁这么有勇气，陪着楚神看电影。

“你认识，许念园。”楚翼淮也不藏着掖着，“我今天帮她补习，她请我看电影。”

“哦哟——”程飞宇在电话那端笑得意味深长，“女生看电影都喜欢吃甜食，比如爆米花啦，可乐啦，作为哥哥，别说我没有帮你哟……”

被莫名其妙占便宜的楚翼淮当机立断挂断电话，女生喜欢吃爆米花和可乐？程飞宇说的话，他才不信。

几分钟后，楚翼淮抱着一大桶爆米花和两杯可乐返回。

两个候场的女生正在窃窃私语：

“我听说这部新上映的恐怖片非常吓人，有个男生直接被吓哭了。”

“不是吧，那我们还要看吗？”

“还是选择其他电影看吧，我怕吓得不敢回家……”

楚翼淮抱着爆米花桶的手僵了下。

他并不是没看过恐怖片，但他知道自己的极限在哪里。虽然他是十足的唯物主义者，不过当视觉和听觉同时被刺激，说不怕是不可能的。一般恐怖，他可以睁一只眼闭一只眼看，但如果是更恐怖的话……

楚翼淮将手里的东西放好，打开百度搜寻这部“吓哭男子汉”的恐怖片。果不其然，下面除了好评就是对恐怖感的惊叹。

“妈呀，这是我看过的最恐怖的电影，没有之一，旁边一个一米八几的壮汉直接吓哭了，最后逃离现场。我就好奇了，现在恐怖片尺度都这么大了吗？”

“想听最诡异的音效，来看《诡笑》；想体验一把心脏上蹿下跳的感觉，来看《诡笑》；想自虐的话，来看《诡笑》，保证不会让你后悔。看了《诡笑》以后，我已经一周没睡觉了，哭唧唧。”

“我以为看恐怖片是跟女朋友培养感情来着，结果女朋友吓得跟我分手了，看个电影我被迫成为单身狗了，我容易吗我。”

“楼上，你还不是最惨的，我第一次约喜欢的女神看电影，结果怀着侥幸心理选择了这部影片，结果你猜怎么着？她对我好感十足，现在成了我女朋友，天天逼我看恐怖片，我距离崩溃不远了。”

“【微笑】我从小就爱看恐怖片，《诡笑》自宣传以来便占据话题版，我本着挑战的念头来影院一探究竟，不说了，我现在正在洗裤子，都吓尿了。”

楚翼淮一目十行地浏览着评论，下意识地咽了咽唾沫，他决定了，换票！

至于原因……她还是未成年，所以不能看这么恐怖的电影，否则会对她幼小的心灵产生不可磨灭的伤害和阴影。

楚翼淮还在那端斟酌说辞，许念园已经出来了，她满脸兴奋：“我刚刚在洗手间的时候听两个姐姐说，我们选的这部恐怖电影超级精彩。”

楚翼淮梗了梗，踟蹰道：“听说这部电影有点恐怖，你可以吗？”

“嘿嘿，我可是恐怖片头号死忠粉，这点程度吓不到我，而且这些都是假的……”许念园目光落在他手上的一桶满满的爆米花上，喜悦之情溢于言表，“你买爆米花了呀。”

许念园兴奋地碎碎念：“好开心，可乐爆米花，电影好搭档，还是奶油味，谢谢楚神！”

说话之间，到了检票时间。

眼见没有转圜的余地，楚翼淮只能硬着头皮，跟在许念园身后。这个厅人还没全部散场，两人进去后，见几个人面色苍白，心有余悸地走出来。

楚翼淮：“……”

真的那么恐怖吗？

两人找到位置坐下，电影还没开始，银幕正在播放广告，楚翼淮的目光落在许念园的手上，可乐是冰的，遇热产生水珠，现下她一握，水珠全转移到她手上。

他掏出手帕，自然而然地抓着她的手，擦了擦。

许念园吓了一跳，反应过来之后乖乖地伸出另一只手。

“你的手帕好特别。”许念园观察着手帕上的花纹，“这看着不像是机器绣出来的。”

楚翼淮抬头，勾出一抹温浅的笑意：“这是我妈绣的。”

许念园震惊脸，这是什么神仙家庭，儿子是天才，妈妈手艺出众！许念园服了，看着手帕上栩栩如生的蝴蝶，又有些好笑，楚翼淮居然会把绣着蝴蝶的手帕带在身上。

似乎知道许念园在想什么，楚翼淮不好意思地轻咳一声，解释道：“这是她的一份心意。”

“绣得栩栩如生。”许念园满脸羡慕，“有个心灵手巧的妈妈真好，我妈妈每周在家的次数屈指可数，我记得她第一次煎蛋的时候，还差点把厨房烧了，吓得我和我爸再也不敢让她踏入厨房半步。”说完，她又嘿嘿一笑，“虽然我妈妈厨艺不精，但她真的是个仙女，有机会的话我带你去看我妈妈团里跳舞。”

“好。”楚翼淮点点头。

眼见电影即将开始，两个人停止聊天。

电影拉开帷幕，一开场便是诡异的音乐，楚翼淮看了一眼身旁的许念园，她正目不转睛地盯着银幕。

楚翼淮深吸口气，人家小姑娘一个未成年胆子都那么大，他作为一个成年人，如果被吓到，那岂不是丢人。

像许念园说的一样，这些都是假的……

不过很快，楚翼淮便被打脸了。听着毛骨悚然的诡异音效，以及电影里时不时炸出来的可怕“鬼”脸，楚翼淮全程紧抓座椅扶手，紧张地盯着银幕。

电影历时一小时三十分钟，在这一个多小时中，楚翼淮受到了三十五次惊吓，等电影结束，他觉得自己的腿有点软。

许念园却是一脸兴奋："今天这电影真是值回票价，太精彩了。"

"嗯……是很精彩……"还在惊吓中的楚翼淮强颜欢笑。

"没想到镰刀恶魔才是最终 boss。事实证明，邪恶的人比世界上最可怕的鬼还可怕。"许念园滔滔不绝地述说观影感。

楚翼淮内心"？？？"，镰刀恶魔又是谁？

生怕许念园继续和自己对剧情，从而发现他从头到尾都是睁一只眼闭一只眼看完整部电影的，楚翼淮立马机智地转移话题，然而还没等他开口，许念园猛地拉着他蹲下。

不明所以的楚翼淮陪着她蹲下，一米八几的男生委委屈屈地窝在过道上，远远望去，好像一大一小两朵蘑菇杵在中间。

"怎么了？"他问。

"我碰到同学了，我昨天才跟他说我和我爸妈团聚，如果被他知道我在这里看电影，不知道他会怎么想。"

楚翼淮的声音不自觉地放低，面色微沉："你很在乎他的想法吗？"

"不是在乎不在乎的原因，主要是我骗了他呀。他过来了过来了。"许念园紧张地屏住呼吸，眼见周洋洋往这儿走来，她一张小脸憋得通红。

楚翼淮抬头看了远处一眼，下一刻伸出手臂，挡住了许念园，虽然保持着距离，但从远处看像将许念园圈在怀中。

许念园微愣，他的衣服有股柠檬的清香，随着呼吸，钻进她的鼻腔。许念园的脑袋恰好和他的左胸很近，能清晰地听到他铿锵有力的心跳声。

不知不觉中，她的心跳也跟着趋于平缓。

楚翼淮时刻注意着眼前的情况，见男生经过他们身边，他忙低下头，减少存在感。直到对方走远，他才松了一口气：“他走了。”

低沉的声音从头顶传来，许念园耳朵微麻，她轻轻“嗯”了一声，站起来退了两步保持着适当的距离。

起身后，两人不约而同倒抽一口凉气，最终相视一笑——

“腿麻了。”

另一端，一腔“怨恨”无处发泄的程飞宇，在找不到罪魁祸首徐晟睿后，决定出去溜达溜达，冷静冷静。

这一溜达，机缘巧合，他撞见了上次“碰瓷”的姑娘言晓萱。

他之所以能认出她，是因为她具有辨识度的声音，尽管在哭。

程飞宇三步并作两步走到她跟前，打招呼道：“嗨，小不点，咱们又见面了。”

言晓萱正兀自沉浸在悲伤中，乍一听这声音，她猛地抬起头，待看到站在眼前的是程飞宇，嘴角抽了抽：“怎么又是你？”

“整个公园就数你哭得最大声，我不被你吸引过来也难。你又怎么了，是哪个战斗力满格的怪咖居然把你给欺负了？”

言晓萱白了他一眼，眼泪犹挂脸颊，但她已经很有骨气地昂头挺胸：“不用你管。”

“得嘞。”程飞宇煞有介事地点点头，“青山不改，绿水长流，再会。”

还没走一步，衣角被人抓住，他嘴角微勾，再转身却是一脸严肃：

“这位同学，我们很熟吗，你抓着我的衣角干什么？”

“我饿了。”言晓萱睁着一双湿漉漉的泪眼说道。

“所以呢？”

“我……我晚饭没吃。”言晓萱不好意思地看着他，“我也没带钱，你能不能借我点钱，我会还你的。”

程飞宇叹息一声：“走吧。”

公园附近的一家面馆，言晓萱埋头苦吃，程飞宇撑着脑袋，好笑地看着她狼吞虎咽：“就一个晚饭没吃，不知道的还以为你饿了好几天呢。”

说完，他突然想到，自己已经是第二次请她吃饭了，眼前这场景怎么看怎么像是在“养猪”。

言晓萱很快解决完一碗面，满足地呼出一口气，整个人都变得明媚了：“谢谢你，程飞宇。”

“没礼貌，叫程大哥。”程飞宇拍了拍她的脑袋。

言晓萱机智地躲过，呵呵道：“你哪有一点当大哥哥的模样，大哥哥就应该像楚神那样。”她想起许念园评价楚翼淮的原话“是个善良体贴、温柔可爱的长腿大哥哥”。

话音刚落，程飞宇愣住：“你认识楚翼淮？”

“那当然。”言晓萱一脸得意地夸赞自己的好闺蜜许念园，“楚翼淮和我家园园很熟，楚神都帮我家园园补课了。”

“你家园园？”程飞宇嘴角微抽，“许念园？”

“你认识我家园园？”这次轮到言晓萱震惊了。

“世界还真小，你口中的楚神就是本人我的室友。”程飞宇骄傲地挺直胸脯，一副骄傲脸等着言晓萱夸赞。

结果，等了半天，言晓萱十分平静地点点头：“哦。”

程飞宇的骄傲瞬间被拍散，他一副“你怎么不按剧情走”的模样：“你就哦？”

“没有。”言晓萱叹息，“就是莫名同情楚神。”

程飞宇：“……”

很好，这小姑娘小嘴厉害，骂人不带脏字，杀人不见血，那他是不是也没必要做好人行善事了？

于是他勾唇一笑，转身就走。

言晓萱忙拉住他：“那个，钱还没付呢。”

程飞宇抖开她的手，斜眼看她：“这位同学，我们认识吗？”

“程飞宇！”言晓萱终于败下阵来，“我错了。”

程飞宇拍了拍她的脑袋，严肃地点点头：“嗯，知错就改还是个好孩子。”说完，得到了言晓萱两个不服气的大白眼之后，转身潇洒地去付了账。

两人出了面馆，程飞宇抬头看了看天，接着对晓萱问道：“你家在哪里？”

问完，他瞥见言晓萱警惕的模样，又好气又好笑：“放心，我不打家劫舍，这么晚了，你一个女孩子回家不安全，我送你回去。”

夜色如水，两人沿着马路牙子走着，微风袭来，带着淡淡的花香，程飞宇单手插着兜，嘴角挂着闲适的笑意，言晓萱抬头的瞬间，一缕风拂起他的衣摆，他微微眯了眯眼，淡声道：“有话直说，别直勾勾地盯着别人看，我们这种帅哥也是会害羞的。”

虽然不过短短接触过两次，但他莫名给自己一股安心的感觉，言晓萱知道他贫嘴的功夫，也不予计较，而是叹息一声。

“小小年纪就爱叹气，一点都不阳光。”程飞宇说道，“有什么不开心的事情，说出来给我开心开心。”

言晓萱：好想打人有没有。

“你有没有和父母抗争过？”言晓萱生怕自己表达不清，又补充一句，“比如在学业方面。”

程飞宇不解地瞥了她一眼。

言晓萱苦笑：“也是，你可是清华大学的，国家未来的栋梁，你怎么会有烦恼。”

“又不是出家人，是人就有烦恼。”程飞宇淡淡道，“小时候我很爱打篮球，梦想成为职业篮球选手，和科比一样，但我父母认为打篮球是玩物丧志，就把我的球收了，不再让我打。还有更惨的，为了抗争我准备离家出走，结果从二楼掉下来，摔断腿，在床上躺了几个月。”

言晓萱不敢置信地看着他。

“你信了？”程飞宇哈哈大笑。

言晓萱磨着后槽牙，最终“扑哧”一笑：“你不当笑星真的可惜了。”

“哎呀，一晚上都苦着一张脸，现在终于笑了。说真的，你不笑看起来跟哥斯拉一样，笑起来亲和多了。”

言晓萱知道程飞宇表面油嘴滑舌，满嘴跑火车，但实际上是想逗她笑。

“我想转到文科。我喜欢历史，我想学考古，我想挖掘探索中华五千年的历史，可是我爸妈非要我学理，他们认为学文不务正业。”

程飞宇正色道：“人生路上有许多岔路口，每条岔路口都有自己的风景和终点，而你想怎么走，取决于你自己，因为双腿长在自己身上。”

见言晓萱一直站在原地，程飞宇快走几步来到她面前，弯腰与她平视。近距离下，言晓萱发现他的睫毛又长又密，一双桃花眼天生含笑，眼尾微微上挑。他微微一笑，伸手弹了她一个小栗暴：“走了，发什么呆呢。”

程飞宇送言晓萱安全到家。

两人站在小区门口相对无言，最终还是言晓萱开口打破尴尬：“谢谢你送我回来，面钱……”

“请你吃了，下次有机会你再请我。”程飞宇说道，“等你问题解决后，宰你一顿大餐。”

在言晓萱诧异的时候，程飞宇眨眨眼，旋即潇洒地挥挥手，转身离开。

送完言晓萱，程飞宇回了学校。到了宿舍，他没看到杀千刀的徐晟睿，反而见到楚翼淮穿着白T恤海滩裤，正埋头奋笔疾书。

“头发还没擦干就学习，你也不怕自己得偏头痛。”程飞宇飞过去一条白毛巾。

楚翼淮正埋头写卷子，冷不丁被毛巾糊了一脸。他倒也没生气，在程飞宇的絮叨下拿着毛巾擦头。

程飞宇啧啧有声：“要是被那些女孩儿看到你这副无辜又干净的小模样，尖叫声都够造成噪声污染了。”

也不能怪程飞宇感慨，刚洗完澡的楚翼淮唇红齿白，眼神清透无辜，再戴上一副眼镜，就是禁欲系小鲜肉，特招人喜欢的那一种。

最重要的是，楚翼淮身上有一种独特的气质，虽然楚翼淮不在校草排行榜上，但他敢打包票，全校没几个人有楚翼淮身上这种气质。

“你在做什么？”程飞宇走到楚翼淮面前，探头一看，顿时啧啧连声，“物理竞赛？小生要是没记错的话，你已经过了参加全国物理竞赛的年龄了吧……”

楚翼淮放下毛巾，垂眸认真地看着桌上的试卷，眼底一片柔和：“这是我给许念园准备的试卷，她下个月准备参加全国物理竞赛。”

程飞宇意味深长一笑，心里连呼三声“怪不得”。

不过……

冷静自持如楚翼淮，除了学习之外，鲜对一件事如此上心，程飞宇笑了笑：“要是苏谨薇知道你对一个小不点这么上心，不知道会不会难过得睡不着。”

楚翼淮反应很真实：“苏谨薇是谁？”

“不是吧。”程飞宇一拍他的肩膀，面色怪异地看着他，“你该不会连咱们学校的校花都不知道吧？而且她也是物理系的，你们就算不是低头不见抬头见，至少也有耳闻吧，你居然不认识她？”

楚翼淮迷茫地摇摇头。

程飞宇恨铁不成钢地描述道：“就苏谨薇啊，爱穿白裙子，长发飘飘的那个……”

说到长发飘飘，楚翼淮不禁想起不久前和许念园看过的恐怖电影，里头就有一个披头散发，爱穿白裙子的女鬼。忆起那画面，他不禁打了个寒战。

也不知道是不是程飞宇的嘴巴开过光，楚翼淮第二天便遇到了传说中的校花。

此时苏谨薇正站在他面前。

她像是被设置了程序的完美机器人，每一个微笑的弧度都标标准准，连走路也是亦步亦趋，让人不禁怀疑是不是每一步的间距都相同，他忽然想起许念园的走路方式。

许念园开心的时候，会下意识一蹦一跳，脚步轻快，像一只看到胡萝卜的小白兔一般。

不过，她是小短腿，偶尔跟不上他的时候，还要装作若无其事的模样，看上去可爱又滑稽。

“楚翼淮你好，我是物理系的苏谨薇，不知道你对我还有没有印象，你之前帮过我。”瞥见楚翼淮疑惑的神情，苏谨薇委婉地提醒他，“在图书馆门口，你帮我捡过书。”

说实话，他一丁点印象都没有，但他还是保持微笑：“举手之劳而已。”

“不以善小而不为，虽然只是一个小忙，但我还是想感谢你，如果你不介意的话，我想请你吃顿饭。”

“真的不用麻烦了。”楚翼淮婉拒她。

苏谨薇还欲说什么，突然一道男声传来，打破了他们之间尴尬的气氛。

“苏谨薇，徐教授叫你过去一趟。”男生边说边走到他们面前。

苏谨薇懊恼地瞪着男生，可惜后者并不在意，只是耸耸肩：“要是你迟到被教授骂了，可不怪我。”

苏谨薇看看楚翼淮，最后一咬牙，落落大方道：“不好意思，那我先失陪，下一次请你吃饭，到时候你一定要来。”

楚翼淮看着走远的苏谨薇，心里默默想，其实她根本不用那么客气，他并不想赴约。

“喜欢她？”一道凉凉的声音传来，“我看她对你挺上心的，如果你喜欢她，要追她应该不用费力。”

楚翼淮奇怪地看向来人，对方说这话的时候，眼角带笑，眼中却没半分温度，尤其嘴角勾着那一抹讥讽再明显不过了。

对方讨厌他吗？楚翼淮有些疑惑，他……得罪过对方吗？

“你好，我是蒋临。”男生朝楚翼淮伸出手。

“你好，我是……”

“我知道你，楚翼淮，参加过《加油，未来星》，蝉联冠军宝座，是校园之光，老师们的宠儿，女生们的偶像，楚神对吧。”

蒋临舌尖顶了顶腮帮子，握着楚翼淮的手微微一用力。楚翼淮吃痛，眉头微皱。

下一刻，蒋临若无其事地放开手，淡淡道：“幸会。”

蒋临嘴角噙笑：“我还有事，先走了，有机会的话，我们可以切磋切磋。”

离去的时候，蒋临挑衅般地轻轻擦过楚翼淮的肩膀。

楚翼淮往后退了一步，稳住后，回头看了蒋临一眼。

蒋临头也不回地离开，挺直的背影孤傲且清冷。

“挑衅！不要怀疑，这就是赤裸裸的挑衅。阿楚啊，他这是在明目张胆地挑衅你。”有幸成为目击者的徐晟睿在宿舍转来转去，一会儿挠头，一会儿咬牙。

刚才，他看到楚翼淮，本想上去招呼楚翼淮吃午饭，结果就看到了那一幕。

徐晟睿还在咬牙切齿，一转头，见楚翼淮依旧在淡定地研究高中物理书，他心疼地捂住胸口：“楚神，你难道都不生气不担心吗？”

几秒后，楚翼淮才将目光从书上移开：“担心什么？”

“担心什么，担心蒋临啊。你知不知道蒋临是谁？”徐晟睿拔高嗓音。

“别问了，他肯定不知道，他这个脑袋只适合用来记知识点，旁的都是浮云。”程飞宇吹了吹指甲，伸了伸懒腰，“咱们楚神就是毫无感情的学习机器，知识界的草履虫。”

呵呵，单细胞生物有超高智商吗？

本着为楚翼淮排雷的初衷，徐晟睿开始给他科普蒋临的事迹：“蒋临，物理系大二在读，虽然拼智商你赢了，但这家伙也是一个学霸，而且他手腕高，人脉广，能说会道，在我们学校也算是风云人物了。之前不少女生向他告白，不过他至今单身，听小道消息说他喜欢的是苏谨薇。”

楚翼淮前半段还认真听着，越听越发现无聊，早就继续埋头搞题，左耳进右耳出了。

程飞宇对徐晟睿的八卦能力啧啧称奇：“徐狗子，你不去学新闻传播真是可惜了，各大八卦报刊得错过一个多么优秀的人才啊。”

“去你的。”徐晟睿随手扔了一双臭袜子过去，接着又很正经地对楚翼淮说，“你打算怎么应对，只要你说，我们两个肯定万死不辞。”

楚翼淮沉默片刻，起身收拾书包。

徐晟睿以为他的战斗力觉醒了，兴奋地摩拳擦掌："你是不是要去给蒋临下战书？我做你的左护法，走走走。"

一旁的程飞宇一副关爱智障儿童的眼神看着徐晟睿，他真是太不了解楚翼淮了。

他们宿舍的傻憨憨楚翼淮，是会在乎人家挑衅不挑衅的那种人吗？

这孩子还是太年轻。

见楚翼淮背着书包要走，徐晟睿拉住他的书包带："你去哪儿？"

楚翼淮看了看手表，俊脸带着几分急促："和许念园约了给她补课，快来不及了。"

徐晟睿："……"

楚翼淮到了约定的咖啡厅，见许念园没来，便先点了一杯卡布奇诺、一杯黑咖啡，想了想，又点了一份蛋糕。

读书消耗脑力和体力，多吃点甜食可以补充能量，楚翼淮低着头，几乎可以想象到她看到蛋糕时兴奋又强装镇定的小模样，于是不由自主地笑了笑。

可惜，向来准时守约的许念园迟到了。

楚翼淮是一个很少感到焦灼与忐忑的人，即便面对一时半会儿做不出来的题目，他也不会心浮气躁。可现在他心里似揣着一只活蹦乱跳的兔子，脑中闪过很多乱糟糟的念头，整个人也有些烦躁。

在打了几次电话都无人接听之后，楚翼淮打给了程飞宇，几乎对方刚接通的瞬间，他劈头盖脸地问："你认识许念园的朋友言晓萱对不对？"

"对，怎么了？"

“给我言晓萱的电话号码。”楚翼淮惴惴不安，“许念园的电话一直打不通，我怕她半路上出什么事。”

打通了言晓萱的电话，她说许念园一个小时之前便出门了，按照正常的速度，许念园应该早就到了。

思及此，楚翼淮不再犹豫，抓起书包就走。

楚翼淮刚走出咖啡厅大门，就接到了一个陌生电话。

电话一接通，许念园软软糯糯的声音透过电流传了过来。

听到声音的那一刻，楚翼淮焦灼的心蓦地安静下来。

许念园的声音带着抱歉：“对不起，我遇到一点小麻烦，今天要放你鸽子了。”

“怎么了？发生什么事了？”楚翼淮的语气看似平稳，但细听之下，能捕捉到他的紧张和担心。

“我没事。”

许念园刚要说话，旁边传来一个喊声：“三十二号患者许念园，你可以进来了。”

许念园匆忙挂断了电话。

听着“嘟嘟”的忙音，楚翼淮抿了抿唇，隔了五分钟，重新打了过去。

医院中，许念园皱着小脸坐在医生办公室的病床上，一旁的护士正在给她消毒。

双氧水碰到伤口，痛得许念园一个激灵，双手紧紧地揪住床单。

“没事吧。”护士替她吹了吹，“双氧水碰到伤口会疼，你忍耐一下。”

“我没事，姐姐你继续。”许念园深吸口气，脊背已经被冷汗浸湿。

护士小姐姐见她疼得小脸苍白，却强忍痛意，心底升起几分好感，放轻了动作：“你挺坚强的，换作别的小姑娘早就哇哇大哭了。”

许念园忍着疼开玩笑：“大哭要能止痛的话，那我也哭。”

“我觉得你有点眼熟，”护士小姐姐越看她越眼熟，接着眼睛一亮，“你是不是许念园，参加《加油，未来星》那个挑战的许念园？”

许念园：没错，就是本人我。

“我看过你的比赛，和楚翼淮对阵对吧。虽然最后输了，但是你的表现很好。我觉得再过几年，你肯定能跟楚翼淮不相上下。不过我有点好奇，你们私底下会说话吗？”

许念园轻咳一声，何止私底下说话，她现在可是楚翼淮的首席弟子。

唯一的！

护士小姐姐见她迟迟不回答，以为自己说错话，忙转移话题：“要和吊打自己的选手做朋友，也可能是有一点那啥哈……”

话音刚落，门被敲了敲，许念园和护士小姐姐循声望去，一个惊讶，一个发蒙。

在护士小姐姐的目瞪口呆中，楚翼淮径直走到许念园跟前，蹙眉看着她鲜血淋漓的膝盖，接着伸手弹了弹她的脑门：“这就是你说的没事？”

“我……”

楚翼淮转而询问护士：“请问她伤得怎么样，需要缝针吗？”

见到她们刚刚谈论的对象出现在自己面前，护士小姐姐缓了缓才回过神：“虽然创面看着可怕，但伤口不深，不需要缝针。”

楚翼淮看了一眼许念园，把自己的手臂递给她：“别看，疼的话就拧我。”

许念园：“……”

就是给她十个胆子，她也不敢拧啊，而且也舍不得，这可是她的偶像。

护士小姐姐专业地帮许念园处理好伤口后，楚翼淮扶着许念园离开。

坐上车后，楚翼淮才有空“质问”她：“怎么回事，你怎么会受伤？”

他语气严肃，面色更甚，许念园看他平日里都是温和模样，很少拉下脸，于是怯怯地拉了拉他的衣角：“你生气了？”

“没有。”楚翼淮觉得心里有点闷，“你出事怎么不告诉我？”

许念园知错就改，保证道：“下次不会了。”

楚翼淮叹口气：“你没事就好。”

听到这句话，许念园心底像卧了一溏心蛋，暖暖的。她咧着嘴，发自心底地开心。

楚翼淮把许念园送回了家。

到了她家，他扶着她在沙发上坐好，给她倒了一杯水：“医生说这是消炎药，饭前要吃一片。”

他又抬手看了看表：“马上六点了，你也饿了吧，冰箱里有食材吗？”

第八章

温柔的光

这几天照顾许念园的陈奶奶有事请假了一段时间，她回家的时候，就将冰箱中的东西清理干净了，所以此时冰箱空空荡荡。

许念园不好意思一笑：“好像没有……”

楚翼淮沉吟片刻：“你在这里等等，我去超市买点菜。”

离开前，他贴心地把她需要的东西都放在她触手可及的地方，确认无虞后才离开。

在等待的过程中，被照顾的许念园一直握着遥控器傻乐着。

楚翼淮很快就回来了，进来的时候，他大包小包提了不少东西。

楚翼淮到厨房放好食材，边挽袖子边说道：“你有没有什么不吃的？”

许念园摇摇头：“我什么都吃。”

楚翼淮笑了笑，嘴角的梨窝若隐若现：“那你很好养活。”

厨房和客厅只有一个吧台隔着，许念园能清楚地看到他忙碌的身影。白衬衫的袖子被他挽起，露出结实的小臂，他的肩膀还有些单薄，不像爸爸那么宽厚，但她打心眼里觉得温暖。

温暖的灯光下，刀和菜板碰撞，电视里传来热闹的对话，所有的一切交织在一起，明明是寻常人家的日常，落在她眼里却温馨又美好。

许念园想，她很久都没听到这些声音了。

楚翼淮动作很快，他将三菜一汤端上桌。

许念园歪着头看着色香味俱全的菜品，对着他甜甜一笑：“我今晚要吃三大碗。”

这话听得楚翼淮忍不住逗她：“可别，吃撑了我还要去药店给你买消食片。”

“没事，我的胃是无底洞。”许念园眨了眨眼，虔诚地举起筷子，夹了一块牛柳，尝了尝，顿时眼睛一亮。

看着跟小猪吃饭一样的许念园，楚翼淮好笑之余替她添了一碗汤，放在她面前，嘱咐：“先喝点汤，不然待会儿噎到，慢点吃……你、你怎么了？”

许念园突然停下进食的动作，垂着头，眼泪无声地落在碗中的米饭中。

楚翼淮顿时不知所措，手忙脚乱地抽了纸巾，递过去：“你没事吧？”

许念园赶紧抹去眼泪，干笑：“真是丢脸，我没事，我们继续吃饭。”说着，继续埋头扒饭。

楚翼淮静静地看着她，脑中灵光一闪，他大概知道她为什么伤心了。

他看着坐在一旁的小姑娘，心里又软又涩，独自成长不依赖任何人，其实是一件很孤单也很委屈的事情吧。

楚翼淮离开前，留下了自己准备的卷子。

卷子是手写的。他的字迹娟秀工整，就如他这个人一般，透着一股清爽，像是夏天最干净的风，足以拂去烦躁。

许念园捧着他亲手写的物理卷子，埋头笑了笑。

言晓萱一边嚼着薯片，一边啧啧感叹：“我们家园园这是在干什么呢，笑得一脸荡漾。”

“哪有。”许念园立马正襟危坐，瞥了一眼她不停地往嘴里塞薯片，无奈道，“阿姨不是不让你吃这些垃圾食品吗？”

“哎呀，人生得意须尽欢，莫使金樽空对月，你年纪轻轻的，怎么和我妈妈一样，防这个防那个。”言晓萱无所谓地挥挥手，看到开心的地方，笑得眯了一双眼。

许念园摇摇头，也不理她，埋着头认真地解题。

楚翼淮回到宿舍的时候，程飞宇和徐晟睿一左一右坐着，眼神直勾勾地看着他。

楚翼淮脱下身上的外套，困惑：“你们两人看着我干什么？”

“刚约会回来哦？”徐晟睿贼兮兮地问。

“感觉怎么样？”程飞宇也好奇道。

楚翼淮用冷漠脸阻止了两人插科打诨，他拿着睡衣进了浴室。哗啦啦的水声中，楚翼淮脑子里闪现出很多和许念园相处时的场景。

那一刻，他承认自己心念一动。

“许念园……”楚翼淮关掉水，擦掉玻璃上的雾气，念着这名字的时候，嘴角不由自主地扬起一抹和煦的角度。

时间过得很快，转眼间全国物理竞赛如期而至。虽说这一阵子许念园都在埋头苦读，还有楚翼淮为自己辅导，但她还是不免有些紧张。

校长和陈艳楠对她这次参赛亦十分看重，考试前一天拉着她细细叮嘱了许多。

许念园走出学校的时候，抬头望着夕阳，余晖洒在云端，染红了天边，白色的云被风撕扯成条条细线，最后一抹光芒落下的时候，天边呈现淡淡的紫色。明知道这不过是大自然再普通不过的变化，她依旧震撼于瞬间。

许念园深吸一口气，朝着公交车站走去。明天过去之后，也许一切都会改变，也许一切暂时不变，可她的愿望十分坚定，那就是她想和楚翼淮上同一所大学。

等她到了图书馆，楚翼淮正长身玉立地站在图书馆门口，他朝她温柔地笑了笑：“今天我们不做题也不讲题。”

“啊？”许念园不解，“那我们要做什么？”

楚翼淮不说话，示意她跟着自己。

许念园问：“去哪儿？”

“解压的地方。”他言简意赅。

楚翼淮带她去了科技馆。

看着前去买票的楚翼淮，许念园默想，这果然是楚神的风格。

不过许念园在体验了科技馆一系列项目后，一身的压力一扫而空。在神秘的宇宙面前，她的压力不值一提。

“你知道我当初为什么选择学物理吗？”从模拟台上下来，楚翼淮的头发因为电流而根根竖起，许念园亦然，两人像是爹毛的猫儿一样，好笑极了。

“为什么？”许念园问。

“因为小时候我爱看星星。”楚翼淮笑了笑，“我从小就觉得它们很神秘，在别人想摘下它们，放在自己枕边的时候，我已经在想了，它们真的就在我们眼前吗？它们真的像小伙伴们说的一样，可以放在枕边当床头灯吗？”

“所以，好奇是发现的开始。”楚翼淮揉揉她的脑袋，“不要抱着交任务的心态去学习，宇宙洪荒，大道没有任何边际，靠学习，只能了解其中百分之一，而我们能做的，便是探索眼前所知，进而去了解那百分之九十九。”

许念园仰头看着高自己一截的楚翼淮，这就是她所崇拜的人，她很庆幸，自己的人生之路能有他指引。

“你明天会来吗？”他们站在一处投影的星光下，周围全是星河大海，许念园背着手站在璀璨的银河中，像融入其中的一颗星。

“我当然会去。”楚翼淮揉揉她的脑袋，“毕竟，你可是我的首席爱徒！”

爱徒？小姑娘不知不觉地红了脸。

竞赛当天，晴空万里，微风和煦。许念园一早便到了考场，令她惊喜的是，今天父母双双请假，陪在她身边。

父母有颜值有气质，在人多的场合，即便想低调都不能如愿。

许念园扶额，她觉得只要她爸妈出现的地方，她就是想低调都低调不起来。

而且最重要的是，爸爸妈妈在身边，她怕楚翼淮不敢过来。

实际上，许念园猜对了。楚翼淮的确站在远处，迟疑着要不要过去，他左手拿着一块精致的手帕，手帕上的图案是许念园最喜欢的星空。那是他长大后第一次“撒娇”，求母亲绣出来，本想送给她作为加油打气的礼物。

可是……

他有点迟疑，不敢过去。

还是许母眼尖，先发现了他。她兴奋地拍了拍许父的肩膀：“老公，你看那孩子是不是和咱们园园一起比过赛的楚翼淮。”

许念园震惊，不是吧，妈妈居然知道楚神？

许父视力极好，定睛一看，点头：“是他。”

“真的是他呀。老公，你不介意我上去打个招呼吧？”

许父竟然没吃醋，反而满脸赞同：“我陪你一起去。”

“好。”

两人手挽着手朝楚翼淮走去，震惊无比的许念园呆愣着跟着他们。

许念园：“……”

等等，是不是她睁眼的方式不对，她爸妈什么时候也成了楚翼淮的粉丝了？

“园园，你忘了他吗？你不是和他在擂台上刀光剑影地比拼了一番？”

许念园又愣了一下，不敢置信地问：“爸爸，妈妈，你们看了我参加的那场比赛吗？”

她以为他们那么忙，一定没时间看。

“傻丫头。”许母弯腰，温柔地摸了摸她的脑袋，“你是我们的宝贝女儿，爸爸妈妈怎么会不知道你参加了什么节目，怎么会不去看。只是园园，爸爸妈妈对你还是很抱歉，我们太忙了，你一个人过得很辛苦。”

不辛苦，一点都不。

许念园哽住，只要他们心中时时刻刻记挂着她，她就一点都不辛苦，一点都不寂寞。

结果，还没等他们过去，楚翼淮已经迈着大长腿过来了。他的心怦怦直跳，在接近许念园的时候，脑海中已经闪过许多说辞，但看到许父许母直勾勾的眼神后，立马又卡壳了。

“叔叔、阿姨，你们好，我是楚翼淮……”他触上许念园那双清澈的眸子，紧张的情绪逐渐散去，他挺直脊背，落落大方地自我介绍，“我是许念园的朋友，知道她今天考试，所以过来一趟。”

许父：“？？？”

许母：“？？？”

许念园不用费脑子，都知道自家爸妈在想什么。

她叹气，他们现在肯定在想：我家女儿真是出息了，居然能和对手成为朋友，这简直就是神仙操作啊。

为避免尴尬，许念园忙给出一波彩虹屁："爸爸妈妈，这段时间都是楚神……咳，楚学长帮我复习物理，抓重点和知识点的。"

许父许母依旧维持震惊脸。

广播响起，提醒考生进入考场，许念园见楚翼淮欲言又止，很体贴地将他拉到一旁，而许父和许母佯装"小聋瞎"，听不到也看不到。

"对不起啊，我不知道我爸妈突然赶回来了，他们昨天还说没时间呢。"许念园一脸抱歉。

楚翼淮笑着看她，他能感受到她喜悦的心情，其实她怕的不是今天的考试，而是父母不在身边，而她现在已经无所畏惧了。因为无论结果如何，她身后都有坚强的后盾。

楚翼淮将一直抓在手里的手帕递给她。

许念园接过："这是……"

楚翼淮不好意思地轻咳一声，旋即微笑："这是考试礼物，祝你旗开得胜。

"进了考场别紧张，先看一遍试卷，简单的题先做，难题留在最后，保证最高正确率，还有，一定要细心，考题中肯定会设计很多陷阱……"

许念园听着他的嘱咐，重重地点点头："我知道了，我不会让你们失望的。"

楚翼淮冲她鼓励一笑："加油。"

世界上最美好的事情之一，就是自己在“战斗”的时候，知道永远有个人在身后护着她，即便她跌倒，即便她犯错，他也会第一时间跑上前，扶起她，拍去她膝上的尘土，对她说一句：“没事，大不了我们从头再来。”

许念园抬头，监考老师正背着手巡视考场，大家埋头解题，安静的教室里针落可闻，她笑了笑，低头继续奋笔疾书。

考试结束，许念园看着监考老师将自己的试卷封卷，她如释重负，背着书包走出了考场。

她刚走出考场，远远看到楚翼淮站在阳光下，正微笑着朝她招手，而他手里，拿着她最喜欢的柠檬果茶。

许念园如小鹿斑比一样跳了过去，开口就问：“我爸妈呢？”

“叔叔去开车了，阿姨说是去订餐厅。”楚翼淮一边回答一边接过她身上的书包，顺便将拧开的柠檬果茶递给她，“累了吧，先喝点。”

许念园“嗯”了一声，接过抿了一小口，接着装作若无其事地问道：“你怎么不问我考得怎么样？”

楚翼淮笑着摇摇头：“知道学生最讨厌什么吗，出考场被人对答案或者问考得怎么样。”

许念园像是第一次认识他：“没想到你还会这么说，这一点都不像你。”

“什么样的才像我？”楚翼淮故意板起脸，“是在《加油，未来星》舞台上那样，对你赶尽杀绝吗？”

许念园看着眼前的楚翼淮，只觉得时间果然过得飞快，好像不久前他们还在比赛场上狭路相逢，可一回头，两个人居然已经成了好朋友。

许母订的私房菜馆建在闹中取静的地方，外头的红灯笼映照着古色古香的木门，许念园以前来过一次。她第一次看到这家私房菜馆的时候，仿佛回到了小时候外公外婆的老家，那是质朴又幽静的房子，在岁月的沉淀下温和得像一个看淡世间的老者，周身只余温敛和恬淡，让人心中不自觉生出亲切的情愫。

和古朴的大门不同，里头小桥流水，曲径通幽，服务员也是穿着统一的工作服。

许父领着他们来到一个包间，包间里散发着淡淡的木头清香，除此之外，还有茶叶散发的香味。许念园很喜欢这茶香，满足地吸了口气。

等待上菜的时间，许母热情地和楚翼淮聊天，不过大部分都是许母问问题，楚翼淮礼貌回答。

“我家园园呢，什么都好，唯一的缺点就是话太少，什么都喜欢憋在心里，我这个做妈妈的有时候都不知道她在想什么。”

许母这话也是发自肺腑。她忙于工作，经常忽略了女儿，到她想弥补的时候，却已经不知道自己的宝贝女儿想要什么了。

对待许念园，她是愧疚心疼的。

楚翼淮看了许念园一眼，她正在喝茶，听到这句话，眸子动了动，似乎想说什么，最后还是撒娇地叫了一句“妈妈”。

“好了好了，不说你了。”许母笑道。

吃完饭后，楚翼淮与他们道别。许念园目送他乘坐的出租车远去，这才恋恋不舍地收回目光。

时间一晃而过，很快，高考到来，它像是一阵风，不过瞬间便走远，可留下的却是让人铭刻的记忆。

“有时候，我们在触摸时间的时候，其实时间已经悄悄溜走了。时间永远不会停滞，也不会倒流，它只会目标准确地向前，我不知道它的尽头是何方，但我知道我的终点并没结束，而是刚刚开始。”

“嘿，你在写什么呢？”言晓萱探头来看。

许念园手忙脚乱地合上日记本，嗔怪道：“你走路怎么不出声，吓我一跳。”

“是你太专注了好不好。”言晓萱哼唧了一声，“哎呀，不说这个了，你帮我选一条裙子。”

“选裙子？”许念园一头雾水。

“姐妹儿，你是失忆了吗，要举办毕业聚会了。唉，自从你被保送到清华大学之后，脑子就好像不是很好的样子。”

那次全国物理竞赛，许念园摘得桂冠，而后经由学校推荐，保送清华大学，人生有了全新的方向和目标。

“我还以为是过几天。”许念园拍了拍脑袋，“昨天看书看太晚了。”

言晓萱无力地叹息一声，别人被保送清华大学后，要么恨不得昭告全世界，要么就是彻底解压，吃好喝好玩好。结果许念园倒好，作为准大学生，活得仍像是个高三党，上课、看书，比他们这些被高考扼住命运的少年还要努力。

“你啊你……”

言晓萱还想说点什么，许念园放在桌上的手机响起。看清来电显示之后，言晓萱朝许念园心照不宣一笑，非常识趣地钻进衣柜选衣服了。

许念园深吸口气，接起电话，刚“喂”了一声，却因为太紧张而被呛到，咳得上气不接下气。

太……丢脸了。

那端的楚翼淮安静地等她咳完，方才贴心地询问：“是不是着凉了？这几天早晚温差大，注意别感冒了。”

他的嘘寒问暖就是灵丹妙药，许念园整颗心都被暖到：“我没事，就是说话太着急呛到了。”

那端低低笑了笑，许念园听着那低沉悦耳的笑声，耳朵更红了。

“咳，你明天要参加毕业聚会对吗？”

“嗯。”许念园点了点头。

“我今晚整理行李的时候，收拾出一些资料，可能对你有用，你可以趁着暑假的时候看看。”

收拾行李？

“你要去哪里？”许念园愣了下，他家就在本市，难道他要去旅游？如果是这样的话，那暑假她岂不是不能找他玩了？

想到这里，许念园分外失落，方才听到他声音的喜悦一扫而空，心中像堵着一团棉花，闷得她心口难受得紧。

“嗯，我要回老家一趟……”顿了顿，楚翼淮补充道，“我去看看外婆，大概暑期结束后回来。”

虽然失落，但许念园还是强忍不舍：“嗯，那祝你玩得开心。”

那端的人低低一笑：“那你呢，三个月的假期，你准备做什么？”

“我爸妈替我报了夏令营。”

她本想推掉来着，可现在楚翼淮要回老家看外婆，那她一人待着也是无聊，索性去参加夏令营。

“嗯，注意安全。出门在外，别单独行动，有事情可以及时联系我……”

“嗯。”听着楚翼淮细致妥帖的嘱咐，许念园不觉得烦，反而竖起耳朵，一字不漏地听着，这是男神对她的关心。

也许他也觉得自己啰唆，呵呵一笑：“我明天把资料送给你。”

“好。”

翌日下午六点，许念园与一众朋友在酒店聚餐，饭吃到一半，她和言晓萱结伴去洗手间，回来的路上却碰上了周洋洋。

高考结束后，周洋洋摘掉了厚重笨拙的眼镜，换上了隐形眼镜，搭配了衬衫和牛仔裤，配上白色板鞋，看上去既阳光帅气又清隽温雅。

一旁的言晓萱拉了拉她的袖子：“园园，站在我们面前的真的是周洋洋吗？没想到他摘了眼镜、换了衣服，收拾收拾居然还是个美男子，啧啧，当初笑他丑的女生现在估计要哭晕在厕所。”

说话之间，周洋洋已经走到她们面前，笑容一如既往的腼腆：“我有些话……想对你说。”

“什么话？”许念园不明所以，“你说。”

周洋洋偷偷看了一眼言晓萱。

后者心明眼亮，眼珠子一转说道：“啊，我先进去了，好像许静找我来着。”说着忙飘走，完全不给许念园反应的机会。

见言晓萱走了，周洋洋暗暗松了一口气，可他一对上许念园澄澈的眸子，顿时又结巴了，不停地做心理建设。

许念园等着他说话，见他一直低着头一声不吭，有些奇怪：“你不是有话要跟我说吗？”

一听这清脆舒朗的声音，周洋洋原本忐忑不安的心略松了半分。他鼓起勇气抬起头，触上她疑惑的目光后，飞快地别过眼：“这里不方便，我们能不能去外面说？”

“好啊。”许念园毫不犹豫地点头应下。

月色微凉，虫鸣微歇，酒店的喷泉在别致的灯光下，似流动的彩虹，喷洒的水雾，随着风，丝丝缕缕落在许念园手臂上，她浑身一激灵，伸手搓了搓手臂。

周洋洋因沉浸在自己的情绪当中，完全没注意到这一幕，他支支吾吾半天，说道：“许、许念园，你是一个很优秀的女孩儿。”

“啊？”许念园哭笑不得，只能友好地礼尚往来，“你也很优秀。”

虽然高考成绩还没出来，但她相信以周洋洋的实力，只要他不出岔子，应该可以考上心仪的大学。从某种程度来看，周洋洋比她还努力，比她还坚持。

“不是。”周洋洋懊恼不已，他平时一心只埋头读书解题，所以在人际交往上比较笨拙，也不会说话。手忙脚乱中，他直接从口袋掏出一个礼物，递给许念园，“送、送给你。”

这是毕业礼物吗？

许念园不好意思地笑了笑：“对不起啊，我没给你准备毕业礼物。”

“这不是……不是毕业礼物。”周洋洋深吸口气，索性坦白，“许念园，其实我，其实我……我崇拜你。”

他说出这句话，整个世界都安静了。

风似乎大了一些，飞来的水滴调皮地钻进许念园的鼻子中，她忍不住打了个喷嚏，搓了搓身上的鸡皮疙瘩。

“我真的很喜欢你，很欣赏你，我觉得你是全世界最优秀的女孩儿，我想你能不能给我一个机会，让我陪在你身边。”这些话，他已经练习了好几天，几乎可以倒背如流。说出口的那一刻，他有种如释重负的感觉。

他是“心满意足”了，可许念园恨不得掘地三尺逃开。

为什么会变成这样？早知道她就谎称肚子疼离开了，现在该怎么办？

这些问题在脑袋中百转千回，可她一触上周洋洋真诚且忐忑的眸子，却又说不出话来了。

崇拜一个人的心情，没有谁比她清楚，可是她又清楚地明白，周洋洋对自己的“崇拜”，和她对楚翼淮的“崇拜”有着本质上的区别。

她无法回应他的“崇拜”，但似乎也没法装傻充愣，他们都是聪明人，可现在没任何方法解开这团迷雾，此时，她无比期待有个人能从天而降，拯救她于水火之中。

正当许念园手足无措的时候，余光瞥到一道熟悉的身影，昏黄的路灯下，修长的身影渐行渐近，飘飞的水雾中，他嘴角的浅笑似天边的月，清冷中带着三分轻软。

看到楚翼淮的那一刻，许念园的心情简直要用欣喜若狂来形容。

楚翼淮也没“辜负”她的期待，迈着大长腿走到他们面前，等看到许念园冻得哆嗦的样子，眉头一紧，二话不说站在风口替她挡住了风。

远处一束光静静打来，落在他身上，恍惚间，许念园只觉得心房一颤，似有什么“哔啵”一声，轻轻绽开。

一旁的周洋洋目瞪口呆地看着这一幕，神情由疑惑转为怔愣，最终化为懊恼和失落。他刚刚只顾着表达自己的心情，却全然忘记了许念园在“挨冻”。

他苦笑，自己真的喜欢许念园吗？

要是真的喜欢，他会连这点都没发现？

看着他们眼神默契，互动自然的模样，周洋洋叹气转身，悄无声息地离开。

周洋洋一走，许念园松了口气，却也有些抱歉。

感受到许念园低落的情绪，楚翼淮既好笑又无奈，拍拍她的脑袋：“这里有点凉，要不要找个温暖的地方坐下来说说话？”

“好啊。”

夜色下，两人的身影被拉长，时而交错，时而分开，许念园看着地上的影子，嘴角勾着一抹猫儿偷了腥一般的笑意。

风一吹，似乎将她方才的烦恼和沮丧以及困扰通通吹散，楚翼淮一低头，一眼看到她马尾轻甩的样子。

他的眸光渐渐柔软下来，心底暗暗道，她真像一条记忆只有七秒的金鱼，也像一只没心没肺的小兔子，烦恼从不过心，但是，这样的她十分可爱。

人生而苦恼，而能把这些苦恼彻底消化，却是每个人可遇而不可求的天赋。

许念园忽然停下，正对着他，笑容似夜里的百合花，清甜却不腻：“你知道吗，其实我真的很开心，我终于实现了自己的愿望，最重要的是，这愿望还是你帮着我一起实现的。”

楚翼淮顿了顿：“我很荣幸。”

“所以，以后就真的是你学妹了，学长请你继续指教。”她朝他伸出手，一双大眼闪着对未来的期待和忐忑。

楚翼淮心中微颤，伸出手，紧紧握住她，一字一句道：“好。”

新学期伊始，许念园按照录取通知书上的时间准时来校报到。她背着一个大书包，左手提着一个小黄人的挎包，右手拉着行李箱，艰难地往前走。

九月的天，夏日余威未散，秋老虎正在肆虐，许念园行李虽然不多，但一个人拿着这么多东西，也心有余而力不足，累得气喘吁吁。

正当她拖着行李踌躇之时，一只手轻轻抓住他的行李，她豁然抬头，对上一张陌生的俊颜，眼底闪过显而易见的失落。

不是楚翼淮啊。

“我帮你吧，你是哪个系的新生？”蒋临低声问道。他的声音低沉，略带几分磁性，相较于楚翼淮清润的嗓音，他的声音带着三分压迫感。

“学长您好，我叫许念园，物理系。”许念园回答。

闻言，蒋临微一挑眉，握着她行李的手指轻轻颤了颤，接着意味深长地看着巧笑倩兮的许念园。原来她就是许念园，当年让楚翼淮在《加油，未来星》吃过败仗的姑娘？

呵，想到那时候的楚翼淮居然因为这么一个看起来完全没有杀伤力的丫头紧张不已，他不由得多看了许念园几眼，也生出几分心思。

蒋临不动声色地勾出一抹微笑："原来你就是许念园。"

"啊，学长您知道我？"许念园诧异。

"我听徐教授说，今年物理系来了一个天才，曾获得全国物理竞赛一等奖，分数近满分，好像就叫许念园。"

许念园尴尬地挠挠头："我哪有那么厉害，全是因为有人帮助我。"

有人？

正当蒋临不解的时候，一道熟悉的声音传来："许念园。"

听到声音，两人同时循声望去，许念园一眼看到朝自己走来的楚翼淮，他穿着简单的白衬衫，过了一个暑假，他似乎黑了一些，肩膀越发宽厚，看到蒋临的时候，他面上的笑容顿了顿，旋即恢复如常。

楚翼淮径直走到她面前，与她平视："对不起，我来晚了。"

"你、你不是……"

还在家吗？不久前，楚翼淮才打电话给她，说家中有事耽误，可能赶不上接她开学，在电话中报以十二万分的歉意，可现在，他却站在自己面前，像是超人一样闪现。

看到蒋临握着行李箱的拉杆，楚翼淮自然而然地接过许念园手上的东西。

"学长。"楚翼淮朝蒋临微微一笑，"我来吧，麻烦你了。"

"不麻烦。"蒋临却没有松手，而是意味不明地看着楚翼淮，"学弟，我是个有始有终的人，既然我负责了她，那么就不该半途而废。"他微笑，环顾四周，伸手指了指远处，"那里还有一堆新生等着你的帮助。"

气氛瞬间有些不对。

许念园不知道发生了什么事情，她的第六感告诉自己，这位“乐于助人”的学长对楚翼淮抱着一股子敌意，他说的话句句合情合理，但细细咀嚼，却带着犀利的锋芒。

许念园怎么忍心自己的男神被别人为难，她装作若无其事地拉回行李，笑着打哈哈：“不好意思学长，我和楚学长是好朋友，我爸妈特意托他照顾我。”

好朋友？蒋临显然不信，不过还是绅士地松开手，退后一步：“那既然这样的话，就让他送你过去吧。”

终于“打发”走蒋临，许念园松了一口气，轻轻拍了拍胸膛：“吓死我了，这位学长的气场太强了，我有点招架不住。”

一抬头，见楚翼淮直勾勾地盯着对方离开的方向，她小心翼翼地拉了拉他的袖子：“你怎么了？”

“没事。”楚翼淮收回目光，将她的书包和挎包背在身上，又接过她的行李，“我们先去报到，然后再去宿舍。”

“行李我来拿吧。”许念园看着他大包小包，自己却两手空空，有一种占他便宜的感觉。

楚翼淮灵活地躲开她的争抢：“有点热，我们别争来抢去，节约时间，待会儿我带你去吃饭。”

“好。”许念园眯着眼，脸上绽出笑容，“你去哪儿吃我就去哪儿，我不挑食。”

办理好入学手续，两人准备去指定的宿舍报到。因为刚开学，学校是允许接新生的男生进入女生宿舍的。

许念园看着背着行李、吭哧吭哧、汗流浃背却没半句抱怨的男生们，不禁咋舌：“我们学校的男生好热情。”

楚翼淮不以为意：“嗯。”

“你也很热情。”许念园站定，踮起脚，对他比了个赞。她靠近他的一瞬间，他闻到她身上清甜的气息，夹杂着夏日的柠檬味。

他顿了顿，一时之间没反应过来，愣愣地看着她乌黑的长发。

许念园将书包背在自己身上，一抬头，触上楚翼淮迷茫的眼神，以及微红的面庞，顿时有些不好意思：“辛苦你了。”

“没事，就在这一层，进去吧。”楚翼淮扬了扬下巴。

许念园分到了第六层的宿舍，楼层不高不低，她刚走到门口，里头传来一阵欢声笑语。她深吸口气，推门而入，里面的人听到声音，都蓦地安静下来，齐齐回头看她。

准确地说，是看向她身后的楚翼淮。

第九章

神秘人的糖果

虽然楚翼淮并不是家喻户晓的明星，但因他参加《加油，未来星》为众人所知，在这群“粉丝”中，又以年轻的学生居多，像许念园这样的“死忠粉”，并不是只有她一个。

许念园虽然加了楚翼淮的微博，但还是偷偷开了小号，经常暗搓搓地浏览他的微博。楚翼淮的微博很少发东西，即便偶尔发些动态，也都是关于天文物理，很少透露自己的生活和日常学习。

所以，粉丝们即便日常在他的微博下表白，却也无法窥探他的生活一二。

而现在这位神秘的偶像突然出现在她们面前，穿着再普通不过的衬衫黑裤，黑发清爽干净，面庞清隽，笑容温和，气质出众，像夏日里吹来的一阵凉风，驱散了黏腻的闷热。

宿舍里的三个女孩儿安静了须臾，突然齐齐尖叫。其中一个女孩儿大吼：“我没看错吧，是楚翼淮，楚翼淮耶，真人？”

“是他！是他！就是他！”另一个女孩儿亦兴奋得热泪盈眶。

眼见三人即将冲上来，看那架势像要将楚翼淮分而食之，许念园下意识地挡在楚翼淮前面，小声道：“你好像又碰上狂热粉丝了，要不要躲一躲？”

楚翼淮紧张地咽了咽口水，还是挺直脊背，温声道：“不用。”说完，他推着行李，若无其事地走到属于许念园的床位。

许念园亦步亦趋地跟上。路过狂喜后又目瞪口呆的新室友们，许念园思忖着，未来四年都要和她们朝夕相处，现在必须打好关系。

“嗨，你们好，我叫许念园，来自清河中学，很高兴认识你们，以后还请你们多多指教。”许念园笑容真诚温和，却换来三个人的上下打量和嘀嘀咕咕。

“没听说过楚神有个妹妹啊。”

“她姓许，楚神姓楚，一看就知道不是亲兄妹，没准是表兄妹。果然学霸家里都是出学霸，妹妹也真厉害。”

“等等，许念园？她不是在一期《加油，未来星》中挑战过楚神吗？”

此话一出，三人再次齐刷刷地看向许念园。

被这三道探照灯一样的眸子盯着，许念园站也不是，坐也不是，尴尬到不知道该怎么开口。难道要她说，其实你们都猜错了，我不是楚翼淮的表妹，我和你们的男神，其实是好朋友？

嗯，这么说的话，她可能会因为拉仇恨被室友集体封杀。

好在，楚翼淮替她解了围，他已经放好行李，转身对大家友好地笑了笑：“你们好，我是楚翼淮，许念园的朋友，以后还请你们多多照顾她。”

朋友？

三人组呈石化状。

楚翼淮功成身退，对许念园说道：“我在图书馆等你，你忙完了告诉我。”

他一走，三人组终于从石化中回过神来，接着，许念园彻底被她们淹没。

每个宿舍成员，在刚认识的时候都会彼此试探、摸索，最终才小心翼翼地伸出一只手，久而久之才交付真心，可许念园宿舍的几人因为楚翼淮的缘故，直接跳过所有步骤，抵达终点。

“园园，你和楚翼淮真的是好朋友吗？会不会是楚神念错了一个字，比如把‘好朋友’的‘好’改成‘女’字。”

说话的是周浅水，来自江南水乡的一个女孩儿，但她的性格和水没半点关系，有话直说，并且出口就是段子，完全应验了一句话——人不可貌相。

许念园红着脸否认：“我们真的只是朋友。”

“楚神的朋友耶。”孙甜甜握着她的手，一脸艳羡，“几个人能和楚神成为朋友，他可是高高在上的神话，园园，你简直太幸运了。”

还好吧……

其实很早以前，她和孙甜甜的想法几乎一致，认为楚翼淮是需要仰望的，像水中的莲，只可远观而不可亵玩焉，但和他成为朋友，朝夕相处之后，她才明白，他其实只是一个脑子比别人好用的普通人，被人夸奖的时候会害羞，会因吃到好吃的笑得和孩子一样，会因解不出题目而愁眉不展。

他也有不懂的盲区，并不是无所不能的天才。他说过，人要在有限的生命中学习到无限的知识，那是天方夜谭，而他唯一能弥补的就是，在有限的时间内，能研究透彻自己所学的知识。

他总是很通透，清醒地知道自己要什么。

如果说一开始，她对楚翼淮只是单纯的崇拜，那么在了解他之后，她对他的崇拜已经升级了，只是转换的过程似乎掺杂了一些其他东西。

“不管咱们园园是怎么认识楚神的，又是怎么和他成为好朋友的，过程不重要，重要的是楚神是园园的朋友，园园是我们的朋友，四舍五入一下，我们和楚神也就是朋友了。”赵蕊嘿嘿一笑。

“为庆祝我们有缘千里来相会，晚上去吃火锅好不好？”周浅水提议。

“好啊好啊。”

其他人纷纷点头附和。

许念园有些为难，她刚答应了楚翼淮一起吃饭，可也不好意思拂了室友的好意。思前想后一番，许念园偷偷发了个信息给楚翼淮：“晚上大家想吃火锅，我可能要放你鸽子了，要不，改天我请你吃饭？”

楚翼淮几乎秒回：“没事，你和室友好好吃，早点回宿舍。”

“在和谁偷偷发短信呢？”那三人悄悄地凑过来，“是不是和我们的楚神啊？”

她们挤眉弄眼的样子让许念园哭笑不得。

算了，解释就是掩饰，还不如缄默。

就这样，许念园的大学生活猝不及防地拉开了帷幕，当然，轰轰烈烈的军训也如火如荼地开始了。

为期二十天的军训，将一棵棵刚入学，充满斗志的小青葱晒成了腌萝卜，个个叫苦不迭，做梦都恨不得学后羿将天上的太阳射下来。

每次军训结束后，许念园和其他人一样，拖着沉重的步伐，捂着饥肠辘辘的肚子，往人满为患的食堂挤。

许念园小胳膊小细腿，哪里抢得过那些人高马大的，偏偏今天周浅水不在，她就像一只离群的孤雁，等着食堂的残羹冷炙。

突然，两个男生玩笑推搡之间，撞到许念园，她正饿着，身子晃了晃，眼看就要摔倒，一只手臂稳稳地扶住她。

许念园抬头一看，双眸微亮：“楚学长。”

楚翼淮一只手扶着她，单手拿着餐盘，他对推搡的两个男生皱了皱眉，低头关切地询问许念园：“没事吧？”

“没事没事，我没那么弱不禁风。”

她目不转睛地看着楚翼淮。军训的时间安排得十分紧密，几乎没有课余时间，而结束训练后，她早已累得倒头就睡。所以掐指一算，她竟然已经小半个月没见到他了。

忙碌的时候，她将这份念想压在心底的一个角落，而一旦看到他，奇奇怪怪的思念陡然倾泻而出。

楚翼淮将餐盘递给她：“你先拿这份去吃，我再去打一份，你去找个位置等我。”

“好。”

没多久，楚翼淮回来了。他坐下后，将盘中的糖醋排骨尽数拨给她，不过片刻，她的碗里已经堆成了小山尖。

许念园哭笑不得："你这是喂猪呢？"

楚翼淮轻轻地白了她一眼："哪有说自己是猪的。军训消耗体力，你多吃点肉。"

一说到军训，许念园叹息一声："我觉得我快黑成炭了。"

楚翼淮认真地看着她，她的确黑了不少，但眼神更加澄澈明亮，比起从前，现在更像迎风招展的向日葵。

"没事，黑点儿健康。"楚翼淮脱口而出。

一听这话，许念园一脸黑线，这话和她爸爸的话一模一样。楚翼淮全然不觉得自己说错话了，依旧不停地给她夹菜："多吃点。"

多吃点？继黑之后，他还想将她喂胖吗？那到时候她不成了圆滚滚的小黑猪了？

脑海中浮现出一只满草地打滚的小黑猪，许念园不禁打了一个寒战。

两人说话之间，一道纤细的身影翩然而至。闷热的夏末，苏谨薇穿着洁白的长裙，一头披肩长发散于肩头，化着淡雅的妆，嘴角微笑的弧度恰到好处。她端着餐盘，站在两人面前："介意我坐在这里吗？"

第一眼看到苏谨薇，许念园愣了三秒，心底暗暗感叹，原来这学校真有颜值和才华并存的女神存在。

再看看自己，穿着不合身的迷彩服，因为太阳过度的"照拂"，她整个人黑了一圈，刘海儿凌乱地贴在额上，看上去要多狼狈有多狼狈。

许念园很少有自卑的情绪，但看到完美无缺的小姐姐，她陡然生出想逃离的冲动。

“可、可以。”许念园赶紧挪了位置。

那位连微笑都散发着女神光辉的小姐姐，却自然而然地坐在了楚翼淮身边。

许念园：“……”

“谢谢。”苏谨薇看了一眼许念园，笑容疏离又客气，“你就是许念园对吧？”

胸口陡然出现的烦闷瞬间被诧异所代替，许念园开口：“学姐，你认识我？”

“知道，天才小学霸，连徐教授都很看好你呢。”苏谨薇停顿了下，“我叫苏谨薇，物理系，很高兴认识你。”

“很、很高兴认识你。”

许念园刚准备伸出手，苏谨薇却熟视无睹，转而对楚翼淮说话。

“翼淮，你考试准备得怎么样了？”苏谨薇歪着头问他。

翼淮？许念园讪讪收回手，胸口越发烦闷，仿佛肉吃多了，堵在了嗓子眼里。她看着坐在对面的二人，觉得自己就像一个格格不入的外人。

“那……你们聊，我吃饱了，先走了。”

她正要端着餐盘起身，却被楚翼淮按住，他皱眉：“你才吃了几口，下午还有军训，不吃饱小心待会儿低血糖。”

可她吃不下了。

一旁的苏谨薇不动声色地看着这一切，嘴角依旧噙着得体的笑意，只是眼底的笑却慢慢收了回去，眼神犀利地看着许念园。

感受到来自苏谨薇的敌意，许念园如坐针毡，搪塞了一句“我吃饱了”，就端着餐盘匆匆离开了。

“小姑娘胃口小，你别逼她吃太多，免得不消化。”苏谨薇温温柔柔道，特意加重“小孩子”的重音，似乎在提醒他什么。

许念园一走，楚翼淮也没了胃口。最重要的是，他吃饭的时候，不喜欢陌生人在耳边叽叽喳喳。

那样，很吵。

苏谨薇却不知道他心底所想，继续自顾自说话：“翼淮，徐教授对你寄予厚望，他希望这个项目能有你参加，这次考试……”

楚翼淮冷静地打断她的话：“我不会去参加这个项目。”

苏谨薇顿了顿：“为什么？”

“没有为什么，不感兴趣，何况不是已经有蒋临学长在吗？”楚翼淮言简意赅，“你继续吃吧，我吃饱了。”

楚翼淮端着餐盘离开，苏谨薇的声音在他身后响起：“不仅徐教授对你寄予厚望，我也是。”

楚翼淮回头，疑惑地看了她一眼，那眼神似乎在问：我为什么要为了你的寄予厚望而去参加考试。

但他并不会当众给苏谨薇难堪，让她下不了台，只是淡淡摇了摇头：“项目有你和蒋临学长就够了。”

他一走，苏谨薇懊恼不已，正欲离开，身旁一只手压下，径直将她的餐盘牢牢固定，她抬头，对上蒋临深邃的眸子。

“怎么，你的苦口婆心无效？”

“与你何干。”苏谨薇白了他一眼。

蒋临坐下，双手交叉：“怎么与我无关？与我竞争的人是他，我可是做梦都想和他一较高下，当然，我更希望能看到他失败后的样子。”

“你有病。”苏谨薇嗤笑，“自视甚高的人往往会一败涂地，无论比多少次，你都比不过楚翼淮，因为你们就不是一个段位的。”

本以为自己说这话会激怒蒋临，他却只是微微一笑：“是吗，那我们就拭目以待。”

结束一天的军训后，许念园痛痛快快地洗了个澡，刚准备出门，周浅水咋咋呼呼道：“哎哟妈呀，吓死我咧。”

许念园被她的口音逗笑。

周浅水抓着许念园的胳膊摇晃：“哎呀我的姑奶奶，你还有心情笑啊，我们的男神被学生会主席为难了，现场剑拔弩张，我看得捏了一把汗，所以马上跑回来叫你。”

“什么？”许念园不解，但一听自家男神被为难，顿时和小兽一样往外冲，“浅水，他们在哪里？”

此时的阶梯教室，灯火通明，人满为患，物理系的天才楚翼淮和闻名全校的学生会主席蒋临比拼，谁都想来凑个热闹，看看谁赢谁输。

走廊挤得水泄不通，许念园短胳膊短腿，根本挤不过汹涌的人群，好在周浅水个子高，仗着灵活的身姿，硬生生开辟出了一条道路。

等许念园挤到教室的时候，里面的比赛已到了白热化阶段。

许念园一眼看到了站在讲台上，长身玉立的楚翼淮，他穿着简单的T恤牛仔裤。他似乎刚洗完澡，头发还未干透，侧脸线条干净优雅。

站在他右手边的就是蒋临，他微抿唇，手指飞速地动着，解题又快又准，完全无视周围嘈杂的声音。

许念园虽然预习了大一的课程，但细看黑板上的题目，还是一头雾水。

他们的解题已到了终局，偌大的黑板上写满了解题过程。

就在此时，蒋临收了手，微微侧头看向楚翼淮："你输了。"

在蒋临说话时，楚翼淮还在解题，他并没有停下动作，而是默不吭声地继续解题。

周围一片议论声，许念园依稀捕捉到他们的讨论。

"原来楚翼淮也会输，看来神话也不是永远站在顶尖的。"

"我觉得楚翼淮输了也不冤，毕竟蒋临比他多上了一年学，而且蒋临还是徐教授最看重的学生。"

"什么最看重，要是徐教授最看重蒋临的话，为什么要公开考试，招选项目小组？摆明了心底还是存有顾虑。"

"依我看，徐教授不如把蒋临和楚翼淮都收了，反正两个都是天才，未来都是他的得力干将。"

"可是，楚翼淮似乎不怎么想加入徐教授的项目。"

讨论声不绝于耳，许念园静静听着。一旁的周浅水虽然也是刚入校，但她眼观六路，耳听八方，早已将这件事摸得一清二楚。

她说："经过几年的准备，徐教授成立了项目组，现下他什么都准备好了，就缺小组成员，听说他心中已经有了人选，其中一个就是楚翼淮。"

"那蒋临呢？"想起开学的时候，蒋临对楚翼淮似有若无的敌意，难道是因为这件事？

"蒋临一直是徐教授最喜欢最放心的学生之一，不过项目的事情不能开玩笑，而且徐教授一直在观察咱们楚神，早就想将他收入帐下。”

许念园看向楚翼淮，他正旁若无人地解题，而站在一旁的蒋临，不动声色地盯着他解题，面色逐渐阴沉。

似乎胜负早已决定，大家三三两两散开，周浅水被辅导员一个电话叫走了，唯有许念园留了下来。

楚翼淮放下粉笔，刚想说话，一眼看到站在角落的许念园，紧绷的面容霎时松开，嘴角扬起一抹自然的笑意。他迈着大长腿，几步走到许念园身边。

“你怎么来了？”他问。

低头的瞬间，一滴水从他的发梢滴落，砸在了长长的睫毛上，旋即轻轻一颤，落在了脸上。

许念园的心也跟着这滴水轻轻颤了颤，她下意识地踮起脚，伸出袖子替他擦去脸上的水痕。楚翼淮微愣，却没有躲开，反而下意识地弯下腰，让她擦得更方便一些。

站在门口的苏谨薇，将他们的互动尽收眼底，眼底划过一丝显而易见的嫉妒，但嫉妒过后，是浓浓的苦涩。

原来他也是会对别人笑的，只是那个人不是自己。

全程被无视的蒋临走到他们面前，淡淡道：“楚翼淮，我输了。”

这是怎么回事？

许念园放下手，呆呆地看向黑板，奈何她知识有限，看不出一个子丑寅卯来，但看蒋临凝重的面色，他应该不是开玩笑。

“其实学长的解题思路比我更稳一些，我的过程比较跳脱。”楚翼淮斟酌着说辞，“我这解法，徐教授不一定喜欢。”

见他意有所指，蒋临皮笑肉不笑："稳也好，跳脱也罢，总归是你赢了，我输了，这是不可否认的事实。但是，我只会输给你这一次，下次考试……"

"我不想参加。"楚翼淮淡淡拒绝。

蒋临早已猜到他会这么说："我知道你不想参加。天才的脑回路都是比较奇怪，但是你想研究的东西，光靠你一个人不一定能完成，项目组有最好的资源，傻瓜才会拒绝，楚翼淮，别把自己的路走窄了。"

蒋临说完，与楚翼淮擦肩而过。经过门口的时候，看到躲在一旁的苏谨薇，他脚步顿了顿，旋即扬长而去。

苏谨薇咬了咬唇，跟着蒋临离开。

安静的教室里，只有风吹动窗户的声音。沉默须臾，楚翼淮开口问道："你希望我去参加考试吗？"

许念园摇头。

"你希望我去参加对吧？"楚翼淮说道。

许念园小心翼翼地拉住他的手："不管你做什么决定，作为你永远忠实的小粉丝，我都支持你。而且，你还有后援团，那就是我们宿舍四剑客。"

楚翼淮笑："我只听过三剑客。"

"我自创的。"许念园咧嘴一笑，看向黑板的时候又苦大仇深，"黑板上每个数字我都认识，可合在一起我就不认识它了。"

"想听吗？"他笑。

"嗯。"

夜色微凉，偌大的教室里，许念园坐在第一排，撑着手，认真地听楚翼淮的讲解。和过去的每一次补课一样，他说话的语速不疾不徐，清润温柔，像月色下最柔软的绸缎，轻轻拂过她的鼻尖。

许久后，楚翼淮转身，看到许念园趴在桌子上，安安静静地睡着了。

他摇了摇头，对于许念园现在的水平来说，她显然还无法适应这道题目，能听懂十分之一已经算不错了。

可能是听题费了不少脑细胞，又因白天训练疲累，许念园睡得很沉，只能感受到窗外徐徐的夜风，有点凉，也有点温柔。

楚翼淮安静地站在她面前。

她侧着脸，乖巧地枕着手臂。随着轻浅的呼吸，长而浓密的睫毛微颤，似乎梦到了什么，她嘟囔了一声，楚翼淮侧耳细听，当听到她叫的是“楚神”二字之后，愣了片刻，耳尖慢慢爬上一抹嫣红。

压住乱颤的心跳，他正欲伸手叫醒她，却在最后一瞬间，手一拐，落在了她的头发上。

因为军训的缘故，她将头发剪短了一些，几缕呆毛耀武扬威地立着，他轻轻抚平那几根呆毛，顿了顿，小声在她耳边说道：“园园，起床了。”

“唔。”许念园撒娇地动了动，旋即又恢复了绵长平稳的呼吸声。

楚翼淮无奈一笑，在心底说了声抱歉，小心翼翼地将她背起来，她个子娇小，背在身上一点负担都没有。

“真是哪儿都能睡着。”楚翼淮一边背着她往教室外走去，一边小声嘀咕，“也不是三岁小孩儿了，怎么一点防范意识都没有。”

“因为你是楚翼淮。”背后，糯糯的声音传来。

楚翼淮前行的脚步一顿，侧头的瞬间，温热的呼吸喷洒在他面容上，他好不容易平静下来的心跳再次失了序，他喉结微动，深呼吸了一口，这才继续前行。

看着前方的路灯，他低头笑了笑，许念园，如果是你所期待的，那我愿意去试一试。

楚翼淮来报名参加项目考试的时候，蒋临和苏谨薇都十分震惊，相比苏谨薇的欣喜若狂，蒋临震惊之后便是释然。

徐教授将报名单交给他，慈祥的面容溢满微笑："楚翼淮，你和蒋临、苏谨薇一样，都是我非常看好的学生，我希望接下来的项目能有你们的帮助。当然，我不会内定，凡事讲究公平，所以接下来的考试，希望你们三个人都别让我失望。"

"是，徐教授。"蒋临点点头，"我不会让你失望。"

"我也是。"苏谨薇胸有成竹。

唯有楚翼淮，扫了一眼报名单，淡淡道："谢谢徐教授，我尽量。"

"可不能尽量，必须全力以赴。"徐教授像是想到什么，"其实我挺看好刚入学的许念园，这孩子很聪明，胆子也大，我记得她还参加过《加油，未来星》是不是？"

"是啊。"蒋临在一旁适时帮腔，"她还和楚翼淮对阵过。"

"那孩子虽然最后还是输了，但她身上有股不服输的精神，只可惜她现在基础还比较薄弱，否则，我也想将她纳入我的麾下。"

听着徐教授滔滔不绝地夸赞许念园，楚翼淮心底油然而生一股自豪感，竟觉得有股"吾家有女初长成"的欣慰感。

考试在月底。

从徐教授的办公室出来，蒋临叫住正要离开的楚翼淮："为什么改变主意？”

楚翼淮目光直视他：“学长说得对，钻研并不是自己一个人埋头苦干，也要听听别人的意见和声音，而且进了项目组，我有更多的资源可以利用，何乐而不为。”

蒋临不予苟同，聪明如楚翼淮，怎么会因为他的三言两语改变主意，除非……

他笑了笑：“或者说，有人让你改变主意了？”

“也许吧。”楚翼淮低头笑了笑，脑海中闪过许念园那张巧笑倩兮的面庞。不管顺境还是逆境，她永远像小太阳一般，散发着温暖的光辉，她崇拜他、支持他、毫不犹豫地站在他这一边，那么他又有什么不能尝试的呢。

蒋临拍拍他的肩膀：“考场上一较高下吧。”说着，与他擦肩而过。

为期二十天的军训终于谢幕。送走教官后，周浅水扶着许念园泪洒衣襟，许念园正欲安慰她，她却激动地拍了拍许念园的肩膀：“欸，楚神，楚神来了。”

楚翼淮？

许念园循声望去，夕阳西下，微弱的余晖笼在他身上，给他罩上一层朦胧的薄光。

他一步步朝自己走来，许念园却想起那天晚上，不自觉红了面颊。

那天晚上，她一不小心在教室睡着，等她迷迷糊糊转醒的时候，发现自己趴在一道宽阔的脊背上，男神的头发清爽干净，头发已被风吹干，几根呆毛迎风而立。

风袭来，带来淡淡的柠檬气味，她抽了抽鼻子，声音带着刚醒的糯意：“楚神……”

前行的脚步顿了顿，清润的嗓音徐徐传来：“醒了？”

许念园轻轻“嗯”了一声，刚睡醒的小奶音可爱无比，楚翼淮听得耳朵酥麻，耳朵尖再次染上胭脂色。

“你放我下来吧。”许念园羞得满脸通红，声若蚊蚋。

天啊，她怎么会睡着？睡着也就算了，还睡得和猪一样，怎么都叫不醒，还让人家背着回去。

完了，她的一世英名真的毁了。

完了，她真的要变成懒惰的小黑猪了。

许念园一脸哀伤，恨不得时间能倒流，这样的话，她就算是用牙签撑着眼皮，也不会让自己有可“睡”之机。

唔，不知道楚翼淮会不会在心底笑她。

楚翼淮哪里知道她心底百转千回，只轻轻一笑：“背都背这么久了，不差这点路，你别乱动，马上就到了。”

话是这么说，可许念园总觉得有哪里不对劲。

虽然现在已经是晚上，可学校照常人来人往，而且楚翼淮又是学校的名人，他背着一个大活人在学校转一圈，明天铁定成为学校的头条新闻。她可不想一入学就这么高调。

许念园将脑袋埋在他的脊背上，像一只害羞的小袋鼠一般。楚翼淮感受着脊背传来的温度，嘴角扬起一抹温柔的弧度。

“你知道吗，小时候我爸爸也这样背着我……不过，你和我爸爸的肩膀又有些不一样。”

楚翼淮的肩膀并不如爸爸那般厚实强壮，甚至他的肩膀还有些瘦削，带着少年特有的干净利落，可她知道，假以时日，他也会长成和爸爸一样，顶天立地的男子汉。

可是，那时候她还会在他身边吗？

她只要一想到和楚翼淮分开，心底便钝钝作痛，她不由自主脱口而出："楚翼淮，我以后还能在你身边吗？"

楚翼淮毫不犹豫地回答："为什么不能？"

"可是……"可是他有自己的梦想，而她也有，他们总有一天会分道扬镳，可她不希望那一日的到来。

"你希望离我远点吗？"楚翼淮反问。

许念园拨浪鼓似的摇头："当然不希望。"

闻言，楚翼淮低低一笑："那不就行了，只要你愿意待在我身边，我就不会离开。"

"只要你愿意待在我身边，我就不会离开。"回到宿舍，许念园一直翻来覆去咀嚼这句话，可是她总像是在解一道环环相扣的题目，一到关键时刻便卡壳。

究竟……什么意思呢？是她心里想的那意思吗？

"欸，园园，楚神在叫你了，你发什么呆呢？"周浅水伸手在她面前晃了晃，"回神了。"

许念园眨眨眼，将思绪收回，一抬头，对上楚翼淮含笑的双眸，顿时心脏又开始扑腾乱跳。

"嗯，怎么了，脸这么红，发烧了吗？"楚翼淮担忧地伸手，用手背探了探她的额头，发现温度正常后，才微微松了口气。

“没、没什么。”

周浅水沉默地看着他们之间的互动，凭借女性的第六感，以及看书多年的经验，她可以很肯定地得出一个结论——这两人之间有猫腻。

不管是谁对谁有猫腻，总之，两人从好朋友距离男女朋友之间，只差捅破一层窗户纸。周浅水摸着下巴默默想着，她要不要做个助攻呢？

周浅水并不想做一个扎眼的电灯泡，默默地功成身退。

暮色四合，不过眨眼的工夫，天边的星子和薄月若隐若现，一阵凉风卷着花香袭过，许念园仰头，朝他微微一笑：“明天就要考试了，你紧张吗？”

知道楚翼淮决定参加徐教授项目的甄选考试后，许念园只兴奋了三秒，最后淡定地坐在书桌前，她准备给自己写一个学习计划。男神一直在向前，她也不能落后，免得拖了他的后腿。

所以说，许念园的脑回路，永远和普通人不一样。

“不紧张。”楚翼淮笑着摇摇头，薄月下，他眸子清亮，“你会来吗？”

“当然会了。”许念园不假思索，“我可是你的头号粉丝，我不去支持你，谁支持你。”说着，还举了举自己因训练而结实了几分的小胳膊。

可她不知道自己说错了什么话，楚翼淮收起了满脸的笑容，眸光沉沉地看着她。

“怎么了？”许念园不解。

他似轻笑了一下，无奈地摇摇头，敛了眼底复杂的情绪，笑着摸了摸她的脑袋：“没什么，饿了吧，我们去吃饭。”

翌日下午三点，徐教授项目的甄选考试开始。

军训结束后，新生们有两天的休息时间。被教官和烈日折磨了整整二十天，得了两天的特赦，大家都恨不得和床黏在一起缠缠绵绵，连许念园宿舍三剑客都抛弃了偶像，躺在空调房里用手机看直播。

许念园举着手机，小脸上满是无奈：“你们的良心不会痛吗？”

周浅水在视频那端挑眉一笑：“当然不会痛了，你可是楚神官方指定的唯粉，只有你能近得了他的身，别怀疑，这是你独一份的殊荣。”

“就是就是。你想想看，待会儿楚神一出来，你第一个迎上去，这感觉是不是很振奋人心？”

许念园心想，好像有那么一点点兴奋。

徐教授的项目炙手可热，闻风而来的学生不在少数，许念园倒不是怕楚翼淮发挥失常，而是怕他发挥超常。

考试历时三小时二十分钟，十分考验膀胱能力，许念园等待的期间上了一趟洗手间，想了想，又去便利店买了水和巧克力。

铃声响起，没多久，楚翼淮走了出来，他一眼看到站在门口的许念园。她规规矩矩地站着，手里抓着水，踮起脚，使劲儿探着脖子往里望。

楚翼淮笑了笑，正要唤她，身后的一只手轻轻拍了拍他的肩膀，他回头，对上了苏谨薇的目光：“学姐？”

苏谨薇笑着说：“一起吃个饭，这次可不许拒绝了，如果我们都考上了，那也算是提前庆祝我们同组，是不是？”

“我……”楚翼淮正欲婉拒，许念园已经发现他们，三步并作两步跑过来，她手里还拿着水，还没伸手，一旁的苏谨薇已经侧身挡住她。

“晚上七点，不见不散。”

“对了。”苏谨薇顿了顿，对许念园说，“小学妹，你也来吧。”说完，扬长而去。

许念园看着苏谨薇从容离去的背影，默默地低下头。她不是笨蛋，苏谨薇方才那一眼，明显带着三分警告，把她当成了敌人。

是因为楚翼淮吗？

手上一空，许念园抬头的时候，水已经被楚翼淮拿走了，此时他正仰着头喝水，喉结随着喝水的动作上下滚动，一滴水顺着他的下颚落下，悄无声息地从锁骨滑过，接着便没了踪影。

许念园一动不动地盯着他，面庞慢慢红了起来。

“楚翼淮，你在这儿啊，徐教授叫你呢。”从考场出来的一个男生拍拍他的肩膀，“快进去吧。”

“我知道了。”楚翼淮顿了顿，从裤兜中掏出几块花花绿绿的糖果，塞到她手里，“给你，可能要耽误一点时间，晚上见。”

楚翼淮走了，许念园捧着手里的糖果，跟偷了鱼儿的小猫一般眯了眯眸子，接着掏出手机，难得发了一条动态。

这之前，许念园并不经常在社交网站流连，不过在萱萱的熏陶下，她变得懂得分享自己的生活了。因她参加过《加油，未来星》，所以也有不少粉丝。

“神秘人送的糖果，附上照片，嘿嘿，滤镜过后的糖果是不是更香甜了？”

此动态一发，没几分钟，她的评论微微炸了。

第十章
暗恋开出最美的花

许念园在社交软件上的昵称叫冰糖葫芦，头像也是一串红艳艳、娇艳欲滴的糖葫芦。

不爱红装爱女装：“糖果是好糖果，就是不知道神秘人是不是正经神秘人了。这年头送个糖果都要玩噱头吗？”

狗头拿来：“楼上，这叫情趣懂不懂？神秘人翻译过来就是‘亲爱的’，而亲爱的等于男朋友，这年头，也只有男朋友会把女朋友当小孩儿了。”

黑咖啡不加糖：“你们都让开，这道难题我来解！你们看到糖果了吗，红色居多，心形居多，这代表什么，这是告白啊。”

我是毛毛虫不是猫猫虫：“啊，我的女神要被猪拱了吗？不知道对方姓甚名谁，家住何方，我要上门挑战。”

……

许念园没想到自己心血来潮发的一条动态，居然会掀起一阵议论的狂潮。她暗搓搓地将手指落在删除键上，不知道现在删除还来不来得及。

下一刻，一条私信进来了：“糖果好吃吗？”

看清是楚翼淮发来的私信，许念园手指微微一颤，险些将手机摔地上。稳住后，她手忙脚乱地回复：“好、好吃。”

“我还以为你光顾着拍照，忘记吃了。”“叮”的一声，信息又进来。

许念园面色爆红，想解释，却也无从辩驳，只好转移话题：“徐教授不是找你有事吗，你怎么有空和我说话？”

“那我不说了。你先回去收拾收拾，待会儿我去宿舍楼下等你。”那端发了这条私信后，果然没再回应了。

许念园盯着那条私信看了半天，最后还是没舍得删除这条动态。

为什么要删除呢，这可是楚神给她的，独一份的“宠爱”。

那端，楚翼淮默默收起手机，抬头看着滔滔不绝的徐教授，等他说完后，楚翼淮才开口：“徐教授，如果我能考上，我会履行诺言，进入您的项目组，但是我也不会放弃我的研究。”

徐教授已年过六旬，两鬓斑白，许是天天待在办公室研究天文物理，气质沉敛温和。他慈祥地看着楚翼淮：“项目组的事情你不用担心，我刚刚看过你的试卷，你完全没问题。关于你的研究，我也有所耳闻，不过人的精力有限，一个人同时做两件事，可能有些吃力了。”

而且，这两件事都需要付出大量的精力。

“徐教授，您放心，我会安排好时间。”楚翼淮笑容温和，但神色坚定，俨然一副不容拒绝的模样。

徐教授心底暗暗叹口气，他从楚翼淮进校便开始关注他，一直想拉楚翼淮进项目。虽然蒋临也很优秀，但他太墨守成规，科学虽然需要严谨，但也需要灵动，而楚翼淮就像不可掌握，神秘的暗物质一样，总会给人惊喜，如果他们能团结合作，那么无论对项目还是对他们个人来说，都是一件再好不过的事情。

从教授办公室出来，已华灯初上，楚翼淮走到女生宿舍楼下，抬眼望去，许念园穿着一袭简单的小白裙，正慢慢地走向他。

“等很久了吗？”许念园不自在地拉了拉裙摆，“她们非要我穿。”

“很好看。”楚翼淮笑笑，“我们走吧，再晚就只能啃盘子了。”

两人到了约好的餐厅，没想到蒋临也到了。蒋临是学生会主席，气质沉稳内敛，有股不怒自威的气势，比起温润如玉的楚翼淮，他身上似乎多了一层拒人于千里之外的疏离和冷漠。人都是趋利避害的动物，比起对她莫名敌意的苏谨薇，她似乎更怕蒋临。

感受到许念园忐忑不安的情绪，楚翼淮主动拉着许念园来到他们面前。

许念园垂眸看着被他紧紧握住的时候，那些紧张不翼而飞，她深吸口气，向他们问好：“学长学姐好。”

苏谨薇扫了一眼他们交握的手，原本温和的眸子微微有些凌厉，她收回目光，神色颇淡地应了一声。

四人坐好，开始点餐。苏谨薇选的是一家高级餐厅，菜单是全英文，她状似无意地将菜单递给许念园：“这里园园最小，你先点，想吃什么尽管吃。”

菜单制作大气，却也厚重，许念园十分费力才堪堪拿住，她翻开扫了一眼，看清上面的价格后，细眉皱了皱——太贵了。

许念园家中殷实，许父许母也从未苛待过他们唯一的女儿，但许念园并不像一般女孩儿那样，喜欢攀比和虚荣，她更喜欢将钱花在刀刃上，并不喜欢浪费一分一毫。

这顿饭，并不见得能吃得饱，但他们的荷包一定是要瘪的。

“怎么了？”苏谨薇温柔地问，突然，她不好意思一笑，“我忘了这里的菜单是全英文的，你才刚上大学，可能认不全菜名。”

“我认得全。”

“她认得全。”

两道声音异口同声响起。许念园愣怔了一下，望向一旁的楚翼淮，男神脸上有种老父亲似的骄傲：“园园的英文很好。”

“是吗，”苏谨薇勾了勾嘴角，眼底意味不明，“那我多虑了。”

点个菜都这么血雨腥风？许念园有些坐卧针毡，她宁愿在食堂吃一碗面，也不想坐在这里，说着不合心意的话，噙着毫无真情实感的笑。她看向一旁的楚翼淮，他也是神色淡然。

而蒋临，从头至尾一言不发，像看戏一般将这一切尽收眼底。末了，他收回目光，笑着对一旁的苏谨薇说：“名师出高徒，你别小看人家。”

此话一出，苏谨薇俏脸僵硬，但也无话可说。许念园默想，他怎么会知道自己是男神教过的？或者，他只是一个比喻？

不过，当她抬头，不经意对上蒋临的目光，他朝她淡淡一笑，眼底藏着不明的意味，她忙低下头做沉默状。他们的“互动”被楚翼淮看得一清二楚，向来云淡风轻的眉眼染上了一层阴郁。

苏谨薇点了红酒。

许念园没喝过酒，好奇地盯着酒瓶。苏谨薇笑了笑，亲自倒了一杯递给她：“喝吧。”

闻言，许念园礼貌一笑，正欲伸手接过，斜刺里伸来一只手，径直夺过高脚杯。楚翼淮开口，嗓音较之前低沉了不少：“她还小，不能喝酒。”

红酒的醇香一点一滴钻入许念园的鼻翼，她并不在乎红酒的味道，可听到他说的那句“她还小”，心忽然沉了沉。

难道在他心中，她只是一个小朋友？明明她已经成年了，已经可以行使公民权，已经是一个大人了。

“我可以喝。”她弱弱道，“我不是小孩儿了。”

难得地，楚翼淮不予苟同地看了她一眼，平日里他都纵容她，但今天并不。

被楚翼淮警告似的“瞪”了一眼，许念园立马投降。

“翼淮，学妹已经成年了，喝杯红酒没什么关系吧？”苏谨薇笑道，“你不用这么紧张，不要老把她当孩子看。”

今晚不知道为什么，楚翼淮偏钻了牛角尖，蹙了蹙眉头，薄唇微抿，向来春风拂面的脸庞，多了几分严肃，一脸较真道：“我没有把园园当成小孩子看待，事实上，她比很多同龄人懂事聪明。”

苏谨薇面上维持的笑容逐渐龟裂，她尴尬地笑了笑：“只是开个玩笑，你怎么这么较真。”

餐桌上气氛剑拔弩张，许念园颇为紧张地搓着放在膝盖上的手。她今晚的心情十分复杂，既因为楚翼淮维护自己而开心，又疑惑他怎么突然变成了刺猬，咄咄逼人。

这不像他的性格。

蒋临看了苏谨薇一眼，给自己倒了一杯红酒，微微一笑："她不能喝酒，你总能喝吧，就当作庆祝我们三人即将在一起学习。"说着，他仰头喝了一口，旋即看向楚翼淮，静等楚翼淮的反应。

楚翼淮推托不得，只能喝下。他第一次喝酒，并不适应，没多久面颊便浮上一层浅浅的粉霞。

吃完饭，蒋临去结账。许念园看了一眼趴在桌上安静"睡觉"的楚翼淮，起身追了上去。

蒋临正欲结账，手臂被人轻轻扯了扯，他低头，嘴角扬起一抹似笑非笑："怎么了？"

许念园小脸一派严肃："我们AA。"

听到AA，向来喜怒不形于色的蒋临愣了愣，旋即呵呵一笑，他转身，将位置让给下一个结账的人，居高临下地看着许念园："今晚我请客。"

"无功不受禄。"许念园依旧坚持自己的主张，掏出钱递给蒋临，"这是我和楚翼淮的那一份。"说着，转身就走。

蒋临低头看着硬塞到手里的钱，再看看小兔一般跑远的许念园，原本淡漠的眸子浮现一丝浅浅的笑意。

许念园回来的时候，看到苏谨薇正在扶起楚翼淮，可不知道是她力气太小，还是楚翼淮太沉了，她试了好几次都不得章法，最后懊恼地叹了口气。

看到许念园回来了，苏谨薇原本温柔的眸子霎时变得警觉无比，她皮笑肉不笑地看向许念园，装作不经意道："翼淮好像睡着了。"

这不是肉眼可见的事情吗？

许念园嘴角微抽，但她很快递给苏谨薇一个礼貌的微笑："嗯，但也不能在这里睡觉，我现在叫醒他。"

她刚走到楚翼淮面前，苏谨薇的声音缓缓传来："你真以为自己很了解楚翼淮吗？

许念园回头，不解地看着苏谨薇。

苏谨薇嘴角勾起一抹笑，眼底却不含半点笑意："许念园，你年纪还小，而楚翼淮已经大三了，不久后，他就要进入徐教授的项目，和我们一起研究学习，你们的距离只会越拉越远，而终有一天，他也会明白这一点，不再关照你、护着你，而你也不能一味地寻求他的庇护，既然你是成年人了，就该想想自己该走什么样的路，而不是拖他的后腿。"

许念园垂眸，一声不吭。这让苏谨薇心中多了几分胜算，她打算乘胜追击："所以，你该……"

"你喜欢楚翼淮对不对？"许念园抬头，突然问道。

她的问题让苏谨薇愣了三秒，苏谨薇毫不犹豫地承认："是，我喜欢他，从一开始就是。"

不可否认，听到苏谨薇毫不犹豫地承认喜欢楚翼淮，许念园的心隐隐作痛，像那里被人开了一个口子，还没来得及缝上线，就有人迫不及待地往她伤疤上撒盐。

"所以，你别耽误他。"苏谨薇补刀。

许念园低声道：“如果他也喜欢你，我会……祝福你们，但如果他不喜欢你，那就不关我的事了。”

“你……”苏谨薇恼羞成怒，但碍于在公共场合，她并没有失了风度，只是冷冷一笑，“你说这么多，你又算他什么人呢？”

许念园沉默。

这时，一直趴着的楚翼淮突然坐直身体，吓了两人一跳，还没等她们反应过来，楚翼淮一脸严肃地对苏谨薇道：“不准你欺负园园。”

苏谨薇：“……”

“她很好很好。”楚翼淮“警告”苏谨薇后，软绵绵地看着许念园。

他刚睡醒，眼中浮着一层水雾，眼睛湿漉漉地看着许念园，脸颊飞着两团红云，嘴唇润润的，他轻轻眨了眨眼，委委屈屈道：“许念园，我口渴。”

许念园愣了片刻，忙倒了一杯水，递到他嘴边。

清甜的水就在眼前，楚翼淮黑黝黝的脑袋凑过来，温热的呼吸喷洒在许念园手背上，她轻轻颤了颤，险些没拿稳杯子。

喝完了水，楚翼淮直勾勾地看着许念园，傻乎乎一笑：“园园，我们回家吧。”

一听“家”这个字，许念园的心猛地一颤，似有什么东西冲破心间，但下一刻，楚翼淮晃了晃，身体没稳住，双手抱住她的腰，撒娇似的将脑袋埋在她身上。

苏谨薇看到这一幕，不甘心地起身，想将他们分开，结果还没动，楚翼淮倏地抬头，目光不善地看着她。

苏谨薇被楚翼淮的眼神看得发慌，却还是故作镇定：“你喝醉了，我扶你回去。”

楚翼淮虽然喝醉了，但立场依旧十分坚定，他看了一眼苏谨薇，抗拒地撇撇嘴：“有园园就可以了，你是谁，离我们远点。”

结账回来的蒋临，看到平日里云淡风轻、镇定自若的楚翼淮像个“智障儿童”一样抱着许念园不放，眉眼沉了沉。

蒋临几步走到他们面前，结束了这场闹剧，他看向一脸尴尬的苏谨薇：“他这样子没法回学校，这样吧，我在这附近租了一套房，去我那儿吧。”说完，他看向许念园，“我先送你回去。”

许念园不可能丢下喝醉酒的楚翼淮，首先，这位蒋临学长是敌是友还不好说，万一他趁着楚翼淮喝醉的时候欺负楚翼淮怎么办？

何况，还有一个对楚翼淮虎视眈眈的苏谨薇。许念园觉得，自己很有必要守护男神的清白。

“我和你们一起去吧。”许念园说道。

苏谨薇皱了皱眉：“我和蒋临就可以了。时间不早了，你也该回去了，免得你室友担心。”

话音刚落，楚翼淮紧紧抱着许念园，嘴里嘟嘟囔囔：“她去哪儿我就去哪儿。”

最终，蒋临还是开车，将他们送到了自己家中。

安顿好楚翼淮后，蒋临走到客厅，看着翘首以盼的苏谨薇，沉声说道：“我送你回去。”

苏谨薇坐着没动。

“怎么？”蒋临侧了侧头，嘴角噙着一抹意味不明的笑意，“你还要继续待在这里看他们秀恩爱？刀子补得还不够？”

苏谨薇平日在外人眼中，就是连生气都优雅得体的那一类人，可现在，她却失去了冷静的外皮，变得咄咄逼人："蒋临，你为什么总是要和我对着干，我到底哪里得罪你了？"

蒋临呵呵一笑，坐在了一旁的单人沙发上，微微倾身靠近她，眸底含着三分意味不明："苏谨薇，你是一个聪明人，为什么这时候喜欢自欺欺人了？从楚翼淮进校开始，你就对他死缠烂打，可他正视过你吗？要不是你主动上前，他根本不认识你，他的眼底心底只有一个人，那就是……"

"别说了。"苏谨薇起身，眸光发亮，显然是被激怒了，"我都等了他这么久了，还怕一个许念园？"

蒋临苦笑着摇摇头："你认为时间很重要吗？"

"重不重要，不是你说了算。"苏谨薇走到他身边，抬眸看着他，"蒋临，其实楚翼淮不是让我最棘手的，而是你。你到底想怎么样？你似乎把楚翼淮当成敌人，又没对他赶尽杀绝，我不懂你心里怎么想的。"

蒋临垂眸，目光在她疑惑的面庞上停留了一瞬，接着收回，淡淡道："你不懂我心里怎么想，那是最好不过。放心，我不会伤害他，我只是……"

只是，把他当成了一个强有力的对手，想激励自己前行罢了。

在遇到楚翼淮之前，蒋临是名副其实的天之骄子，可认识楚翼淮后，他终于体会到被人当头棒喝的感觉，是那种他无论怎么努力，都追赶不上对方的无力感。

即便他比楚翼淮高了一届，却不能代表什么，他最崇拜的徐教授，一心想拉楚翼淮进项目，为此，不惜出了项目甄选考试的方法，而苏谨薇，他最欣赏的一个女孩儿，视线也是停留在楚翼淮身上。似乎楚翼淮一出现，自己身上的光环就被尽数剥夺了。

站在光环下的人，哪里能体会站在阴影处，他的不甘和落差。他想赢楚翼淮，哪怕只有一次，也能证明他不比楚翼淮差。

“我走了。”苏谨薇看了一眼紧闭的门，声音溢满失落，“不管你想和楚翼淮比什么，请你光明正大一点，别使小手段。”

蒋临愣住，嘴角勾起一抹嘲讽：“在你心底，我就是卑鄙无耻，只会放冷箭的小人？”

苏谨薇嘴唇嚅动了下，最终什么话也没说，转身离开。蒋临顿了顿，提步跟了上去。

门很快开启又合上，室内归于寂静。又过了一会儿，许念园打开门，无奈地看着坐在地上的楚翼淮，他正歪着脑袋，眼巴巴地看着她：“我想听故事。”

许念园抚额，她从来不知道男神喝醉酒居然是这么一个……软萌又爱撒娇的模样，他的云淡风轻呢？他的温和有礼呢？他的从容潇洒呢？

许念园对上楚翼淮湿漉漉且无辜可怜的眼神，默默地咽了咽口水，她好像没什么哄孩子的经验。

“我要听故事。”楚翼淮喝醉酒，把握不住平衡，坐着和不倒翁一样，摇摇晃晃。

许念园生怕他摔倒，双手扶着他，好声好气哄着：“好好好，你想听什么故事？”

“我想听……宇宙的起源。”

楚翼淮笑得十分孩子气，嘴角的梨窝若隐若现。许念园被他的笑容“迷惑”了片刻，回过神来之后哭笑不得。

男神果然是男神，听的睡前故事也是如此与众不同。

“好，我给你讲宇宙的起源。”许念园轻声道，“大约一百三十七亿年前……”

“不对。”楚翼淮摇摇头，打断她的话。

许念园刚起了个头，闻言不解：“哪里不对？”

楚翼淮俯身，慢慢靠近她。

他身上的酒味和柠檬气息混杂在一起，无孔不入地钻入许念园的鼻息中，她紧张地咽了咽口水，一动不动地看着他靠向自己。

心，不安地跳动，呼吸也已经乱了，即便不去测脸上的温度，她也知道自己现在的脸烫得可以煎鸡蛋。可始作俑者楚翼淮全然不觉得自己扰乱了别人平静的心海，而是继续凑近。

许念园觉得心底掀起了狂风巨浪，一阵高过一阵的巨浪，快要打得她呼吸不能，她好不容易挣脱出来，却对上了他凑近的眉眼。

近距离下，她发现他的睫毛又长又翘，根根分明，随着他眨眼的动作，睫毛轻颤。

好想摸摸啊！她这样想着，鬼使神差地伸出手，还未触碰到他的睫毛，手上一紧，手腕已经被他握住。他的手又大又热，许念园身体一颤，对上了他的眼睛。

如泉水浸染过的黑眸，此时此刻一动不动地盯着她。

“楚翼淮……”她哑声开口，“你还要继续听故事吗？”

“我们去看星星吧。”他突然拉起许念园，却因为喝醉酒的缘故，走路横冲直撞，一脑袋撞到门框上。

听着这一道极响亮的声音，许念园吓了一跳：“你没事吧？”

楚翼淮揉着被撞痛的地方，眼泪汪汪道："疼。"

"我看看。"许念园着急又心疼，踮着脚要去检查他的伤，他倒是也配合，弯下腰，乖乖地一动不动地由着她检查。

额头红了一片，许念园抿了抿唇，有些苦恼："我不知道蒋学长的药箱放在哪儿，还要等他回来才行，我先给你拿冰块敷敷。"

"吹吹就好了。"楚翼淮抓住她的手臂，一脸认真道。

"什么？"

楚翼淮凑过去，说话之间，温热的呼吸喷洒在她面容上，湿润的薄唇近在眼前，她差点紧张成斗鸡眼，她下意识地往后退，结果脚踩到异物，整个人不受控制往前倒。

楚翼淮被她一脑袋杵着往后退了几步，脊背抵在墙壁上，一低头，一个毛茸茸的脑袋正埋在他的胸膛上。

"对不起对不起。"许念园忙退开，小心翼翼地问，"你没事吧？"

"许念园。"他开口。

"怎、怎么？"她紧张。

"我想……吐。"话音刚落，楚翼淮没头苍蝇一般捂着嘴，冲向洗手间，脚程慢一步的许念园，只能听到他源源不断的呕吐声。

十分钟后，两人坐在阳台的藤椅上。夜风袭来，天上的星子若隐若现，沉默片刻，许念园问道："你……好多了吗？"

"嗯。"楚翼淮红着脸，沉默地点点头。刚才他被许念园一撞，吐过之后，再被夜风一吹，酒已经醒得差不多了。

他虽然喝醉了，但记忆力始终没有稍减，想起自己喝醉时候的"疯言疯语"，他一时之间不知道该怎么面对许念园。

他是不是……欺负了人家小姑娘啊？

现在道歉挽救还来不来得及？

气氛有些胶着，许念园抿了抿唇，再次打破尴尬："那……我去给你倒杯水吧。"

"不、不用了，我不渴。"

"哦。"

两人继续抬头望天，做沉默状。许念园一本正经地数着天上的星星，一颗两颗三颗……

突然，温热的呼吸近在耳边，她猛地转头，吓了楚翼淮一跳，两人大眼瞪小眼片刻，最终还是楚翼淮打破尴尬："今晚的事情……"

许念园知道他想说什么，她用手在嘴上比画了下，做了一个拉链的动作，一脸严肃地保证："你放心，我不会告诉任何人。"

楚翼淮哭笑不得："我不是说这件事，其实……"

"嗯？"许念园歪着头，疑惑地看着他欲言又止的样子。星空下，那张清隽的面庞如玉，背后月辉洒落，不知道为什么，许念园突然想到诗经上的那句话。

有匪君子，如切如磋，如琢如磨。

"其实……其实我……"楚翼淮闭了闭眼，深呼吸，正要开口，外边传来开门声，两人皆如做贼一般弹开，齐刷刷看向门口。

蒋临手里拿着钥匙，正弯腰换拖鞋，看到他们直勾勾地盯着自己，淡淡道："看我干什么？"

楚翼淮率先反应过来："不好意思，今晚麻烦你了。"

"麻烦算不上。"蒋临意味深长地看了一眼许念园，"反正照顾你的人也不是我，我只是提供住的地方，明天一早自行离开，不包早餐。”

说着，他直接往自己的房间走去，又恢复了那副清冷傲慢的样子。

“我、我也去睡觉了。”许念园低着头准备遁走。

楚翼淮眼疾手快地拉住她，接到她疑惑的眼神，他说：“记得锁门。”

许念园“嗯”了一声，红着脸，低着头落荒而逃。

楚翼淮看着她的身影消失，这才收回目光。他也没回房间，一个人坐在沙发上，静静地看着前方。昏暗的客厅，只有他清浅的呼吸声。

徐徐的脚步声传来，不一会儿，穿着睡袍的蒋临坐到他面前：“我家里似乎有三个房间。”

“我不困。”楚翼淮说道。

“是不困，还是不放心我？”蒋临一针见血地戳破他那点小心思，“你怕我对许念园做什么吗？”

楚翼淮低着头沉默。

“你喜欢她。”蒋临简明扼要地指出，这句话不是疑问句，而是陈述句。

闻言，楚翼淮抬头看他。触上他平静却笃定的眼神，楚翼淮没有否认，也没有承认。

“既然喜欢，就别轻易放手。”蒋临开口，“至于其他，你没必要看，也没必要听。”

“蒋学长。”楚翼淮叫住欲起身离开的蒋临，“我知道你也在研究动能装置。”

听到这话，蒋临高大的脊背蓦地一僵，回头的时候，犀利的目光几乎要刺穿楚翼淮，他不卑不亢地直视他。

良久，蒋临微微一笑：“怎么，只允许你研究，不许我发明？”

“我不是这意思。”楚翼淮嘴唇嚅动了下。大约一年前，他无意中经过实验室，看到蒋临在研究动能装置，可是……

“还是那句老话，我不比你差。”蒋临留下一句话，扬长而去。

那端，许念园进了房间，睡在陌生的床上，却没半分睡意，她只要一闭上眼睛，脑海中便浮现楚翼淮欲言又止的模样，以及他喝醉酒后可爱软萌的帧帧画面。

睡不着，许念园发了一条动态：“睡不着怎么办？”配图是一只挠头的兔斯基。

没多久，评论已经刷开了。

许念园打开一看，一个叫“萌萌站起来”的 ID 说道：“据老夫夜观天下，掐指一算，这么晚不睡觉的，只有一个理由——恋爱了。”

只爱红装不爱女装：“恋爱千万条，安全第一条，交往不规范，粉丝两行泪。”

喝粥只喝八宝粥：“秃头少女千千万，熬夜占一半，为了以后少秃头，早点睡吧。”

神秘人观察者一号：“大大该不会是在想上次送糖的神秘人吧。”

好奇八宝：“什么神秘人？”

神秘人观察者一号：“你们村刚通网吗，自己翻记录，大大肯定是恋爱了，只是我现在极好奇男主角是谁。”

晴天宝宝：“大大这么优秀，我听说她已经考上清华大学了，那她的男朋友肯定也极其优秀。”

朝天椒的辣：“楼上说得有理，麻烦下次咱简单点，发照片，猜谜使人秃头。”

接下来，一堆“臣附议”。

许念园哭笑不得，刚刚小鹿乱撞的心，因为这些评论平缓了一些，可是又有新的烦恼涌上心头。

她没有男朋友，可是她好像恋爱了，而恋爱的对象不是别人，就是楚翼淮，她的男神。

如果他知道了，会不会被自己吓到？会不会从此不理自己？会不会指着自己的脑门说：“我把你当爱徒你居然想和我谈恋爱？”

“这么晚还不睡？”一条私信进来，和上次一样，楚翼淮发了一个小熊打哈欠的表情，“很晚了，小孩子要早点睡觉。”

许念园莫名觉得“小孩子”三个字有些刺眼，她闷闷地回复：“我不是小孩子了。”

那端，楚翼淮微愣，修长的手指落在手机屏幕上，思虑了几秒后，淡淡一笑：“好，你不是小孩子，你已经是成年人了，我说错了，向你道歉。不过成年人也要早点睡觉，是不是？”

这哄孩子的语气……

不可否认，她的确被捋顺了毛，轻快地回复了一个表情包，想了想，又发了一句：“晚安。”

“晚安。”

晚安，男神。

晚安，小姑娘。

徐教授项目的甄选考试结果很快出来了，蒋临、苏谨薇、楚翼淮通过了考试，顺利进入项目组。

开完一个简短的会议，楚翼淮正准备离开，蒋临叫住他。一旁的苏谨薇见他们有话要说，虽然好奇，但也识趣地离开了。

“学长，你叫我留下来有什么事？”楚翼淮问。

蒋临手指轻敲桌面：“虽然你考试成绩比我高了两分，但我不会就此认输，动能装置我会比你先做出来，我也不怕你告诉教授。”

“你误会了。”楚翼淮摇摇头，“我不会多嘴告诉教授。事实上，他早就知道我在研究动能装置，只要做好分内事，分出余下精力搞其他发明研究，我想教授会支持我们的。”

楚翼淮刚走到门口，便收到许念园的信息：“你开完会了吗，来念风咖啡厅，我有东西要送你。”

“嗯，好。”楚翼淮收了手机，“稍等我一会儿。”

念风咖啡厅主营咖啡、简餐，但也提供DIY，许多人在这里做蛋糕、巧克力。

他刚推门而入，服务员小姐姐笑盈盈地迎了上来：“楚先生是吗，许念园小姐已经在里面等你了。”

楚翼淮在服务员小姐姐的引领下进了包间，小姐姐微笑着离开，他不疑有他地推开门，“砰”的一声，礼花撒了他一身，还没反应过来，许念园捧着草莓奶油蛋糕，一步步走到他面前，歪着头，咧嘴露出一排小白牙，笑得乖巧又可爱：“生日快乐。”

“楚神，生日快乐！”

门后面突然跳出三个人，每个人头上都戴着滑稽的生日帽，一脸期待地看着他。

第十一章

踏过山河说欢喜

今天是楚翼淮的生日，他忘记了，不过，有人为他记着。

他背着书包，温柔地看着眼前的许念园，她手里捧着蛋糕，包厢的灯光打得足，明晃晃的一片落在她娇小单薄的身上，她的眉眼染上温暖的光芒，眼底闪着碎星，声音清清脆脆。

那一声生日快乐，似一股细流，缓缓流淌到他心尖，虽没有势如破竹的力量，却让他觉得，温暖不过如此。

见他毫无反应，她又凑近了几分，将蛋糕捧在他够得到的距离，有些疑惑，难道他被吓到了？男神这么不经吓的吗？

身后三个迷妹已经按捺不住冲上前来，许念园小心翼翼地护着手里的蛋糕，楚翼淮见她东倒西歪，伸出长臂，稳稳扶住她。

手上一空，他已经自然而然地接过她手里的蛋糕。

见自己精心准备的蛋糕终于得救，许念园松了一口气，大大方方地让出道路，身后三个跃跃欲试的迷妹团团围住楚翼淮，三人脸上露出“得逞”的笑容。

“楚神，啊，楚神楚神，我终于又见到你了。你好，我叫赵蕊，你能给我签个名吗，就签我衣服上。”

“楚神，还有我还有我，我叫孙甜甜。天啊，我终于又看到真人了，我不是在做梦吧。”

年龄稍长的周浅水十分淡定，她更多的注意力在她家园园和楚神的互动上。

她的火眼金睛可没落下一点一滴的细节，这两人的关系显然已经到了默契十足的地步。她摸着下巴，不怀好意地笑了笑，说道：“姐妹们，收！你们这样也不怕吓到人家楚神，你们想要楚神签名，也要问问园园的意见。”

突然被点名的许念园连连摆手，一副与我何干的样子。

瞧见她事不关己高高挂起的样子，楚翼淮顿了顿，眼神包含了三分委屈，要是他头上有一对毛茸茸的耳朵，此时此刻一定是悲惨地耷拉着。

三人组被楚神的“卖萌”惊得差点海豚音尖叫。

许念园讪笑一声，凑到楚翼淮面前，一副好商量的语气：“要不，你就给她们签个名吧？”

难得地，楚翼淮没有顺从她的心意，而是跟着弯腰，配合她的身高，压低声音说道：“我为什么要给她们签名？”

他离得极近，秀长的睫毛近在咫尺，她甚至能清晰地看到他脸上细致的纤毛。她不自觉地打了个嗝，吓得捂住嘴，磕磕巴巴道：“那……那如果你实在不愿意就算了。”

“傻瓜。”楚翼淮直起身子，伸手亲昵地揉了揉她的头发，语气中溢满宠溺，眼儿弯如上弦月，“看在你精心给我做蛋糕、过生日的份上，我会给她们签名。”

许念园“嗯”了一声，然后……继续打嗝。

楚翼淮给三人组签完名后，一回头，看到某人还在原地打嗝。似觉得自己打嗝有些丢脸，她拼命压抑住，但这事儿怎么压得住。他一靠近，她长长地，打出了一个异常响亮的嗝。

集体爆笑。

周浅水出主意：“我听老人说，打嗝的时候喝一碗水就好了，不过这喝水好像有技巧，要不要我教你？”

关于周浅水所说的土办法，许念园见识过一二，事实上，那完全没有科学依据，她才不想被当成实验对象。

可是，嗝止不下来，真的很破坏气氛啊。

许念园的大眼睛骨碌碌地转动，突然，一只手从身后伸来，猛地拍了下她的肩膀。

毫无防备的许念园吓得一激灵，想也未想就抱住了站在眼前的楚翼淮。

楚翼淮下意识地扶住她的腰，伸手轻轻拍了拍她的背，笑声轻轻溢出，她的脸贴在他的胸膛上，能清晰地感受到那沉沉的震鼓声。

一点一滴，燃烧了她的耳尖，逐渐地，她整颗心都在火焰中，最可怕的是，她并不想逃离，而是清醒地、眼睁睁地看着自己一步步地沉沦。

甘之如饴。

“嗯哼。”周浅水握拳轻咳一声，“那什么，虽然很不想打扰你们，但是我们晚上还要参加一个活动，所以，咱们现在要不要开始唱生日歌了？”

听到这句话，许念园火速将脑袋从楚翼淮的怀里拔了出来，面红耳赤地小声道歉：“我不是故意吃你豆腐，你千万别介意。”

楚翼淮哭笑不得：“什么吃不吃豆腐，你都从哪儿学来的这些话。”

他仔细地看着她。她被他盯得不好意思，小脸飘着两朵红云，小眼神躲闪着，恨不得遁地逃离。

别看了，再看她要自燃了！

“不打嗝了。”楚翼淮如释重负，“虽然这个办法有点瑕疵，但还是有效果。”

周浅水：“啊，我在哪儿，我是谁，我为什么莫名其妙吃了一嘴狗粮，噎得慌啊，谁给我点水顺顺。”

孙甜甜咋舌：“这已经不是虐狗现场了，这是大型屠狗现场。”

赵蕊：“我要甜出糖尿病了。”

许念园假装没看到三人组面上揶揄的笑意，一本正经道：“唱、唱生日歌了。”

五人围在蛋糕面前。周浅水将包厢的灯关了，其他人点上蜡烛，黑暗中，蜡烛的火苗轻轻晃动，蓝莹莹的光芒映照着每个人的脸。

生日歌的英文版十分简单，许念园清了清嗓子，轻柔却又带着三分小奶音的声音在不大的包厢荡漾开来，三人组轻轻拍着手，给她和着节奏。许念园唱完一遍，对着楚翼淮甜甜一笑：“男神，生日快乐。”

“楚神，生日快乐，许愿许愿。”三人组催促。

楚翼淮歪了歪头，双手合十，闭上眼睛，几秒后睁开。许念园哎哎叫着：“你许愿这么快的吗？再闭上眼睛许，寿星可以拥有三个愿望哦。”

楚翼淮听话地闭上眼睛，睁开的时候，映入眼帘的是许念园那双期待的眸子。他静了静，忽视心底汹涌而上的情绪，哑着嗓子，装作若无其事道：“许完愿了。”

“男神许了什么愿望啊？”赵蕊好奇地问。

周浅水拍了她一下：“你傻啊，愿望说出来就不灵验了。”

孙甜甜一笑：“不管许了什么愿望，这三个愿望中，肯定有一个愿望和园园有关系，楚神，你说是不是？”

“嗯。”没想到楚翼淮想也未想就承认了，目光柔和地看着许念园，“我的愿望的确与园园有关。”

“哦……”三人组拉长了音调，发出了不怀好意的起哄声。

许念园整张脸烫得可以煎鸡蛋了，她没敢问，他许了什么和自己有关的愿望。

三人组吃完后，心满意足地挥一挥衣袖，不带走一片云彩。很快，包厢里头只剩下他们两人。

三人组在的时候，气氛尚且炒得火热，欢声笑语溢满包厢，但当她们一走，似乎气球被放了气，整个空间倏然安静下来。

许念园鲜有扭扭捏捏的时候，可不知为什么，她一旦面对楚翼淮，整个人不由自主地忐忑不安，说话都要三思再三思，在乎他的每一个表情和反应。

她说的话，他感不感兴趣，喜不喜欢听，会不会不耐烦？

因为在乎，所以忐忑。

“那个……”

“其实我……”

两人异口同声开口，又十分默契地闭上嘴巴。静默片刻后，还是楚翼淮率先开了口：“谢谢你今天为我过生日，我很开心。”

“真的吗？”还未问完，楚翼淮握着拳头，缓缓地伸到她眼前，她疑惑不已，“这是……”

“送你的礼物。”楚翼淮眉眼皆是笑意，“你自己打开看看。”

送自己的礼物？许念园一脸蒙，今天不是他的生日吗，哪有寿星送别人礼物的？可在他期待的目光下，她还是乖乖地去掰他的手指。

她的手指纤细绵软，白皙如玉，微带凉意，尾指擦过他手背的那一瞬，他身子一僵，仿佛一股电流从指间直抵心尖，震得他心脏发麻，半天回不过神来。

可许念园一心一意想解密，忽略了他的反应，等她掰开他的拳头，看到空空的手掌心后，顿时有种被欺骗的无奈感。

她家楚神什么时候变得这么调皮的？

不过好可爱有没有。

既然她家男神童心未泯，那她不好好配合岂不是拂了他的意，所以她故作惊讶，轻轻地“哇”了一声，然后像默剧中的卓别林一样，伸手轻轻捏起他手中的东西，夸张地惊叹一声：“哇，好好看啊，我很喜欢。”

楚翼淮收起手掌，轻轻地弹了弹她的额头：“本想逗逗你，结果你倒好，反将我一军。”

“我许某人，可是不按套路出牌的天才少女。”许念园扬扬得意。

两人对视一眼，笑容逐渐荡漾开来。许念园弯着眼眸，毫不掩饰心中的喜欢，她和所崇拜的、在乎的、喜欢的男神并肩坐在一起。

世界上还有比这更美好的事情吗？

突然，一道微光一闪而过，一条兔子项链轻轻地在她面前摇摆，小兔子制作精巧可爱，她一动不动地盯着眼前摇摆的兔子项链，笑容逐渐收敛，缓缓望向楚翼淮。

“其实我一早就准备好给你的开学礼物了，只是最近我们都很忙，一直找不到合适的机会将礼物送给你，也不知道你喜不喜欢？”

看得出来他很紧张，一句话说下来，耳尖已经红透，低垂着头，长睫不安地轻颤着，另一只手下意识地磨着衣角。根据她学过的心理学粗浅的知识来看，这是人在紧张的情况下才会有的动作。

心一寸寸变得柔软，像初春的第一阵风拂过，吹化了冰雪。她接过兔子项链，歪了歪头：“怎么办啊楚神，你送我的礼物这么贵重，我都不好意思送你生日礼物了。”

“我很喜欢，非常喜欢。”许念园将项链放在他掌心中，“你帮我戴上吧。”

楚翼淮轻轻地“嗯”了一声，转到她身后，轻轻地将她的头发拨到一旁。等看到她白皙的脖颈，他呼吸一窒，整张脸烧得通红，险些抓不住手里的项链。他又怕呼吸太重吓到她，尽量憋着，平日里做实验稳健到不行的手，此时此刻竟然扣不住一个小小的项链扣子。

同样的，许念园也不好过。她假装淡定地坐着，实际上整颗心都快跳出喉咙了，她很清楚地感受到楚翼淮的气息，他温热的呼吸喷洒在自己的脖颈上，带来痒而奇妙的感觉，然而她却什么都不能做，只能假装乖巧。

早知道，自己戴好了。许念园欲哭无泪，再这样耽搁下去，要不是她自燃而死，就是心跳过速而亡。

终于戴好项链，许念园如蒙大赦，忙站了起来。楚翼淮被她吓了一跳，呼吸一窒，差点被口水呛到。还没等他反应过来，许念园已经粗鲁地打开书包，拿出早已准备好的生日礼物，塞到他手里，磕磕巴巴地说道："这是我送你的礼物。那什么，我突然发现自己还有事，我先走了。"说完，逃得比兔子还要快。

真的很像一只一惊一乍的小兔子啊！楚翼淮望着手里包装精美的礼盒，恰好此时楚妈妈打来电话，开门见山就问："小翼啊，礼物送出去了吗？"

楚翼淮轻轻"嗯"了一声。

"她喜欢吗？"楚妈妈继续八卦。

楚翼淮回忆了一番许念园收到礼物之后的模样，排除最后的落荒而逃，她应该算是喜欢吧。

"嗯！"这次的"嗯"，铿锵有力。

听着儿子一本正经的语气，楚妈妈捂着嘴巴偷笑。说起她这个儿子，她骄傲居多，但儿子太优秀也是一种遗憾，因为什么都会，什么都不用让人操心，导致她这做母亲的毫无存在感，一点表现的机会都没有。

不过，人无完人，楚翼淮还是有缺点的。论送礼物终结者，他可是当仁不让，绝对是个中翘楚。从记事开始，他给人送的礼物都是千奇百怪，完全不按套路出牌。

楚妈妈记得，两周岁的楚翼淮在她生日的时候，送给她一沓捶背券，当时她和丈夫乐得不行，可小小软软一团的儿子，还真的履行承诺，意志坚定地每天按着捶背券的约定，随叫随到地给她捶背。

楚妈妈一直等着未来的某一天，将他小时候的趣事告诉他未来的妻子听，可他长大了，一心只扑在物理上，她还真怕他最终孤独终老，与物理相伴一生。所以一听说他要买礼物送女孩子，她那颗惴惴不安的心落了下来。

嗯，她家儿子终于情窦初开了。只是情窦初开是一回事，楚翼淮毕竟没喜欢过女孩儿，没恋爱这方面的经验。他可不能点错了技能，将自己学物理的那套用在追女孩儿身上，到时候……

楚妈妈只要一想到那画面，顿时如临大敌。

她决定亲自见一见楚翼淮喜欢的小姑娘，毕竟自家儿子在物理上可以碾压许多人，在恋爱这方面可能只是一个初出茅庐的愣头青。她可不能大意，免得一不小心失去了一个儿媳妇。

所以，楚妈妈装作若无其事道："小翼啊，今天你生日，可爸爸妈妈都没在国内，要不这样，过几天我们回来，你带着小姑娘，咱们一起吃顿饭。"

还不等楚翼淮回答，楚妈妈此地无银三百两："你别误会啊，你生日，我们做父母的不在身边，幸亏人家小姑娘为你过生日，让你不至于生日的时候还孤零零的一个人，冲着这点，我是不是要感谢一下她。”嗯，自己说得有理有据，相信小翼应该无从反驳。

果然，那端的人顿了顿说道：“嗯，那我约她。”

“好嘞。”楚妈妈得意忘形之下，家乡话都飙了出来，明白自己过于兴奋，她忙做正经状，“好了，时间也不早了，你早点休息。”

“好。”

挂了电话后，楚翼淮准备回宿舍。

刚到宿舍，他才推开门，“砰砰”两声之后，一堆礼花从天而降，撒得他满头满脸。

楚翼淮淡定地揭开挡住眼睛的塑料花瓣，小心翼翼地护着礼物走到自己的书桌前。

“生日快乐啊楚神。”程飞宇和徐晟睿一人手里拿着一个小蛋糕，小蛋糕上插着一支巨大的蜡烛，看上去头重脚轻，滑稽非常。

徐晟睿大大咧咧道：“由于你吃过小美女做的蛋糕了，所以我们就本着尽量少浪费资源的原则，给你买了小蛋糕。你快点吹灭蜡烛许愿，我们还等着吃呢。”

楚翼淮又好笑又好气：“所以你们买蛋糕是给自己吃的？”

“废话，你不都吃了。”程飞宇龇牙咧嘴，“何况我们为了给你买礼物，已经荷包空空，没有多余的闲钱给你买蛋糕了，您老就将就将就吧。”

楚翼淮吹灭蜡烛，眸光闪着不可抹去的感动：“谢谢你们。”

他并不是一个善于表达情感的人，更多的时候，他更喜欢安安静静地独处。遇到许念园后，他慢慢发现，自己的世界不仅仅只有物理。

他学会了去感受周围的世界，无关物理，无关宇宙，而是与人有关。

“喂喂喂，别煽情，你煽情我就想哭，被你一本正经的样子笑哭。”程飞宇挥了挥手，两三下解决了手里的小蛋糕，当真半点都不给楚翼淮留。

徐晟睿八卦地凑过去：“欸，你不是说要给念园买礼物吗？买了吗，送了吗？”

“嗯。”楚翼淮故作镇定地整理桌上的资料。

“嗯，是有还是没有？”徐晟睿打破砂锅问到底，“你买了啥礼物，人家姑娘看了喜欢吗？等等，就你这标准的理科钢铁直男，你该不会送人家小姑娘陨石之类的吧？”

且不说他上哪儿去找陨石，楚翼淮就奇怪了，难得挑眉：“你怎么知道我要送礼物给女孩儿？”

徐晟睿咽了咽口水，毫不犹豫地一指灌水的程飞宇，出卖他：“他说的。”

楚翼淮又将目光转向程飞宇，后者淡定地擦擦手：“你瞪我干什么，不是你问我，女孩子都喜欢什么东西吗？”

楚翼淮依旧盯着程飞宇，程飞宇被他盯得鸡皮疙瘩都冒了出来，只好缴械投降：“好好，我的错，我不该大嘴巴。不过你这礼物送给哪个小美女啊？我猜猜看哦，是不是叫许念园的天才小学妹？”

楚翼淮低着头继续整理资料，只是整张脸开始变色，从淡粉到深红，仿佛一枚熟透的苹果。

徐晟睿和程飞宇对视一眼，两人啧个不停。程飞宇撞了撞他的胳膊：“我说，喜欢一个人就直接一点，这年头已经不流行玩你猜我猜，互相暗恋的游戏了。我可告诉你哦，你喜欢人家，就别磨磨叽叽，到时候别人近水楼台先得月，你都没地方哭去。”

“我……”楚翼淮欲言又止。

“我什么我，你还在担心什么。不是我打击你，我们已经大三了，再不抓住青春的尾巴，就没法在大学谈一场轰轰烈烈的恋爱了，等你七老八十回想的时候，你会追悔莫及，我的青春怎么就这么虚度了呢，怎么就没一个可念想的对象呢？”

“我……就是有点不确定，怕吓到她。”楚翼淮苦恼地坐下，眼底浮现迷茫和不安，“我比她大了一些，也一直以‘大哥哥’的身份陪伴在她身边，我怕她一直把我当成单纯的‘楚神’，而不是……”

“好好一个大男人，犹豫的话，到手的机会都会像流沙一样流走，既然不确定，那就去确定、去证实。”

“怎么确定？”楚翼淮眼中闪烁着求知欲。

“你这就问对人了。”程飞宇欣慰地拍拍他的肩膀，语重心长地说，“作为你的好兄弟，我肯定会传授给你经验，不过你如果愿意承包我这学期的伙食的话，我会把我毕生所学都传授给你，保证你一击必中，绝不会有任何失败的可能。”

楚翼淮毫不犹豫地点头。

程大灰狼露出了一抹阴谋得逞的笑容。

“确认一个女生喜不喜欢自己，说简单也简单，说难也难，这不是哥德巴赫猜想，也不是让你秃头的物理难题，其实证明一个女生喜不喜欢自己，最重要的是……”

程飞宇滔滔不绝一堆，楚翼淮听完后，无奈地揉了揉眉心，从他乱七八糟的叙述中提炼出重点：“只要她喜欢我，我做这些会让她脸红心跳是不是？”

“是。”程飞宇摸着下巴，斜眼看他，“不过你没谈过恋爱，初学者肯定会手忙脚乱，十分笨拙。这样吧，我给你演示一下。”

“演示？”楚翼淮有种不好的预感。

果不其然，程飞宇突然双手撑在他的椅背，微微俯身，“邪魅一笑”，压低嗓音说道：“呵，你引起我的注意力了。”

楚翼淮一脸看神经病的表情看着程飞宇，他就不该病急乱投医。

还没等楚翼淮推开沉浸在演戏乐趣中的程飞宇，门口传来一声急促的尖叫，接着一个男生慌慌忙忙地捂着眼睛，一边语无伦次道：“我什么都没看到，我什么都没看到。”说着，自顾自地尖叫着飞奔而去。

楚翼淮和程飞宇齐齐扭头，看着对方火速逃离现场。沉默片刻，楚翼淮冷静地推开他，淡淡道：“之后如果有什么奇奇怪怪的谣言传出来，麻烦你解释清楚。”

程飞宇烦躁地揉揉头发：“你这不是废话吗！这个狗东西徐晟睿，刚才出门也不把门关紧点。”

楚翼淮：“……”

楚翼淮叹息一声，收拾桌上的东西准备去实验室。

程飞宇拉住他：“记得用我的办法试一试。”

“嗯。”他敷衍地点点头，内心默默道，如果他的智商突然退化到三岁儿童的程度，估计会试一试。

楚翼淮去了实验室，不过他刚踏入实验室，便觉察出凝重的气氛。蒋临和平日一样，看到他，只是淡淡地抬了抬眉眼，接着埋头继续做事，苏谨薇坐在一旁，也是一脸凝重。

虽然他并不关心他们二人的私事，但到底是同一个项目组，他总不能眼不见为净，于是问道：“出什么事了吗？”

说话之间，徐教授面色凝重地从外头进来，他脱掉外套，穿上白大褂，看到沉默的三人，淡淡道：“还不去忙自己的事情。”

楚翼淮抿了抿唇，坐回自己的位置忙数据去了。徐教授平时乐呵呵的，很少摆脸色给学生看，也不知道他遇到什么了。

实验结束后，楚翼淮被徐教授单独留了下来。

徐教授坐在主位上，双手交叉，静静地打量他。

楚翼淮不卑不亢，由着对方打量。末了，徐教授深深叹了口气：“知道今天出什么事了吗？”

“徐教授您请明说。”他道。

“我们的项目组与斯蒂芬的项目小组有合作，可前几日视频会议，他们想要中断与我们的合作，其原因是我们的实验数据毫无意义，他们评估过后，认为没有再合作的必要了。”

那么意思就是，徐教授辛苦了好几年的项目，因为对方一句毫无意义而彻底腰斩？也难怪蒋临和苏谨薇一早面色凝重。

徐教授叹了口气：“这项目耗费了我十几年的精力，直到近几年才让它有孵化的可能，我知道我们还有许多不足的地方，但这不足已成为他们否定项目的原因。”

“也许，他们要的并不是数据。”楚翼淮突然开口。

徐教授绝望的面庞染上几分惊喜：“怎么说？”

楚翼淮沉吟：“徐教授，我看过您之前的报告，之前实验注重模拟，数据存在差异再正常不过，如果我们真进行实验，得出的数据未必会比他们差劲。”

“所以……”徐教授心底的答案已经呼之欲出。

楚翼淮的面庞染着几分坚定：“我们要亲自证明给他们看。”

不入虎穴焉得虎子，科学界的勇者，从来不会向难题低头。徐教授欣慰地看着站在眼前的楚翼淮，他面色清清淡淡，说话不疾不徐，却句句说在点子上，他是天才，更是一个懂得思考，知进退的天才。

他想起蒋临对楚翼淮的评价：事不关己高高挂起，除了埋头实验，毫无交际能力。

有时候，偏见也是一件很可怕的事情。

此事刻不容缓，徐教授紧急召回蒋临和苏谨薇，开了一个简单的会议，会议内容只有一句话：既然他们怀疑，就彻底打消他们的疑虑。

会议结束后，徐教授拍拍手：“斯蒂芬那边我会联系，你们回去准备准备，收拾下行李，明天我们就出发。”

“这么急？”苏谨薇诧异。

“就是这么急。”徐教授兴奋得像个孩子，“快快快，动起来。”

说完，他自个儿跑得比谁都快，一边跑还一边打电话：“老婆，快给我收拾行李，对，我要出差。”

得知楚翼淮要突然出国，许念园十分意外。其实出国不是什么新鲜事，只是楚翼淮会特意过来告诉她，这让她觉得，自己对他来说，好像是特别的。

华灯初上，操场上三三两两的人在打篮球，许念园时不时抬头看一眼楚翼淮，他正目不斜视地看着前方。她的目光从他修长的眉眼落在挺阔的肩膀上，夜风袭来，微微鼓动起白色衬衫，她眯了眯眼，几次想要开口，话到嘴边却停了下来。

生日过后，她回到宿舍，就被三人组抓着“严刑逼问”了一顿。

周浅水跷着二郎腿，目光灼灼地看着她：“园园啊，你寻思着什么时候和楚神表白啊？你让我们这些看戏，哦不，追剧的人心底跟猫抓似的一样。”

“就是就是，你们明明两情相悦，你侬我侬，就差捅破那层薄薄的窗户纸了，既然楚神害羞，那你就先下手为强，把他弄到手。”孙甜甜道。

“都别这么麻烦，你干脆直接扑倒楚神算了，行动比语言更有力量。”赵蕊挤眉弄眼。

许念园不是扭捏之人，事实上，她喜欢一个人并不想藏着掖着，只是她在确认了自己感情的同时，也在担心另一件事。

“可是，如果楚神，我是说楚翼淮对我没这方面的想法怎么办？”那她岂不是自作多情了？而且最可怕的不是这些。

她怕捅破这层窗户纸后，楚翼淮对她无意，那他们不是连朋友都没得做了。

想到这点，她一阵阵后怕，更像鸵鸟一样将头缩在属于自己的沙土中，不肯往前迈一步。她心里存着侥幸，却又怕这一点点侥幸成为破坏他们感情的利器。

周浅水啧啧感叹：“我总算是明白‘当局者迷，旁观者清’这句话的意思了，我们三人看得真真切切，楚翼淮对你关怀备至简直到了令人发指的地步。”

“也许他只是……”

“打住，别拿出他只是把你当妹妹那一套。那我问你，哪个哥哥会深情地看着自己的妹妹？”周浅水今天是铁了心要将她的榆木脑袋疏通疏通，“园园同学，你就别自欺欺人了。”

“如果园园你不放心，你完全可以试验一下，就知道他对你是喜欢还是当妹妹看了。”孙甜甜出主意。

“怎么试验？”许念园不解。

“都说女人是复杂的生物，男人更是，但他们有个共同点，吃醋，如果他看到你跟别的男生站在一起，你看他是什么表现，如果很生气，那就代表他在乎你，有时候男人喜不喜欢你，连他自己都不清楚，而本能会告诉他一切。”孙甜甜煞有介事道。

周浅水朝孙甜甜竖起大拇指：“这主意好。”

许念园欲哭无泪，她看不出来这主意哪里好了。

三人组做事雷厉风行，她们认为楚神与其便宜别人，还不如便宜自家人，俗话说得好，肥水不流外人田，所以她们化身“媒婆”，一个比一个积极。

赵蕊认识一个化学系的男生，叫赵志周，长相清秀，说话文质彬彬，也是一枚小学霸，算是楚神的缩小版。经过赵蕊苦口婆心的劝说，赵志周答应了这件事，但条件是希望赵蕊陪他看一场电影。

为了好朋友的幸福，赵蕊咬牙牺牲了自己。

许念园哭笑不得。

脑子里的回忆刚停，突然一个篮球径直朝他们飞来，楚翼淮眼疾手快地侧身挡住许念园，篮球砸在他背上，留下一个显眼的印记。

突如其来的意外吓了许念园一跳，她忙去检查他被篮球砸到的地方，奈何因为腿短够不着，像一只急躁的小兔一样心急如焚。

“我没事。”楚翼淮笑了笑。

“怎么会没事，篮球砸你身上了啊。”许念园跳脚，小脸上一派担忧。

楚翼淮笑了笑：“物理白学了？”

许念园冷静下来，最后微微吸了口气，她这不是关心则乱嘛。

说话之间，一个身材修长、面容俊秀的少年小跑过来，连连道歉：“实在不好意思，你没事吧，要不要去医务室看看？”

“我没事。”楚翼淮弯腰捡起篮球，“不过你们打球的时候还是小心点，这边人很多。”

“我们一定注意。”男生说着，抬头看着许念园，接着露出一抹笑，“许念园，原来你在这里。”

他认识许念园，而且语气还十分熟稔？楚翼淮认真且不着痕迹地打量着来人，看他满脸稚气，应该是刚进校的大一新生。

大一新生相互认识，这是再正常不过的事情，可楚翼淮心底像坠着沉甸甸的石头，难受得紧。

瞥见楚翼淮瞬变的面色，赵志周笑了笑，趁他不注意，对许念园做了一个口型，意思就是：“放心，我帮你搞定。”

许念园连连叹气，这就是赵蕊找的“神队友”了。她本想拒绝，可触上楚翼淮的黑眸，她心内的小九九还是占据了上风。

要不，就试一试？

赵志周生怕许念园“反悔”不配合他，到时候他和赵蕊的约会也就泡汤了，于是忙上前一步，将楚翼淮挤到一边，热情地对许念园说道："上次多谢你帮我，我请你吃饭吧，明天好不好？"

"我……"许念园还没开口，楚翼淮的眸光淡淡扫来，他像一个旁观者一样安静地站在一边，但耳朵早已竖了起来，呼吸都轻了几分。

许念园深吸口气，破釜沉舟："好、好啊。"

话音刚落，楚翼淮呼吸一窒，黑眸中的光亮像被风吹灭了一般，他喉结动了动，却没说话。

赵志周灵光一闪，加大马力，两人聊得热火朝天，可怜的楚翼淮被"冷落"在一旁，风吹过，卷了一片落叶，轻轻飘飘落在一旁。

许念园有一搭没一搭地和赵志周聊天，实际上心思全在楚翼淮身上，他安静地站在一旁，似乎对这一切并不在意。

心底的失落像涨潮的海水般，漫盖了海滩，她也没心思和赵志周聊天了，试验不试验又有什么意义，她可以百分之百确定自己喜欢楚翼淮。

她离不开楚翼淮了，无论是过去还是未来。

"楚翼淮……"许念园不想再猜来猜去，徒增困扰，喜欢就说，如果他不喜欢她的话，那么她……就尽量让他喜欢自己。

是他告诉她，这世上没有什么难题，最大的敌人不过是自己和胆怯罢了。

结果，她好不容易鼓足勇气，刚想张口说话，楚翼淮率先打断她的话："你们聊吧，我先回去了。"

许念园一言不发地看着他修长的身影渐行渐远，低着头默默不语。

一旁的赵志周不知道他的任务到底是成功了还是失败了，忐忑不安地问她："许同学……"

"今天的事情麻烦你了，我回去会跟蕊蕊说。不过你要好好待她，不能欺负她，否则我们不会放过你的。”她尚且陷在失落的情绪中，说话带着哽咽的音色，软绵绵的，听得赵志周连连咋舌，只感叹楚大神实在不解风情。

“你别难过了，再接再厉。我先回去了。”赵志周安慰了她一句，抱着篮球离开了。

此时，宿舍中，程飞宇正在照镜子。看着打扮一新的某人，徐晟睿疑惑：“你这打扮得和花孔雀一样去干什么呢，该不会是……”

“你那脑子成天想什么呢？”程飞宇鄙视地白了他一眼，“我去敬老院。”

“哇，没想到你还这么有爱心，什么时候你成了敬老院的志愿者了？”徐晟睿一脸惊讶。

“我能像你一样，成天不是睡觉就是打游戏吗？一点生活追求都没有，也不学学楚翼淮。对了，他明天是不是要出国了？”

“是啊。”

徐晟睿又说：“唉，说到他我就急。许念园每天都在他身边，可他跟个木头似的，也不担心许念园这只小白兔被其他大灰狼拐走，他不着急我都替他着急。”语气不无担忧。

程飞宇白了他一眼:“你懂什么,许念园能和普通的小女生一样吗?你也把她看得太肤浅了，她对咱楚神的心，那可是日月可鉴，谁也撼动不了。”

“你怎么知道？”徐晟睿反问他。

可程飞宇突然沉默了，说了一句“自己参透”就逃之夭夭。

程飞宇刚到敬老院，便听到一阵熟悉的笑声，他眉头舒展，笑容深了一些，迈着长腿快步走了进去。

言晓萱正在给老人讲故事，突然听到身后传来脚步声，接着低沉熟悉的男声响起：“言晓萱。”

她猛地转过身，看到程飞宇后，一脸诧异：“你怎么在这里？”

程飞宇挑眉：“那你呢，你怎么也在这里？”

和老人们一起吃过饭后，言晓萱和程飞宇一人捧着一杯菊花茶，坐在青石台阶上，望着夜空，星光点点，混着浅浅的凉意，偶尔有鸟儿匆匆掠过。也不知道是哪儿的风，吹醒了睡熟的猫儿，正此起彼伏地“喵喵”聊着天。

程飞宇看着手捧花茶，喝得津津有味的小丫头，眼底闪过一丝笑意：“听说你据理力争，抗争到底，最终取得了革命的胜利，选择了自己喜欢的事情。”

这些话他也只是听说，她最终选择了自己喜爱的文科，选择了自己喜欢的历史专业，即便有人不认同，即便父母不看好。

程飞宇觉得，言晓萱在某种程度上和自己很像，她外表无害，甚至看上去像一只软绵绵的小绵羊，实际上很有主见，并且会为此付出努力。

第一次看到她，他就觉得她眼中有光，一种不服输的光。

“对啊。”言晓萱喝了一口茶，歪着脑袋朝他眨了眨眼，“说来这件事也有你的功劳。”

“我的功劳？”程飞宇不解。

“是啊，那天要不是你告诉我那些，也许我下不了决心，所以啊，我能抗争成功，也有你的一份功劳。”

“这么说的话……”程飞宇突然倾身靠近她。

“你、你干什么？”眼见他突然靠近，言晓萱吓得往后挪了挪，可也被他刚毅的五官吸引了。她认识他的时候，她才高二，而他已经是大学生了，如今时光流逝，他的面容越发刚毅，眼里也多了一些东西。和清隽的楚翼淮相比，程飞宇身上有股暖暖的气息，像刚烘好的蛋糕，捧在手里温暖且亲切。

被这双清澈的眸子一动不动地盯着，本来想逗弄她的程飞宇反倒不好意思了，他轻轻咳了一声：“这么说来我还是你的恩人，你是不是欠我一顿饭？”

“请你吃汉堡？”

“你说呢？”

当然，这么晚了，他们也才刚吃饱，不可能还吃得下。程飞宇只是说着玩，他还真不至于让一个小女孩请自己一个大男生吃饭。

“我都不知道你也会来这里做义工。”言晓萱说出心底的疑惑。

“为什么不会？”程飞宇看着她的脸，状似无意地喃喃，“要不是来这里做义工，也不会再碰到你。”

“你说什么？”他的声音太小，她没听清楚。

“没什么。”程飞宇深吸一口气，抬头望着夜空，“今晚月色真美啊。”

很久很久以后，言晓萱才明白这句话的含义，不过那也是以后了，现在，他们一同遥望同一片夜空。

第十二章

世界因你而温柔

楚翼淮是第二天早上九点的飞机，他一早就收拾好，随团队去了机场。

许念园上课的时候，收到了楚翼淮的一条短信。

“我上飞机了。”

教授在台上滔滔不绝，许念园猫着腰，埋着头回复：“嗯好，那你下飞机记得告诉我一声……”

“许同学，你来说说这道题。”教授突然点名。

许念园惊得奓毛，慌乱地站了起来，“祝你旅途愉快”几个字来不及发出去。教授笑眯眯地看着她，她镇定了一番心神，认真地阅读了黑板上的题目，开始娓娓道来。

“先生，不好意思，飞机即将起飞，请您关机。”空姐微笑着提醒。

“抱歉，我马上关机。”修长的手指停留在手机屏幕上，光标一闪一闪，草稿箱的一行字还未发出去：记得照顾好自己，晚上别太晚回去，别喝酒，注意添衣……

他微微吸了口气，快速删除这些话，关机一气呵成。一旁的苏谨薇看着他，目光十分复杂。

随着飞机加速，楚翼淮看了一眼机舱外，他想对许念园说的，何止这些话……

下课后，许念园和室友去食堂吃饭。平日里许念园就是一小太阳，走哪儿都散发着万丈光芒，不自觉地暖人心，可今天太阳熄灭了，奄奄一息地坐在一旁，吃饭都提不起劲儿。

周浅水给她夹了一个鸡腿：“园园宝贝，俗话说得好，人是铁，饭是钢，一顿不吃饿得慌，你要追求楚神，得先养精蓄锐啊。”

昨晚她一回去，就被大家逮着问结果。得知她连告白都胎死腹中，大家不解的同时也对她报以万分同情。

赵蕊愤愤不平：“这赵志周跟我信誓旦旦地保证，结果还骗我去看电影。园园，咱不着急。”

“你别怪赵志周，与他无关。”许念园赶紧给无辜的赵志周洗刷冤屈，“他已经做得很好了，是我自己不配合。其实也不是配不配合的事情，我妈说，世界上有两样东西是隐瞒不了的，那就是打喷嚏和爱情，如果他喜欢我，是隐瞒不住的。”

同理可证，如果他不喜欢她，那也是再明显不过的事情，不像解难题一样，需要抽丝剥茧，只要他一个眼神即可。

“哎呀，你就别一个人在这里胡思乱想了，等楚神回来，向他告白，不行就直接扑倒他。”孙甜甜做事向来雷厉风行。

“对了，楚神去几天？”周浅水问道。

“一周。”许念园回答。

“一周很快，到时候等他一回来，你去机场接他，来一个机场的浪漫告白。”

浪漫告白？许念园默默想，她并不想那么浮夸，只是那个地方有些冷，不知道他衣服带够了没有。

一下飞机，肃冷的风迎面而来，徐教授打了个哆嗦，裹紧了身上的羽绒服：“幸亏看天气预报了，真冷啊，我估计要下雪了。”

楚翼淮抬头，望了一眼阴沉沉的天空，脑海中掠过许念园兴奋的面庞。

明明已经是一年多前的事情，回想起来，似乎就在昨天，她还站在雪堆里，歪着头，看着自己堆的雪人，笑得比阳春白雪还要娇俏三分。

那是大年初一，他还在睡梦中，手机铃声响起，他迷迷糊糊地接起，脆生生的声音传来，瞬间驱走他的瞌睡虫，她笑嘻嘻道：“楚神，新年快乐，向你拜年了。”

明知道她不在身边，他也依旧坐直身子，低低一笑：“新年快乐。”

“啊，下雪了，你看窗外。”电话那端突然传来惊喜的一声，接着啪嗒啪嗒的脚步声响起，他握着手机，静静地听着她的动作，嘈杂过后，她的声音再次徐徐传来，“下雪了啊，好美。楚翼淮，你想不想堆雪人？”

楚翼淮望向窗外，晶莹剔透的雪花飘扬落下，如纯白的蝴蝶一般漫天飞舞，他赤着脚走到窗边，打开窗户，一股冷风夹杂着雪花钻了进来，他也不怕冷，手掌托着一片雪花，小小的雪花慢慢融化，化为雪水，从他指间滑落。

他的声音轻柔如雪：“那我们待会儿见。”

两人约在了公园。

他到的时候，许念园已经蹲在地上堆雪人了，她穿着红色的羽绒服，蹲在地上，专心地捏着雪团子，小小的身影像极了一团红艳艳的小太阳。

他一步步朝着小太阳走去。

她背后似乎长了眼睛一般，在他走近的时候，猛地转过身，他倒是吓了一跳，没再前进，而是站在原地。

“你来了呀。”许念园起身，拍拍落在身上的雪花，接着献宝似的从宽大的羽绒服中掏出一堆“宝物”。

看着她变戏法似的从衣兜中掏出胡萝卜等东西，他啼笑皆非，不禁揶揄道：“你准备得倒是很充足。”

“那是。”她一脸骄傲，拉着他蹲下，“我一个人堆得慢，你帮我。”

在两人的共同努力下，一个栩栩如生的雪人迎风而立，新鲜的胡萝卜是鼻子，树枝是手，黑色的小石头是眼睛，看上去倒是有模有样，就是缺了点什么。

她恍然大悟一般打了个响指，二话不说解下脖子上的围巾，小心翼翼地绕在雪人的脖子上。做完一切后，她得意地看着他：“怎么样，现在雪人是不是更逼真了？”

他没说话，伸手解下围巾，将她拉到身边，一圈一圈地为她围上围巾。她个子娇小，围巾将她整张脸都埋了进去，只露出一双一眨一眨的大眼睛。

她略显心疼地看着他：“你把围巾给我了，你自己呢，不冷吗？”

他摇摇头，笑道：“你这么有奉献精神，我也要学习一下。”

她笑了，招招手，示意他靠近，她也配合地弯下腰，她抓着围巾一角圈在他脖子上，他一惊，想要退开，她却笑道：“我再教你一个道理，物尽其用。”

两人坐在一旁的长椅上，雪停了，太阳慢慢露出了困倦的面庞，温暖的光辉洒在世界的每一个角落。他侧头看着她，她仰头看着天空，一双大眼睛熠熠生辉，他与她共同围着一条围巾，那么近。

她突然转过脸，对他说道：“你说我们要不要给雪人取个名字？”

“取名？”楚翼淮挑眉。

“对啊，你说叫什么好？”

“薛定谔。”楚翼淮笑道，“叫这个名字怎么样？”

薛定谔？她愣了下，接着竖起大拇指：“楚神就是楚神，取名都这么特立独行，别具一格。”

……

“楚翼淮，你在想什么呢，走了？”苏谨薇的声音拉回了他的思绪。

楚翼淮应了一声，迈步追上徐教授，心里却在默默想，如果她看到了雪花，一定又想堆雪人了吧。

“我们先去酒店。”徐教授对车后座的三个学生说道，“待会儿回酒店好好休息，养好精神后我们就去见斯蒂芬博士，还有他的实验组。”

长途飞行让楚翼淮有些疲累，苏谨薇见他面色苍白，有些担忧：“你还好吧？”

“我没事。”他回答。

到了酒店，楚翼淮进了房间倒头就睡，迷迷糊糊之际，听到敲门声，他挣扎一番，起身去开门。

站在门口的是苏谨薇，她手里提着一个塑料袋，里面有药，也有吃的。她开口：“刚才教授一直给你打电话，你没接，教授不放心，让我上来看看你。你是不是不舒服？”

“没事。”楚翼淮淡淡地说，“只是有点小感冒。”

苏谨薇无视他“委婉”的拒绝，轻巧地钻进了房间，十分自然地将药放在茶几上，又去倒了热水。弄完一切，她催促还站在门口的楚翼淮：“吃点药吧。”

他顿了顿，没动。

苏谨薇叹口气：“明天要去实验室，你这状态不行的。”

闻言，楚翼淮眉峰动了动，犹豫了一瞬，最终还是坐在沙发上。苏谨薇拿着药片和水，自然而然坐在他身边。

她一靠过来，楚翼淮下意识往旁边挪了挪，拉开与她的距离。

苏谨薇当作没看到。

楚翼淮吃了药，哑着嗓子说道：“谢谢你了，你先忙你的去，我没事。”

许是刚睡醒，楚翼淮头上的呆毛还翘起几根，眼神尚且清明，苏谨薇盯着他的薄唇看了片刻，不由自主地伸出手，想要抚平他头上立起的头发。

不过，苏谨薇的手刚刚伸出一半，就被楚翼淮稳稳抓住，他已经清醒了，眉眼逐步变得清冷，虽然语气态度还算礼貌，但他身上散发出来的疏离让苏谨薇心尖颤了颤。

不甘涌上心头，她扯唇一笑：“我只是想给你整理一下头发，你就这么避我如蛇蝎，我有那么可怕吗，你就这么讨厌我吗？”

苏谨薇自认，从记事开始，她便是当之无愧的佼佼者，她聪明且上进，无论学什么都手到擒来，从小到大，她没遇到过任何竞争对手，当然，更看不上那些追求者，以旁观者的眼光观望，她觉得他们肤浅又无知。

可楚翼淮不一样，他像是这个世界上另一面的她，拥有得天独厚的头脑、清冷的气质、不疾不徐的性格，他清楚地知道自己要什么，不会随波逐流，他自信且坦荡，从来不嫉妒他人，他是真正的天才，一个心思通透的天才。

可此时此刻，苏谨薇恨透了他的心思通透和疏离冷漠。

楚翼淮放开她的手，淡淡道：“我没有讨厌你。”

“可你也不喜欢我，对吧。”苏谨薇在极度的愤怒之后，反而冷静下来，只是这冷静中掺杂着浓烈的不甘和悲愤，“你喜欢许念园对不对？”

她以为他至少会犹豫、会沉默，但他却斩钉截铁地承认：“是，我喜欢她。”

即便知道他的答案，苏谨薇的心依旧如被刺了一剑，鲜血汩汩地流出，破开的地方，一阵冷风袭来。她深吸口气，声音都变了：“为什么？”

他为什么会喜欢许念园，许念园哪儿值得他心心念念？

想到许念园，楚翼淮浅淡的眸子逐渐温柔下来，像海上的狂风暴雨被抚平。他轻声道：“喜欢一个人，不一定要有什么理由，只是因为是她。”

“她比你小。”苏谨薇还在垂死挣扎，拿年龄说事儿。

“是，她比我小。”楚翼淮点点头，“我认识她的时候，她才高二，小小的个子，却有着不服输的性格。当她站在擂台上，与我对垒的那一刻，我就在想，我到底要不要对一个小姑娘赶尽杀绝呢，会不会太残忍了，万一打击到她，我该怎么办。

“但是，她没哭，这真的出乎我的意料。这世界上怎么会有这样的人，仿佛天生乐观，吸引着我不由自主地靠近她，想对她好，想护着她。这种想法像星火燎原，刚开始的时候，火苗尚小，但随着风，这种感觉越来越强烈，在我反应过来的时候，我已经深陷其中，走也走不出来，事实上，我并不想走出来。她是比我小，但我也只比她大两三岁而已，我什么都不怕，只怕她对我，没有我对她的感情，我不想勉强她。”

楚翼淮无奈一笑：“所以……我本来决定和她告白了，可临门一脚的时候，我还是胆怯了。”

苏谨薇沉默，接着她起身，看着楚翼淮：“打扰了。”说完，她转身离开。

门一开一合，彻底归于寂静。

几乎是苏谨薇刚走，手机就有一条短信进驻。

“你到了吗？我刚看了天气预报，那边好像很冷，你衣服带够了吗？”

楚翼淮盯着这条短信，一颗心慢慢地变热。

“我到了，下雪了。”他回复。

下雪了啊……

许念园捧着手机，看着窗外，他们隔了十万八千里，她心底充满了万般思绪，手指落在屏幕上：“好想再和你堆一次雪人。”

短信发出去，她的心怦怦直跳，像一根细线吊着，直到对方回复，她才长长地舒出一口气，差点憋死了。

“今年过年，一起堆雪人。”楚翼淮回复。

许念园忍住心底的尖叫，激动得小脸通红。她将手机放下，平静地看着窗外，怎么办，她现在想飞奔到他面前，想亲口和他说明自己的心意。

她可以，为爱勇闯天涯吗？

苏谨薇离开楚翼淮的房间后，在酒店待不下去，披了件外套出门，她一个人漫无目的走了许久，路遇几个轻佻打扮的男人。

对方想请她喝酒，她拒绝，他们不依不饶，最终动手动脚。她冷静地用英文说道：“如果你们再碰我一下，你们会后悔今天的举动。”

几个男人充耳不闻。

苏谨薇嘴上逞强，心里却怕得不行，正当她不知所措之时，一只手稳稳地搭在她肩上。

高大的身影挡住那些轻慢的笑容，苏谨薇诧异地看着蒋临，他的声音一如既往的低沉，带着些许冷厉：“她说不想喝，你们听不懂吗？”

他的英文字正腔圆，身上无形散发出来的气场压制住他们，三人你看看我，我看看你，其中一个哼了一声：“什么嘛，男朋友来了，走了走了。”

他们一走，苏谨薇松了口气，还没开口，蒋临已转过身，劈头盖脸骂道：“你怎么回事，一个人跑出来，也不和教授报备一下，要是出事……”

“你别乌鸦嘴了，我能出什么事？你放一百个心，我不会影响徐教授，也不会影响项目组。”

蒋临张了张嘴，面色变了几变，最终瞪了她一眼：“没有最好。”

他刚准备走，苏谨薇的声音传来：“欸，要不要喝酒，我请你？”

蒋临没同意也没拒绝，只用探究的眼神扫视她。她被盯得不悦，给自己找台阶下：“不肯就算了，我还是随便……”

“好。”他点头，“你请客，我没带钱包出门。”

苏谨薇愣了下，等她反应过来，他已经迈开长腿朝前走去。她默默哼了一声，腿长了不起吗！

“欸，你等等我，走那么快干什么？”她在身后叫道。

“怕待会儿你反悔。”蒋临言简意赅。

两人你一句，我一句斗着嘴儿进了一家清吧。

舒缓的音乐、轻慢的舞蹈、醇香的酒暂时麻痹了的神经，压制了痛苦，苏谨薇接过酒保递过来的酒，猛地灌了一口，看得一旁的蒋临眉头紧皱：“没想到你还有酒鬼的潜质，少喝点，明天还要去实验室。”

苏谨薇素白的面容染上两团粉云，嗔怪地白了他一眼：“放心，我没那么容易醉。”

蒋临盯着她的薄唇看了几秒，喉结动了动。他忙收回视线，轻轻咳了一声，依旧那副淡然如水的样子：“那最好，我待会儿可不想扛着一个酒鬼回去。”

他刚说完，一侧头，瞥见苏谨薇凑过来的面庞，即便再强装镇定，握紧酒杯的手指依旧暴露了他内心的紧张和不安。

苏谨薇一动不动地盯着他：“蒋临，你怎么这么讨厌。”

蒋临微愣，旋即好笑：“我讨厌？”

“是啊，你真的很讨厌，尤其这张嘴巴，你是竹叶青附体吗，这嘴就没饶过人。你知道吗，我有时候真的想揍你一顿。”

蒋临喝了口酒，默默道：“你打得过我吗？”

“不过你讨厌不讨厌，与我何干，我干吗要关心你？呵呵，我自顾不暇。”苏谨薇摇晃了一下杯子。灯光下，杯中的酒闪着斑斓色彩，她的眸光也渐渐染上了那一缕光芒。

蒋临倏然顿住，她眼中那绚丽的孤独，像开在黑暗中的曼陀罗，只是一瞬，他已经沉沦。

或许，他早已沉沦，只是不自知罢了。

“我告白被楚翼淮拒绝了。”苏谨薇突然开口，说完，见蒋临半天都没反应，不由得奇怪，“你怎么不说话？”嘲笑也好。

“我能说什么。”蒋临淡淡道，“这不是早晚都会发生的事情吗？”

“你……”苏谨薇词穷，最后自嘲一笑，“对，你这人嘴虽毒，但看事还是很准，其实我也知道他的态度，只是不甘心而已。”

“你喜欢他什么？”蒋临问道。

她喜欢楚翼淮什么？

“聪明、天才还是上进，还是他有别人没有的特质？你喜欢的是他身上的光环，还是他这个人？我问你，你被他拒绝，你痛不欲生吗？”

蒋临不开口则已，一开口，一针见血。

苏谨薇沉默，被楚翼淮拒绝，难过是有的，不甘是有的，痛苦……

她并没有那种世界崩塌的痛苦，只是像针在心脏微刺。她淡淡道：“从遇到楚翼淮开始，我的目光就没离开过他，我甚至预想过未来和他在一起的场景，我理所当然地认为，我和他是同一类人，我们就该在一起。”

“磁铁可以互相吸引，也可以互相排斥，而你和楚翼淮就是磁铁中的S，永远不可能站在一起。而许念园和楚翼淮不同，他们一个S，一个N，一开始便决定了异性相吸。”

苏谨薇张了张嘴，她没想到这时候了，他竟然会用最简单的物理知识解这道复杂的爱情题。

“那我和你呢？”苏谨薇呵呵一笑，“我们见面就掐，我们也算同性相斥了吧。”

蒋临喝了口酒，喉结微动，没有回答。

两人都有分寸，不过小酌几杯便回到酒店。分手的时候，蒋临对她说道：“是楚翼淮让我来找你，他担心你一个人在异乡遇到什么意外。”

苏谨薇诧异。

“不过你也别抱希望，这只是朋友或者组员之间的互相关心，换作我，他一样会担心。”蒋临又补充了一句。

“不会。”苏谨薇微微一笑，“他才不会担心你。”

看着她远去的背影，蒋临低声笑了起来。楚翼淮根本没让他去找她，只是他碰巧看到而已。

心思通透的人永远明白，爱情纵然是他们生命中不可或缺的一部分，但生命中还有更重要的事情，比如理想，比如信念。

徐教授一早便起来，精神抖擞地敲开三人的门。他看着站在眼前的得意门生，说道：“今天就要去实验室了，你们有什么话想说吗？”

“徐教授，请放心。”蒋临眸光微闪，“我们会证明，我们不比他们差。”

楚翼淮点点头，苏谨薇亦点点头。

“很好。”徐教授欣慰地拍拍他们的肩膀，“待会儿过去了别紧张，我们有我们的优势，你们三个人都是我最看好的学生，项目组成不成是一回事，但咱们不能让他们看低了。”

“不会。”三人异口同声回答。

斯蒂芬博士的实验组坐落在郊区，三人看着沿途的风景，皆沉默不语，手机“叮”的一声，进了一条短信，楚翼淮低头查看。

是许念园发来的：“加油，你可以的！”

他勾唇笑笑，手指微动，发了一个点头的小兔斯基过去。

一旁的苏谨薇看着他低头，时而浅笑，时而皱眉，旁若无人地看着手机，心底最后那点不甘烟消云散。

是她的，拿不走；不是她的，强求也没意义。

不久后，车进入试验区域，经过层层安检门，四人终于进入试验区主中心。

接待他们的斯蒂芬博士，一头白发精神矍铄，让人捉摸不透那究竟是他本来的发色，还是他年老的象征，可看他眉眼之间，又不像迈入迟暮之年的老人。

斯蒂芬博士很好客，与徐教授拥抱过后，最后看着楚翼淮等人，用标准的英伦腔说道："杰森，这就是你的三个学生吗？"

"是的，他们都很优秀。"徐教授回答。

斯蒂芬博士笑了笑，并没有继续接话，而是带着他们进入实验室。迈入实验室的时候，楚翼淮感受到了扑面而来的科技感与庄重，体内的血液蠢蠢欲动，原本清淡的眸光带上了对未知探索的渴望。他和蒋临、苏谨薇对视一眼，他想，他们此时的心情一如自己。

徐教授看着实验室，内心百感交集，难怪斯蒂芬博士对他们的报告指手画脚，甚至想终止与他们的合作，在专业领域，虽并没有输给他们，但还是存在一定差距。

三个穿着白大褂的年轻人朝他们走来，斯蒂芬博士介绍道："这三位是我的学生，同时也是项目组主要负责人。"

其中一个金发碧眼的女孩儿看到楚翼淮，碧蓝的眸子一亮，惊喜溢于言表，用蹩脚的中文叫道："楚翼淮，是你？"

她一开口，剩下的人面面相觑，唯独楚翼淮冷静如初。

说话的女孩儿叫艾达，几年前曾与他有过一面之缘，只是没想到，多年不见，她居然还记得他。

艾达惊讶过后，笑了笑："好久不见，没想到徐教授的学生是你。"

斯蒂芬博士拍拍手："好了，叙旧的事情待会儿再说，先开始实验吧。”

说到实验，艾达收起了笑意，面色凝重了许多。她将楚翼淮拉到一边，小声道：“楚翼淮，你们的机会只有一次。不瞒你说，这次与你们竞争的实验室并不少，斯蒂芬博士并不满意你们传过来的数据，如果你们这次实验失败，斯蒂芬博士会彻底将你们拒之门外。别看他现在笑呵呵，十分亲切，但在工作上，他比谁都铁面无私。”

楚翼淮点点头：“我知道了，谢谢你，艾达。”

艾达挥挥手：“不客气，我也希望以后能与你合作。”

楚翼淮换上白大褂，戴上实验室的护目镜，整个人已脱去了疏离清然，眉宇之间多了几分坚毅。

一旁的蒋临伸出手，沉声道：“只许成功，不许失败。”

“嗯。”

“嗯。”

“我相信你们。”徐教授坚定道。

操作上，楚翼淮作为排头，蒋临辅助，苏谨薇记录。实验，尤其是物理上的实验，差之毫厘谬以千里，一个微小的数据的出错，都会影响整个实验结果，他们与手术台上的主刀医生一样，虽然他们掌握的不是一条鲜活的生命，却也面对着庞大的仪器，而仪器下，是真理和结果。

楚翼淮做事沉稳内敛，他的操作不急不躁，蒋临配合无间，一旁的徐教授满意地看着他们的操作，斯蒂芬博士也连连点头。

实验结束，苏谨薇将报告交给斯蒂芬博士，斯蒂芬博士扫了一眼，对艾达道：“将数据传送到电脑上，比对确认一下。”

“是。”艾达拿着数据去比对了。

比对结果很快出来，他们的实验数据和斯蒂芬博士实验室的数据相吻合，这是继其他三组实验室来实验以来，第一个成功吻合的实验数据。

斯蒂芬博士看着比对结果，面上有惭愧，也有发自肺腑的佩服：“对不起，之前是我武断了，只看了你们的模拟数据就判定你们不适合，今天看了你们的实验操作，我才知道人外有人，天外有天的道理。”斯蒂芬博士看向楚翼淮，朝徐教授竖起大拇指，“你的学生都是这个。”

徐教授谦虚地笑了笑，客套几句，但心里的大石头已落地，剩下的只有轻松和开心。

一行人回到酒店，刚一下车，忽然一人用英文惊呼：“又下雪了。”

楚翼淮抬头，洁白的雪花缓缓落下。他下意识地伸出手，接了一片，宽大的掌心中，六菱形的雪花静静躺着，每一个棱角仿佛都是上帝精心雕刻而成。

世界上怎么会有这么美的事物。

回到酒店，大家各自收拾行李休息，楚翼淮站在落地窗前，默默地看了一会儿窗外扑簌簌的雪，突然转身往门外走去。

安静的晚上，花园唯有昏黄的路灯。

楚翼淮穿着宽大的羽绒服，踏入雪地中，雪已积了薄薄的一层，踩上去咯吱咯吱响，没一会儿，他的肩上、发丝上沾了不少雪花，他也不在意，找了一处背风的地方，开始堆雪人。

“堆雪人呢，要从身体开始堆……”

“雪人呢，五官是最重要的，它是上天给予我们的礼物……”

“喏，一个大雪人完成了，不瞒你说，要是有堆雪人荣誉奖，我肯定是第一名……”

脑海中回忆着许念园的一举一动，楚翼淮大手捧了一堆雪，慢慢地拍紧，天冷，他的手指冻得发红，心却是暖的。

好不容易堆了一个雪人的形状出来，楚翼淮反身去厨房要了胡萝卜和葡萄，当作雪人的鼻子、眼睛。值班的前台小姐姐看到楚翼淮堆的雪人，直呼可爱，一直抓着手机换着角度拍。

其中一个前台小姐姐问道：“你的雪人是堆给女朋友看的吗？”

楚翼淮点点头，眸中流淌着几许温柔：“是的。”

“你女朋友好幸福。”小姐姐歪着头，“你站在雪人旁边，我给你拍张照吧，你把照片传给女朋友，她一定很开心。”

楚翼淮没有拒绝。

天寒地冻中，他站在白胖胖的雪人旁边，雪人咧着嘴，而他笨拙地伸手，比了一个耶，画面定格。

回到房间，楚翼淮脱去羽绒服，洗了一个热水澡，又给自己泡了一杯热茶，喝下后，全身的细胞才慢慢苏醒。

他盯着手机上的照片，脑海中浮现好友对他说过的话。

“如果你喜欢她，就大胆告诉她，爱需要大声说出来。”

爱需要大声说出来……

心跳得飞快，长指落在手机屏幕上，最终，他犹豫的目光逐步转为坚定，不一会儿，一条动态发了出去。

“送给她，薛定谔的雪人。”配图就是他自己和雪人站在一起的照片。

第十三章

我和你，在一起

楚翼淮很少发动态，他的粉丝时时刻刻盯着他的动态，无奈他不是转发一些天文物理的冷知识，就是参加比赛转发的比赛口号内容，关于自己私生活的动态，几乎为零。

粉丝们望眼欲穿，日日等着他临幸动态，但每次都是乘兴而来，败兴而归，久而久之，粉丝们便在楚翼淮最新的动态下留言。

“打卡，今天又是男神没发动态的一天，被迫佛系追星，从我做起。”

“也许等我死了，骨头变成了化石，沧海桑田，男神才会发动态。”

“你们这些人，楚神难道一日三餐在动态上汇报自己的吃喝拉撒、喜怒哀乐吗？大神当然要有神格了，他不发动态则以，一发肯定轰动。”

结果，还真被这条评论说中了，楚神不鸣则已，一鸣惊人。

“天啊，我只是一觉醒来，发生什么事情了，男神终于发动态了。不对，重点不是这个，男神堆雪人了，在哪儿堆的，最最关键的是，这个‘她’是谁？”

“楼上的，你还在自欺欺人吗？用脚指头想都知道是女朋友，那么问题来了，楚神什么时候背着我们偷偷谈恋爱了？”

“什么，楚神谈恋爱了，还给女朋友堆雪人？我觉得我的世界崩塌了，我可能要去喝点快乐肥宅水镇定镇定。”

“只有我一个人好奇楚神喜欢的人是谁吗？”

“只有我一个人觉得楚神堆的雪人像一个人吗？这脸形，这表情，像不像冰糖大大？”

“据我所知，冰糖大大也是在楚神的学校，他们两个人肯定从相杀走向了相爱。”

“你们现在就这么信誓旦旦真的好吗？人楚神就发了一个动态，你们就脑补了一整个故事，万一最后猜错了，不是尴尬了？”

“坐等石锤。”

“这里 @ 冰糖大大，你在睡觉吗，醒来吃瓜了，没准你就是女主角呢。”

许念园一觉醒来，发现自己的后台消息……炸了。

刚打开动态，N 条私信蹦了出来：

“冰糖大大，你的神秘人是不是楚神？你们是不是背着我们偷偷谈朋友？”

“冰糖大大，虽然我现在是个柠檬精，但我还是祝福你和楚神，祝你们幸福。”

“学霸果然就应该和学霸在一起，祝福你们。”

“下雪天，果然是雪人和糖果最配，柠檬精本精献上祝福，祝你们早生贵子。”

什么情况？

许念园一脸蒙，一目十行地浏览私信。突然，周浅水尖叫一声：“园园，你快看楚神的动态，快快快。”

许念园被她的高音吓得一颤，颤颤巍巍地打开楚翼淮的动态，映入眼帘的便是一个白胖生动的雪人，而站在雪人旁边的是穿着黑色羽绒服的楚翼淮，一白一黑，相映成趣，他站在皑皑白雪中，比着剪刀手，笑得自然而又温暖。

“送给她，薛定谔的雪人。”

许念园的心怦怦直跳，她紧张到险些握不住手机。

送给她，这个“她”是自己吗？

“哇哦，还薛定谔的雪人，好浪漫。园园，楚神这是不是在向你告白？开心吗？兴奋吗？”周浅水说道。

“万一……万一是别人呢。”许念园的脸烫得可煎饼。

“还有什么别人，我猜就是你没跑了。楚神都行动了，你还磨磨叽叽，赶紧回复啊。”

“回复……什么？”

“回复你很喜欢啊。”孙甜甜一副猪队友带不动的样子，“你看动态，评论现在都多少了，一个个等着你俩石锤呢，给吃瓜群众一个交代好吗？”

“我……”许念园大脑一片纷乱，她只是睡了一觉，怎么仿佛整个世界都变了？楚翼淮什么时候堆的雪人，真的是……送给她的吗？

还有，万年不发动态的他，突然发出这么一条颇有“歧义”的动态，炸起一片波澜，是因为什么？

在她思路纷乱之际，手机陡然响起。她吓得奓毛，待看清楚打过来的是楚翼淮，她第一次觉得舌头打结、浑身发麻，不知道该如何是好。

一旁的周浅水催她：“快接啊，还愣着做什么。”

许念园深吸一口气，稳了稳心神，接起电话，但微飘的尾音还是暴露了她紧张的情绪。

“是我，楚翼淮。”温柔的声音顺着电流，从大洋彼岸那端传来，瞬间抚平了她忐忑的心绪。

她“嗯”了一声：“我知道。”

“我明天回来。”

“嗯。”

“你……会来接我吗？”

周浅水和孙甜甜、赵蕊挤眉弄眼地看着她。

许念园轻轻地点点头：“会。”

那端的人似如释重负：“那我们明天见。”

“明……明天见。”

说完，两端都安静下来，谁也没再说话。

沉默良久，许念园低声道：“那你休息，我挂了……”

“等等……雪人，你喜欢吗？”楚翼淮问。

果然是送给她的！

脑袋中的烟花砰地炸开，她能看到无数星星和小鸟在眼前盘旋，她好不容易才找回自己的呼吸：“喜、喜欢。”

那端的人低低笑了笑：“喜欢就好。”

挂了电话，许念园依旧保持着握着手机的姿势，周浅水戳了戳她，她歪了歪，却没倒下，周浅水笑了笑：“我想她应该是石化了。”

许念园已经没心情关注楚翼淮动态下的评论了，无非就是猜测他想将雪人送给哪个“她”，只是在她惊讶的时候，评论下一堆有理有据的猜测，全是关于她和楚翼淮。

不久后，言晓萱打来电话：“亲爱的园园，祝你终于心想事成，什么时候发喜糖呢？”

许念园用手背贴了贴滚烫的脸颊：“什么发喜糖，你别乱说。”

“哎哟，还害羞呢。程飞宇都跟我说了，楚神真是不鸣则已，一鸣惊人，在国外还能远程表白，太浪漫了，园园，从了他吧。”

许念园现在陷入兴奋和云里雾里中，所以忽视了好友话里的重点，不过这是后话以后再说。

言晓萱说：“程飞宇说楚神是明天的飞机，你打算买什么礼物去机场接他？”

“礼物？”许念园不解。

“难道你想两手空空地去，不厚道哦。”

其实礼物，她早就准备好了，只是现在还不适合送。她默默地想，而且她第一次织围巾，成果不是特别好，她不好意思送出手。

翌日，许念园提前出现在机场，打算寻一个安静且显眼的位置等楚翼淮。

前方传来一阵尖叫声，许念园循声望去，一个戴着口罩、黑衣黑帽，几乎全副武装的男明星走了出来，霎时，举着牌子的一群年轻男女蜂拥而上。拥挤中，一个气质恬静的女人被他们波及，险些跌倒，许念园眼疾手快地扶住她。

女人惊魂未定地拍拍胸，转而对许念园温柔一笑："谢谢你啊。"

站在眼前的女人穿着优雅，眸光温软如月，笑起来使人如沐春风，一头黑发绾起，只用一根精致复古的发簪固定。

许念园被女人大气的气场震在原地，呆愣愣地看着对方，只觉得对方的气质很熟悉，像楚翼淮给她的感觉。

"小姑娘，谢谢你啊，要不等我接到我儿子，我请你喝咖啡。"见许念园不说话，她弯下腰，声音温温柔柔，如夏日凉风，"如果你不喜欢喝咖啡的话，那你想喝什么随便你挑。"

"不、不用了，也不是什么大忙。"许念园脸红红，"您太客气了。"

"你也来接人吗？"女人试探性地问，"男朋友？"

许念园愣了下，一张小脸红如玛瑙，半晌后，她迟疑地点点头。

温清看着眼前乖乖巧巧的小姑娘，心里喜欢得紧，有一搭没一搭地和对方闲聊起来。

因为时间还没到，温清又穿着细高跟，站久了脚疼，许念园细心地道："您在这儿坐一会儿吧。"

“谢谢。”温清坐下，余光扫过许念园的包包，目光落在里头的围巾上，笑道，“送给男朋友的？”

“嗯啊。”许念园乖巧地点点头，声音细细软软，“织得不是很好，也不知道他喜不喜欢。”

“他会喜欢的。”温清眉眼溢满温和的笑，“礼物贵在心意，只要心意到了，那就是这世上独一无二的，你说是不是？”

“嗯。”许念园展颜一笑，心中的忐忑在和漂亮阿姨的聊天中不翼而飞。

“我儿子也有喜欢的人了。”温清叹息一声，“不过他现在还在单相思中。这孩子从小就腼腆，也不善于表达，从小只对物理感兴趣，我小时候都怕他一辈子和物理做伴，孤独终老。幸亏他开窍了，对我说喜欢上了一个可爱的小姑娘，还绞尽脑汁地给她挑礼物。”

许念园越听越不对劲，她仔细打量着对方的眉眼，一种大胆的猜测涌上心头。她试探性地问：“是送什么礼物呢？”

“礼物还是我帮他挑的呢，是一条兔子项链。他说他喜欢的女孩儿喜欢兔子，长得也像兔子，性格也像兔子。”

瞧见许念园惊愕的模样，温清还不知道眼前的女孩儿就是她儿子喜欢的兔子姑娘，笑道：“他能滔滔不绝地给我们科普量子力学，却不知道怎么表达感情，越是对待喜欢的人，他就越是拙嘴笨舌的。”

许念园摸摸藏在衣领中的兔子项链，一颗心似被火球燃着。她张了张口，正要开口，结果温清眼前一亮，指了指前方：“我儿子出来了。”

她顺着漂亮阿姨的方向望去，只见楚翼淮背着书包，拉着行李箱走出。与那包裹得密不透风的明星不同，他穿着一件白色毛衣，笑容干净如水，看到她的那一刻，眸光像被点燃的火星，原本散漫的脚步都不由得快了几分。

明明只是一周没见，可看到他的那一瞬，许念园突然有种恍如隔世的感觉。

“儿子……”温清朝他招招手，“妈妈在这儿呢。”

楚翼淮：“……”

不好意思，他刚看到母亲也在这儿，最让他惊掉下巴的是，她们两人怎么会在一起？难道母亲已经偷偷瞒着自己，认识许念园了？那她该不会和许念园说了什么吧？

想到这里，楚翼淮步伐迟疑了几分。

“我儿子帅吧。”温清转身对许念园一笑，一脸自豪，不过她还是很体贴地补充一句，“不过你男朋友肯定也很帅。”

许念园一脸尴尬，她要不要告诉对方，好像吧，他们是同一个人。算了，这烫手山芋还是交给楚翼淮本人吧，何况，他还没直截了当地向自己告白。

等等，楚翼淮都还没面对面向她告白，她却和人家的妈妈大言不惭地说自己已经有男朋友了……

完蛋了，这脸丢定了！

可惜，她现在跑也来不及了，只能硬着头皮迎接楚翼淮。

“妈。”楚翼淮走近温清。

温清给了他一个大大的拥抱：“儿子，妈妈怎么觉得你又长高了。”

楚翼淮一脸无奈：“妈，我都多大了，还长高。”

“科学上，只要没超过二十五岁，人还是能继续长高。对了，跟你介绍一下……对了小姑娘，你叫什么？”

温清十分不好意思，她跟人家聊了半天，竟然还不知道人家叫什么。

触上楚翼淮黑如玛瑙的眸子，许念园心虚得只想在地上挖个坑把脑袋藏起来，她细若蚊蚋地回答：“阿姨，我叫……”

“她叫许念园。”楚翼淮替她回答。

不是第一次听他叫自己的名字，可这一次，“许念园”三个字仿佛有了魔咒，将她整个人定在原地。

她怎么觉得，自己好像被盖章了。

这次轮到温清一脸蒙了：“你们……”她思绪转了几转，立马露出一抹意味深长的笑容，“看来，我们真的是很有缘分。饿了吧，我们先吃饭去。”

温清早已订好包厢，吃饭的时候，她一直给许念园夹菜，许念园看着堆成小山尖的碗，哭笑不得。

“园园，多吃点，阿姨也不知道你爱吃什么，你想吃什么自己随便夹，要是不够我们再点。”温清彻底无视自己的儿子，目光全集中在许念园身上。

有种感觉叫爱屋及乌，温清本来就对许念园抱有好感，现在知道她就是儿子情窦初开的对象，心情实在是太过美妙。

面对温清的热情，许念园只能一并收下，长辈夹的菜，她面不改色地吃着，只是她胃口不大，眼见吃不下了，楚翼淮掏出手机，按下了她的手机号码。

手机响起，许念园低头看了一眼，是他打来的。正疑惑时，一抬头便见他朝自己眨了眨眼，她瞬间明了，乖巧地和温清道：“阿姨，我出去接个电话。”

几乎是许念园前脚刚走，楚翼淮后脚说道：“妈，我去一趟洗手间，您慢慢吃。”

“去吧去吧。”温清了然地看着他们一前一后离开的身影，笑了笑，“年轻真好啊。”

许念园吃得有点撑，去洗手间洗了一把脸，刚走出洗手间，一块手帕递到她面前，温和的声音传来：“擦一擦。”

“谢谢哦。”许念园不好意思道，“我不知道那是你妈妈。”

“谢谢你帮了她……”楚翼淮沉默须臾道，“我妈的性格和孩子一样，自来熟，有时候可能会让你觉得不太自在，希望你别介意。”

许念园定定地看着他。他垂眸，视线落在她沾了水的莹白小脸上，心猛地一窒，他忙移开视线，沉默地看着地板。

安静宽阔的走廊，唯有昏黄的灯光，照得走廊两端的壁画影影绰绰。沉默中，许念园的声音徐徐传来：“楚翼淮，你是不是有话想说？”

楚翼淮抬头，静静地看着她。

“那什么……”她眼神左右乱瞟，“我并不是想自作多情，可是你发那样的动态，还跟我说，那雪人是送给我的……你的意思是我想的意思吗，我会不会是想多了？”她眼巴巴地看着他，晶莹剔透的眼底闪着几分不安和忐忑。

楚翼淮没有说话，而是向前走了几步，站在她面前：“知道我为什么给雪人取名叫薛定谔吗？”

“为什么？”她不解。

“薛定谔做了一个实验，他将一只猫放在装有少量镭和氰化物的密闭容器中，镭的衰变存在几率，如果镭发生衰变，会触发机关，打碎装有氰化钠的瓶子，猫就会死，如果镭不发生衰变，猫就会存活。根据量子理论，由于放射性的镭处于衰变和没有衰变两种状态的叠加，猫就理应处于死猫和活猫的叠加状，但是，不可能存在既死又活的猫，只有打开箱子后，才会知道结果。”

楚翼淮刚开始还算淡定，但一触上她的目光，声音不自觉地有些飘。

用薛定谔猫的实验来告白的人，应该也只有他楚翼淮了吧。

许念园忍住笑，轻轻咳了一声，故作一本正经：“楚翼淮，如果我不是学物理的，也没听过薛定谔的猫的理论，估计会错过你的告白。”她凑到他面前，眼眸微弯，“不过我喜欢这样的告白方式。”

她退后一步，煞有介事地继续：“你怕打开箱子后，猫可能是死的，也可能是活的，你不确定我喜欢不喜欢你，所以同时存在两种结果，而你一旦告白后，结果便注定了，也许是喜欢，也许是不喜欢。”

“那你……”楚翼淮喉结微动，呼吸都轻了几分，“你的答案呢？”

许念园没有说话，她上前一步，纤细的手指搭在他的手上：“我的答案是，你可以牵着我的手。”

楚翼淮微愣，旋即嘴角的笑容慢慢扩大。他耳尖红红，“嗯”了一声，慢慢收拢掌心。

吃完饭后，温清回家，楚翼淮和许念园回学校。

许念园看着两人交握的双手，依然有种不真实感，她真的和楚翼淮在一起了？

该不是在做梦吧？

“园园。”在她反复证实自己是不是做梦的时候，楚翼淮开口，“以后你想吃什么、喜欢什么，都告诉我，我给你买。”

“啊？”许念园愣了下，旋即捂着嘴偷笑。看来还是她认识的楚神，可爱又带着几分腼腆。

“我……我没什么恋爱经验，所以不知道该怎么……怎么做，如果有做得不好的地方，你一定要告诉我。”

许念园歪着头看他，半晌后咧嘴一笑，踮起脚，捏了捏他的脸：“你怎么这么可爱。可是，我也没恋爱经验，也是只菜鸟，教不了你什么。”

“那……我们一起学习，共同进步。”楚翼淮说道。

“噗！”许念园被他一本正经的模样逗笑，但最终还是憋住，严肃地点点头，“那我们一起努力。”

“啧啧，有生之年，我看到两个小学生谈恋爱，可真逗。”周浅水一边吸溜奶茶，一边感叹，“刚在一起，他就邀请你骑自行车，这到底是哪个世纪的恋爱方式？”

“哈哈，楚神简直神了，好歹也要游游湖吧，骑自行车是什么意思？想在学校绕一圈，广而告之吗？”赵蕊捂着肚子笑。

身为楚翼淮的女友，许念园觉得自己有必要维护自家男朋友，于是说道：“骑自行车很好啊，既能达到运动的效果，又能看风景，增进感情，简直一举两得。”

三人组齐齐翻了个白眼。

“不过，你们偷偷确认关系了，是不是要给广大吃瓜群众一个交代啊？我看他们天天蹲在你们两人的动态底下，都快成熬鹰了。”周浅水摸摸下巴，“不过这件事应该让男生来做，不知道楚神会不会发个动态宣告自己结束单身。”

其实许念园并不在乎这些，谈恋爱是两个人的事情，没必要广而告之。

“哇，我前脚刚说，后脚楚神就发动态了，你们快看。”周浅水激动不已。

许念园打开手机，点开楚翼淮的动态，最新的一条动态就在一分钟前。他说：“我有主了。”

“我的天啊，太浪漫了。”周浅水捧着手机，艳羡地看着许念园，“你上辈子一定是拯救了银河系。”

“臣附议。”

“臣附议。”

许念园心潮澎湃，不忍楚翼淮一个人被密集的炮火攻击，她也发了一条动态吸引火力：“有主有主，切勿松土。”

她的动态刚刚发出去，楚翼淮第一个在她的动态下点赞，甚至还破天荒地评论了，评论没有任何话，只有三颗爱心。

没几分钟，所有人都炸了。

“石锤了，名草是楚神，名花是冰糖大大，两个人在一起了，其他人可以退下了。”

“我只是睡了一觉，发生什么事了？我家男神和我家女神真的在一起了吗？我的妈呀，我现在的心情很复杂，需要喝一杯快乐肥宅水冷静一下。”

“我就说冰糖大大的神秘人是楚神，这两人捂得可真严实，但是，还是送上祝福一枚，来自新鲜欲滴的柠檬精的祝福。”

“怎么办，感觉全世界都恋爱了，只有我失恋了。不对，我连喜欢的人都没有，好悲伤有没有。”

“不好意思，楼上的，你让我想到了《疯狂动物城》里的尼克和朱迪。他们两个人简直是现实版的尼克和朱迪，啊啊，我粉的二次元 CP 终于实体化了。”

“我想点一首《小幸运》送给他们，太甜了有没有，两个人都是学霸，而且还有年龄差，身高差，简直就是完美 CP。”

“只有我好奇他们是怎么相知相爱的吗？”

“你不是一个人。”

“你不是一个人。”

“你不是一个人。”

……

看着一直增加的评论，许念园默默地给楚翼淮发了一条信息：“我们这样会不会太大张旗鼓了？”

“不会。”他回复，“人生也就这么一次。”

许念园被这句话甜到满床打滚。

翌日，许念园上完最后一节课。一出教室，看到楚翼淮站在一辆崭新的自行车前，一旁的三人组朝她挤眉弄眼：“哎哟，还不快上去。”

许念园埋着头走到楚翼淮面前。

“先去吃饭吧。”楚翼淮拍拍后座，“坐上来吧。”

许念园不疑有他地坐上车后座。

确认她坐好后，楚翼淮蹬了脚踏板，车子歪歪扭扭地向前而去。

许念园看着歪来扭去的自行车，心惊胆战道：“你、你该不会刚学的吧？”

“嗯。”他点点头，用力把住车头，控制方向，“不过你放心。”

她放心，她放心个锤子啊，按照他这么蛇形下去，他们最终的结果不是撞人就是撞树。为避免约会第一天就挂彩，许念园忙说道：“要不这样吧，我来骑。”

最终，许念园坐在前面，楚翼淮坐在车后座，身上背着小黄人的书包，因为腿太长，他只能尽量地缩着脚，一方面担心自己太重，让她骑得吃力，一方面又要不停地调整姿势。

许念园不是力大无穷的女壮士，加上楚翼淮虽然清瘦，却也人高马大，她没骑一会儿便累得气喘吁吁。楚翼淮用脚杵地，沉声道：“我们还是走路去吧。”

许念园回头，呵呵一笑：“我也觉得。”

骑自行车约会的目标泡汤，传说中白衣飘飘，长发飞舞，穿梭在清风中的情景并没有出现，她反而累出了一身汗，并且发誓下一次再也不骑车载人了。

太累了有没有。

饭吃得差不多了，楚翼淮收拾好东西，对许念园说道：“还有时间，我们去看电影吧。”

“看电影？”

“嗯，你想看什么？”他问，只要不是恐怖片就成。这是程飞宇教他的恋爱三部曲，吃饭、看电影、逛街，现在已经完成了一样，还差两样。

看他一脸认真的样子，许念园啼笑皆非，想也知道这肯定不是他的主意。她眨眨眼：“要不，我们去实验室？”

“嗯？”楚翼淮不解。

“我在做一个小实验，有些地方不明白，想请教请教你。”许念园实话实说。

“什么实验？”楚翼淮来了兴趣。

“反正你去了就知道了。”许念园神秘兮兮。

“走吧。”许念园率先往前走，走了几步察觉不对，一回头，发现某人还站在原地，委委屈屈地望着她。

那模样，像极了一只被人抛弃的小狗。

嗯？自家新鲜出炉的男朋友为什么会做出这么一副表情？许念园思虑三秒，小心翼翼地问：“怎么不走？”

楚翼淮欲言又止，最终伸出手，摊开掌心，一脸害羞却又装作若无其事的模样：“男女朋友不是要牵手的吗？”

许念园：“……”

好吧，她必须承认，被击中了少女心。

直到牵到那软软小小的手，楚翼淮才露出心满意足的笑容。许念园侧头看他，见他得意得眉飞色舞，要是身后安一尾巴的话，此时一定翘上天。

两人一路来到物理实验室，才走到门口，突然听到一声“砰”的巨响，楚翼淮眼疾手快地将许念园护在身后，紧接着，玻璃碎裂的声音传来，好在实验室的玻璃遮挡，并没有东西飞溅到他们身上。

许念园惊魂未定地和楚翼淮对视一眼：“发生什么事了？”

“我想是有人做实验的时候出事故了。”楚翼淮沉声道。

“我们进去看看吧，万一有人受伤了呢。”许念园拉着他往里走。

实验室里虽说不是狼藉一片，但也是满地碎玻璃，几个仪器倒在一旁，一个穿着白大褂、戴着口罩的男生坐在地上，一只手捂着手臂，鲜红的血顺着他的指缝滴滴答答地落下。

“蒋临学长，”许念园吃惊不已，“怎么是你？”

“你们怎么在这里？”蒋临皱了皱眉，艰难地起身，他看着一地狼藉，面色十分难看，“我会收拾好的。”

“先止血吧。”楚翼淮转身去柜子中拿了备用医药箱。他们生化系和物理系实验室都会常备基本的医药箱，以防有人做实验出现意外。

楚翼淮给蒋临包扎伤口，许念园拿着扫把清扫地上的玻璃碎片。

“你想说什么就说吧。”蒋临垂眸看着替自己认真包扎伤口的楚翼淮，面色带着显而易见的颓败。

“我要说什么？”楚翼淮抬头看他，“实验出问题不是再正常不过的事情吗？”

蒋临抿了抿唇：“我研究的是和你一样的装置，我想比你先做出来，但是……”但是他显然急功近利，忙中出错了。

“今天的事情我不会告诉教授，也不会告诉任何人。你的伤这几天不要碰水，免得感染。”楚翼淮收拾好医药箱，对许念园说道，“我们先走吧。”

许念园乖乖地跟在他身后离开。

离开实验室后，许念园忍了又忍，还是忍不住问道：“蒋临学长和你说的话是什么意思？你在研究什么装置，他研究的装置跟你一样吗？”

“嗯。”楚翼淮并不想瞒着她，“不过我的实验也没什么进展，而学长一直怕我先研究出来，但他忘了，实验的事情是最急不得的。”

许念园道：“每一个实验都是神圣的，它不该是为了比拼而存在，成功了，它可以为社会做出贡献，既然如此，那谁先谁后又有什么区别？我知道谁先发明，谁就拥有申请专利的资格，但是我们的研究仅仅是为了这些吗？为了这些荣誉吗？”

“你说得对。”楚翼淮摸了摸她的脑袋，“园园，只有你懂我。”

“啊？”许念园不好意思，“我是不是飘了，一个初出茅庐的小豆芽菜，居然敢和你们这些前辈说大道理。”

楚翼淮弯腰，伸手轻轻捏了捏她的脸颊：“我家园园虽然年纪小，但是觉悟比谁都高，这点我都比不上。”

许念园被这句“我家园园”甜得小心脏乱扑腾。

夜幕低垂，每个人的心底，都隐隐蛰伏着一只巨兽，那是对未来的期待。

“你受伤了？”不大的声音在实验室里响起。

蒋临奋笔疾书的动作微微一顿，旋即归于流畅，他淡淡道：“没有。”

苏谨薇“呵”了一声，二话不说地捏住他的胳膊。

蒋临蹙眉，面色不豫地看着她。

“别瞒着了，我都知道了。”苏谨薇坐在他身边，“放心，不是楚翼淮告诉我的，更不是许念园，只是他们两个说话的时候，我不小心偷听到了。”

蒋临冷哼一声：“也只有你才会将偷听说得这么冠冕堂皇。”

“可不是。”苏谨薇看着写得密密麻麻的黑板，那是楚翼淮计算的结果，“看得出来他现在很开心。”

“所以你该放弃了。”蒋临接话。

“不然呢，我还能去抢？”苏谨薇撑着脸颊看他，“还是抢一个完全不属于我的东西。算了，我看我还是好好专注事业吧。”

说话之间，楚翼淮走了进来，他径直走向二人，与苏谨薇打了招呼后，才对蒋临道：“我有话跟你说。”

苏谨薇识趣地离开了。

“什么事？”蒋临放下笔，双手交握。

“装置的事情。”楚翼淮将一个牛皮笔记本放在他面前，“这是关于装置的所有笔记，我们可以一起研究。”

蒋临没说话，沉默地看着他，须臾后轻轻一笑：“我不懂你的意思。”

“我们一起研究。”楚翼淮一字一句道。

第十四章

愿得一人心

“园园，待会儿下课一起吃饭？”周浅水扶了扶她的肩膀，“孙甜甜这家伙最近认识了羽毛球社的什么小哥哥，每天下课就去蹲点，赵蕊也和她家那位你侬我侬，只剩我一个孤家寡人，你必须陪我。”

她也很想陪，可是……

“要不，我先送饭给楚翼淮，待会儿再陪你吃夜宵？”许念园朝周浅水讨好一笑，打着商量道。

周浅水挥挥手：“罢了罢了，你还是去陪伴你家楚神吧。不过园园同志，你们已经多久没约会了？你们这是直接跳过热恋，进入老夫老妻阶段了？”

什么老夫老妻……许念园脸红过后，立马反驳：“他比较忙。”

“再忙都要谈恋爱。不是说恋爱使人快乐吗？你看看你，这么一棵青葱嫩草，怎么能被岁月蹉跎了。”

唉，她也想和楚翼淮谈一场甜甜的恋爱，可是他现在忙得分身乏术，每日鸡鸣即起，披星戴月而归，哪有精力再和她约会。

楚翼淮和蒋临最近正在研究“动力装置”的关键时刻，这段时间，蒋临学长索性睡在实验室，楚翼淮本来也想有样学样，不过在她的威胁下，他还是乖乖回宿舍休息。

他们忙到连喝口水的时间都没有，更何况吃饭。

许念园挥别周浅水，提着两份饭去了实验室。实验室的门紧闭着，透过窗户，她看到楚翼淮穿着白大褂，戴着口罩，专心地盯着仪器上的数据。

许念园掏出手机，隔着玻璃偷偷给他拍了一张照片。将周围的环境马赛克后，确认无疑后，她才发了动态：“认真工作的男人最帅。”

许念园只管发动态，并不管发了动态后引起的十级大海啸，默默地提着饭盒从后门进入。

她存了私心，并没有在食堂吃饭，而是也打包了一份，陪楚翼淮一起吃。楚翼淮打开饭盒，看着满满的肉，啼笑皆非：“许念园小朋友，你是要把我当成猪来养吗？”

“对啊。”许念园撑着脸颊笑得眯缝着眼，“我昨天还特意翻了《实用养猪大全》这本书。”

一旁的蒋临听得牙疼，楚翼淮平日里的冷静淡定去哪儿了，怎么一开口跟三岁孩子一样。

真是幼稚。

“你们聊，我去隔壁吃饭。”蒋临才不想当电灯泡。

许念园巴不得蒋临离开呢，给他们独处的机会。不过她还是礼貌一笑：“谢谢蒋学长。”

楚翼淮摘了口罩，坐下吃饭，他看了一眼许念园碗里的清汤寡水，皱了皱眉：“你怎么都不吃肉？”

“减肥。”她说。

“小小一团，还减肥。”楚翼淮夹了一条鸡腿放在她碗里，不容拒绝地命令，“吃干净。”

好霸道。

许念园吐吐舌头：“你这样子好像我妈。”

“你说什么？”楚翼淮轻轻横过来一眼。

“没什么没什么。”小㞞园埋头吃饭。

吃完饭后，许念园准备收拾残羹冷炙，楚翼淮按住她的手：“我来吧，你回去休息。”

“不要，我要陪你。”许念园眼巴巴地看着他，声音小小糯糯的，“我不想走。”

被那双小狗一样湿漉漉的眼睛看着，楚翼淮的眸光明明灭灭，最终，他无奈地揉揉她的脑袋：“你想留，就留下来吧。”

许念园有午睡的习惯。

这习惯还是在言晓萱的影响下养成的，言晓萱曰“中午不睡，下午崩溃”，并举了大量的例子来证明午睡的重要性，实际上，午睡的确能让人精神百倍。

午饭没过多久，许念园手撑在脸颊上，脑袋一沉一沉，肃冷的风吹着玻璃砰砰响动，隔着一道墙，外头冰冷无比，屋内却温暖如春。

在她脑袋即将触碰坚硬桌面的刹那，楚翼淮稳稳地扶住她的脑袋，她咂了咂嘴，并没有睁开眼睛，而是靠着他的肩膀沉沉睡去。

蒋临进来的时候，就看到楚翼淮一动不动地坐着。他摇摇头，自己默默对数据去了。

许念园一觉醒来，发现自己躺在实验室的折叠床上，身上盖着一件大衣，长长的衣摆盖住了她的脚，衣服上依稀还有淡淡的柠檬味。

她……睡了多久啊？

听到动静，楚翼淮摘下口罩，露出干净清隽的面庞："醒了？"

"不好意思啊，睡太久了。"许念园起身整理睡皱的衣服。

偌大的实验室中，只有他们两人，她左右看了看："蒋学长走了吗？"

"嗯，他有点事。"楚翼淮脱下身上的白大褂，"我们也走吧。"

他该不是特意等她醒吧？

"其实你可以叫醒我的。"许念园一本正经，"我这人是没有起床气的。"

楚翼淮整理好白大褂，收拾好一切后，他走到她身边，轻轻敲了敲她的脑袋："毕竟你是我的饲主，必须对你好一点，你说是不是？"

"走吧，我们去吃饭。"楚翼淮自然而然地拿起她的书包，左手牵着她，"饲主，走了。"

吃完饭，楚翼淮送她回宿舍，月色正好，宿舍楼下，三三两两的情侣依依不舍。许念园的目光落在不远处的一对情侣身上，女生正踮起脚，轻轻地给了男生一个吻，男生先是惊讶，接着反客为主，揽住对方加深了这个吻。

许念园尴尬至极，余光落在楚翼淮身上，看到他红透的耳朵，以及不知道往哪儿放的眼神，就知道此时他的内心戏肯定和自己一模一样。

为了打破尴尬，许念园抿了抿唇，对楚翼淮说道：“你把头低一些。”

“什么？”楚翼淮回头，目光从尴尬转为不解，再化为震惊，最终紧张，黑色的瞳孔闪着不安的光芒。

许念园不解地盯着他的喉咙。他干吗一直吞口水，是今晚吃的菜太咸了吗？

此时，楚翼淮的内心戏复杂至极，他想，她该不是想亲自己吧，如果是这样，他应该怎么做？他该不该主动，这种事男孩子来做是不是更好一些？

一瞬间，脑海中闪过千万种思绪，纵然内心波涛汹涌，但他面上依旧平静，只是弯腰靠近许念园的同时，轻轻地吸了口气。

嗯，如果忽略剧烈的心跳的话，那他给自己的应对能力打个九十五分。

许念园从鼓鼓的书包中掏出围巾。这条围巾是她一针一线织出来的，经历错针无数次，她终于完整地织出了一条围巾，虽然这条围巾比普通的围巾粗糙了点。

“你闭上眼睛。”许念园说道。

楚翼淮依言闭上眼睛，长秀的睫毛不停颤动，许念园还未靠近，他的耳朵已经自然而然地变红。

自家男朋友的耳朵还真容易变红啊，像含羞草一样。这样想着，许念园突然福至心灵，轻轻伸出手，想触碰，试试看他的耳朵会不会和含羞草一样敏感。

结果，手刚触碰到他的耳朵，楚翼淮猛地睁开眼睛。她吓了一跳，手抖了一下，下意识地往后退了一步，结果一脚踩到地上的碎石子，身子不稳之下朝前面扑了过去。

更准确地说是朝楚翼淮扑了过去。

牙齿和嘴唇磕碰的疼痛感袭来，楚翼淮眼疾手快地扶住她，但是，他同时也未曾防备，被许念园啃了一大口。

楚翼淮回宿舍的时候，脖子上围着一条“肿肿”的围巾，一直低着头。程飞宇刚洗完澡出来，见他这副模样，随意问了一句：“怎么，地上有钱捡？”

楚翼淮抬头，不咸不淡地看了他一眼。

看清楚翼淮唇瓣上的伤口，程飞宇倒抽一口凉气：“我的妈呀，这是谁弄的？”

徐晟睿一听有八卦，立马抛下队友，啪嗒啪嗒地跑过来，看了一眼楚翼淮的嘴唇，“扑哧”一声笑出来，接着挤眉弄眼撞了撞程飞宇的胳膊：“你这不是明知故问嘛，除了小园子还有谁呢。”

“没想到小园子不鸣则已，一鸣惊人。”程飞宇哈哈大笑。

“这初吻也太……”

“激烈”两个字还没说出口，楚翼淮轻轻横过来一眼，程飞宇和徐晟睿立马噤声。

楚翼淮刚洗完澡，便收到一条短信，是来自“始作俑者”许念园同学的，她的惭愧和忏悔好像透过屏幕化为有形物体传了过来。

“对不起啊，我不是故意的，脚滑，都是脚滑害的，我只是想给你戴围巾，结果……那什么，你宿舍有没有医药箱，擦一擦可以吗？”

“哎哟，这才刚分开，又想念了啊。”程飞宇笑得贼兮兮的。

徐晟睿插话：“你不懂，这叫一刻不见，度日如年，你一个单身狗懂什么。”

程飞宇哼了一声：“你才单身狗。不对，单身狗都活不到你这年纪，我有主的好不好。”

徐晟睿立马转换八卦对象：“哇，什么时候的事情？谁啊？藏得够深的啊兄弟。”

楚翼淮无视他们的打打闹闹，默默地发了一句“没事”过去，但他的心已经碎成二维码了，所以说，果然是他自作多情了吗？

人家只是想给他戴围巾，他想哪儿去了？

他摸了摸唇瓣，刺痛感传来。不久前的一幕清晰地映入脑海中，当时许念园“偷袭”他之后，二话不说将围巾绕在他脖子上，险些将他勒窒息，在他还未回过神来的时候，她已经抱着书包，默默地逃之夭夭了。

楚翼淮爬上床，安静地盖上被子，双手交叉平放胸口上，默默想，他的初吻怎么就这么兵荒马乱呢。

另一端，收到回复的许念园，看着短信中的“没事”两个字，拿着枕头默默地盖了自己一下，咽下嘴里发出的尖叫。

沉默须臾，许念园雷厉风行地打开度娘，输入问题：“不小心把男朋友的嘴唇磕出血，该怎么办？”

很快，页面跳出一大堆回复，她一目十行地浏览了一些，险些吐血，这说的都是什么和什么，现在的度娘也是这么不靠谱了吗？

算了，还是不查了。

第二天一早，楚翼淮和许念园一起吃早餐，他的伤口还没结痂，一碰热汤就疼。见他吃个饭都小心翼翼，坐在对面的许念园差点将脑袋埋到豆浆里。

不过，无论如何，她都要面对现实，于是抬头，一脸视死如归：“昨天的事情是我的错，你要怎么惩罚我都可以。”

楚翼淮清隽的面庞染上一团胭脂红，如喝了几升酒。因为昨晚和初吻有关的梦境，他现在看到许念园，心情便格外复杂，尤其听到她说“惩罚”两个字，他整个人都快炸了。

“没事。”他低着头说道，生怕她看出自己的异样。

结果，许念园以为他还在生气，不安地越过桌子，小脸凑到他眼前。楚翼淮一抬头，入目的是她泉水涤荡过一般的眸子，他呼吸一窒，下意识地往后仰，耳朵再次烧了起来。

“你的脸怎么这么红，该不会发烧了吧？”许念园还在状况外，伸手要摸他的额头。

他忙握住她的手，哑着嗓子道：“我、我没事，吃饭。”

一个早餐，吃得心惊肉跳。

有时候许念园觉得，这个世界上最公平的是时间，无论是腰缠万贯的富翁，还是一贫如洗的穷人，时间对他们一视同仁，他们都会老。

许念园戴着学士帽，穿着学士服，手里拿着烫金的毕业证书，站在高高的台阶上，背后是宏伟的建筑，而眼前是他们四年的青春年华。

“咔嚓”一声，他们四年的青春，最美的笑容永远定格在这一刻。

拍完照后，许念园和众人一样，将学士帽高高抛起，一群白鸽扑棱着翅膀从他们头顶飞过，周浅水仰望天空：“我怎么感觉昨天还被各种报告作业折磨得死去活来，今天就毕业了呢，好没真实感。”

“加一。”孙甜甜道。

“加二。”赵蕊道。

许念园也跟着看着天空，碧蓝澄澈的天空，飘着丝丝缕缕白云，其中一朵云特立独行屹立在一旁，形状特别像一只……大象。

回忆倒退，她不禁想到很久很久以前，一个清隽温雅的少年站在绿荫掩映中，小心翼翼地说：“我在一朵长得很像大象的白云下面。”

四年的时光，一晃而过，可她犹记得，夏日炎炎，是楚翼淮为她补课，冬雪皑皑，是他捧着温暖的奶茶，微笑着等在她教室门口。

他是她生命中一颗璀璨的星子，破开黑暗，只为她而来。

“园园，今天这么大的日子，楚神怎么没来？”

“他今天有一件很重要的事情。”许念园微微一笑，“这关乎他的未来、他的心血和理想，所以，不是他要来找我，而是我去找他。”

“别找了，他来了。”周浅水指了指前面，“你看那不是楚神吗？”

许念园以为周浅水在骗自己，满不在乎一笑，直到清朗的声音传来，她才知道周浅水不是在开玩笑。

她僵硬地转过身，僵硬地看着他。

已经毕业的他，像脱胎换骨一般，一袭笔挺的西装将他衬得干净利落，那些羞涩的少年气早已烟消云散，站在她眼前的，已经是一个成熟稳重的男人。

少年，已经长成了男人。

周浅水和其余两人交换了一下眼神，十分默契地离开，将场地交给他们。

楚翼淮手里捧着一束花，微微一笑。阳光从他身后落下，给他镀上一层金色光芒，他的笑容也沐浴在阳光中。他浅笑着对她道："毕业快乐。"

许念园惊讶过后是满满的惊喜，她捧着比她脸大好几倍的捧花，埋着头深吸一口气，花香呛得她直打喷嚏，一旁的楚翼淮笑得无奈又宠溺："都毕业了，还跟小孩儿一样。"

"你嫌弃我了吗？"许念园轻轻地哼了一声。

毕业后，蒋临向自己的父母借了一笔钱，成立了公司，他和楚翼淮研究的动力装置也找到了投资人。他们的努力终于得到回报，动力装置申请了专利，并逐步运用到现实。

听苏学姐说，蒋临的公司已经拿到了第一笔订单，这绝对是跨历史的一步。

毕业后，苏谨薇也进入了蒋临的公司，也不知道是不是终于日久生情，两个人悄悄地就走到了一起，秀起恩爱来，简直让人如置身于柠檬批发市场。

"今天不是有个讲座，时间就快到了，你怎么还不去？"许念园问道。

楚翼淮看了看手表，朝她伸出手：“那你要不要陪我去？”

“好啊。”她将手放入他的掌心中，他微微一收，两人离开的地方，微风拂过，金光洒落。

蒋临的公司步入正轨后，楚翼淮便正式退出，即便蒋临挽留再三，他也坚定自己的选择。很多人觉得他放弃了一条获得荣华富贵的捷径，蒋临甚至愿意分一半股份给他，可最终他还是拒绝了。

他喜欢物理，不愿意被拘束。

“园园，你支持我吗？”婉拒蒋临那天，他这么问她。

许念园的回答是：“不管你做什么，你都是我心目中最厉害的男神。”

而男神无论做什么，她都会义无反顾地支持。

那时候，他笑了笑，轻轻地吻了吻她的额头：“真好，我最爱的都在这儿了。”

两人到礼堂的时候，已座无虚席。

许念园看着下方密密麻麻的人，不禁咋舌：“楚翼淮，你的粉丝可真多。”

徐教授即将退休，今天本来是他最后一次讲座，奈何他身体欠佳，所以只能拜托自己的得意门生了。

“我敢打赌，他们只有一半人是来认真听课的，一半是来看你的。”许念园煞有介事道。

楚翼淮弯腰看她，眸光若水：“那你吃醋吗？”

“吃什么醋，你整个人都是我的。”许念园轻轻哼了一声，“你忘了吗，你可是名草有主的人了。”

楚翼淮扫了一眼台下，一脸认真严肃道：“其实，我还真有点紧张，所以我需要一些鼓励。”

许念园四处看了看，确认没有吃瓜群众后，踮起脚，飞快地吻了一下他的脸颊，才要退开，他单手揽住她的腰肢，凑过去，深深地吻住她的唇瓣。

许念园摸着唇瓣，一边找位置一边默默地想，不知道从什么时候开始，她家楚神是越来越会耍赖皮了。

“园园，这里。”言晓萱坐在第一排的位置上朝她招手。

“你们两个人不是要去旅游吗，怎么还在这里？”

许念园不解地看着好友和坐在一旁的程飞宇，一直到大二的时候，她才知道自己的好闺蜜和程飞宇“暗度陈仓”，两人在偷偷谈恋爱。

而且这事儿还是楚翼淮先发现的。

有一天，他们上完课，一起吃饭，楚翼淮状似不经意地提起：“一个男生钱包里放着女生的照片是为什么？”

许念园喝了一口汤：“还能为什么啊，男生喜欢那女生呗，或者他们是男女朋友。”

“哦。”楚翼淮受教一般，意味深长地点点头，“那我懂了。”

许念园却误会了，羞答答地瞥了他一眼：“你要我的照片早说，看在我们两个人的关系上，我给你十张八张都不成问题。”

没想到她家楚神还挺上道的，现在就知道睹物思情了。

结果，楚翼淮一脸疑惑：“我要你的照片做什么？”

“那你、那你……”问这些干什么？

楚翼淮一本正经道："哦，我无意中在程飞宇的钱包中发现了你好朋友言晓萱的照片。"

"噗！"许念园喷饭了。

最终，经过她的"严刑逼问"，言晓萱终于败下阵来，承认了自己"金屋藏娇"的事实。

言晓萱道："其实，我也不知道自己什么时候喜欢上程飞宇的，也许是他不小心用篮球砸中我，忐忑不安地求原谅的时候，也许是他冒着大雨送我回学校，自己却淋得如落汤鸡的时候，也许是在我最无助，他鼓励我、帮助我的时候，园园，你知道吗，他是全世界最懂我的人，我觉得我生来就该和他认识。"

许念园看着好友坦诚的眸子，笑了笑："我当然懂了。"

讲座即将开始，台下的人议论纷纷："待会儿楚翼淮就要出来了，我太激动了有没有，他可是研究所最年轻的研究员之一。我听说他之前发明了动力装置，简直太牛了。"

"可不是嘛，他可是我见过最励志，也最聪明的人，一路靠自己的智商开挂走来，但为人却谦逊有礼，最奇怪的是，当时毕业后，他选择本校读研，并没有受邀去国外深造。"

说话之间，讲座正式开始，楚翼淮一袭笔挺西装，步履沉稳地走向讲台。他先是环顾四周，最终目光落在坐在第一排的许念园身上，温柔一笑："大家好，我是楚翼淮，因徐教授身体欠佳，今天由我来与大家分享关于量子力学方面的内容……"

他说话不疾不徐，咬字清晰，嘴角噙着浅浅的笑容，眼中似乎有光，举手投足之间，已颇有独当一面的气势。

许念园看着台上的楚翼淮，默默掏出手机，拍了一张照片：“今天楚神的气场两米八。”

六月的天，像极了小孩儿的脸，说变就变，不久前还是晴空万里，等演讲结束的时候，偏下起了倾盆大雨，两人毫无防备，被淋成了两只落汤鸡。

两人湿嗒嗒地回到家，楚翼淮找了干浴巾递给她：“去洗洗，别感冒了。”

“哦，好。”许念园低着头，接过浴巾去了浴室。

等许念园从浴室出来的时候，楚翼淮已经坐在沙发上边擦头发边看手机。见她出来，他朝她招手：“过来。”

她的衣服还没烘干，只能穿他的衣服裤子，生生多出一大截，她好不容易走到他身边，中途差点被拖地的裤脚绊倒。

她坐下后，楚翼淮拿来干净的白毛巾替她擦拭头发，末了拿了吹风机，将她的头发吹干。她乖乖坐着，身后是吹风机发出的嗡嗡的声音。

许念园像一只小猫咪一样，舒服地闭上眼睛，只差发出咕噜咕噜的呼噜声了。楚翼淮的手指穿梭在她的发间，鼻翼间都是淡淡的柠檬气息。想到她用自己的洗发露洗头，那种陌生又熟悉的感觉涌上心头。窗外阴沉的云层散开，丝丝缕缕阳光洒落，窗台上的绿萝，正迎着风微微摇摆。

他低头看着坐在自己身边，小小一团的许念园，突然想到一句——

岁月静好。

吹风机的声音停下，许念园转身，眸光熠熠生辉，她看着楚翼淮：“有没有人告诉你，我真的很喜欢很喜欢你。”

“我也是。”

“也是什么？”

楚翼淮轻轻弹了弹她的脸颊：“我在想，民政局应该不会自己迈腿跑过来，要不我们自己过去吧？”

关于领证这件事，许念园很希望时光重来一次。

那天晚上，楚翼淮说了这件事之后，她仿佛喝了十瓶红酒，脚仿佛踩在云端中，翌日一早，楚翼淮带着她来到民政局。

两人站在民政局门口，楚翼淮弯腰，温柔地与她视线平视：“园园，你希望和我结婚吗？如果你现在还没确定自己的心意，我会等你。”

看着这双眼睛，许念园云里雾里地点点头：“我，我可以。”

楚翼淮微愣，旋即紧紧握住她的手。他的手宽大温暖，将她的手包裹住。她抬头，恰好触上他的眸子。

那双眼睛微波流淌，却藏着小心翼翼。这眼神看得许念园心尖如同被羽毛刷过，她突然踮起脚，在他唇上轻触了下。

不过蜻蜓点水般的一个触碰，楚翼淮猛地瞪大眼睛，慢慢地，他的耳尖爬上一丝微红，像染了霞光。

深呼吸了一下，他舔了舔嘴唇，轻声道：“园园，你这是……”

“盖，盖章。”

楚翼淮长相清隽，气质出众，一进民政局便吸引了不少目光，而反观许念园，紧张地红着脸，低着头，宛如一个迷路的小孩儿。

其实，长不高也不是她的错，身高堪堪到一米六的许念园扼腕不已。

所以，两人坐下的时候，工作人员疑虑的目光再三在许念园身上扫过。本着负责的原则，工作人员微笑道：“这位小姑娘，请出示你的身份证和户口簿。”

不是工作人员多事，只是她在这个岗位多年，这小姑娘看着白白净净，扎着马尾辫，眼神无辜且清澈，不像到了法定结婚年纪，可别让她给骗了。

工作人员本着负责的态度，打开了两人的户口簿，看到上面的出生年月日之后，这才微微松了口气。

合法的。

工作人员笑了笑，将户口簿还给他们：“你这姑娘长得挺显小的，这么早就结婚了，恭喜恭喜呀。”

许念园不好意思地低下头，耳朵尖都红透了。

工作人员又看向楚翼淮：“你们结婚是自愿的吗？”

“是。”楚翼淮温柔地看着许念园，“我是自愿的。”

领证之后，楚翼淮和许念园很快将这件事告诉了双方父母，楚爸爸楚妈妈惊喜又激动。

许念园本以为爸妈会因为他们偷偷领证而生气，甚至于埋怨她。

但奇怪的是，许父许母看到他们的红本本的时候，不仅没有一丝一毫的恼怒，反而一副本来就该这模样的超然淡定的神情。

后来许念园才知道，原来楚翼淮早就郑重其事地向她父母求过亲了。

两家大人吃过饭后，楚翼淮便带着许念园去江边散步。

两人手牵着手穿梭在人群中，月色正好，许念园垂眸看着两人紧握的手，觉得有些不可思议："楚神，我们真的领证了吗，真不是我在做梦？"说完，她用另一只手捏了捏自己的脸，"我总觉得自己还在梦中，我们的相遇、相识都只是一场梦，我怕一梦醒来，一切都是我的幻想……"

话还未说完，许念园陡然瞪大眼睛，看着近在咫尺的清隽面庞。

楚翼淮微微退开些许，眸光如掬了一捧水："你现在还要叫我楚神吗？"

许念园害羞地捂脸："这是在外面。"

头顶一声轻笑传来，楚翼淮温柔地圈住她。

感受着他身上温暖熟悉的气息，她原本不安的心也慢慢平静下来。

这一切是真的，并不是她想象的画面，也不是梦境。

2019 年 12 月 19 日，楚翼淮和许念园举办了温馨的婚礼。婚礼上，许念园的伴娘团十分强大，不仅有发小言晓萱和学妹周薇薇，还有她宿舍的姐妹花以及学姐苏谨薇，人数众多的伴娘团让伴郎团叫苦不迭，接亲环节笑料百出。

婚礼唯美而浪漫，当楚翼淮为许念园套上戒指的那一刻，许念园眼里含着泪："我想哭，但是怕把美美的新娘妆哭花了。"

"傻瓜。"楚翼淮紧紧地抱住她，"有我在，以后你只许笑，不许哭。"

“除非你听我的话。”

“好，一辈子听你的。”楚翼淮轻柔地吻上她，“楚太太。”

抢捧花的时候，言晓萱首当其冲，程飞宇西装革履地站在草地上，看着抢得不亦乐乎的言晓萱，仿佛时光又回到了从前。

多亏了那个篮球。

终于抢到捧花的言晓萱高举着捧花，即便穿着十厘米的高跟鞋，依然健步如飞地来到他身边，到了跟前，她眉眼皆是胜利的喜悦：“我抢到捧花了。”

“既然抢了，要不要顺便抢到底？”程飞宇循循善诱。

“我还要抢什么？”言晓萱一脸不解。

“抢一个伴郎回去。”程飞宇俯身靠近她，“我可以自告奋勇。”

“啧啧啧，我今天接连吃了两顿狗粮，好撑啊。”苏谨薇没抢到捧花，本来够扼腕了，结果被他们秀了一脸。

闻言，蒋临看了她一眼：“你也可以。”

“我可以，可以什么？”苏谨薇问完，顿时恍然大悟，一把推开他，红着脸振振有词地指责他，“你、你大白天欺负人啊。”

蒋临毫无察觉，被她猛地一推，往后退了一步，稳住脚步后，看着她跑远的身影，嘴角扬起一抹宠溺的笑意。

▼

番外

撒糖日记

01

很久很久以后，许念园已经是楚太太，而楚翼淮……许念园发现，自从和楚先生结婚后，她的乐趣好像少了许多。比如她突然想吃冰激凌，楚先生就会一本正经地说：“冰激凌太冰了，吃多了肚子疼。”

“可是我想吃。”她泪眼汪汪地看着他。

“不能吃。”某人立场十分坚定。

结果晚上的时候，冰箱里躺着她最爱吃的冰激凌，那端，楚先生别别扭扭道：“就这一次，下不为例。”

许念园：“……”

自家老公嘴硬心软的毛病什么时候才能改，不过她喜欢。

02

许念园想起和楚翼淮认识时候的一个小插曲，那时候，她问他：“他们说要解开你的数独，我才能加到你的微信。”

小楚先生脸红红：“不用了……”

她委屈脸。

小楚先生：“我没有微信。”

这都什么年代了，居然还有人不用微信。她冷静了下，还没说话，某男轻咳一声默默道：“不过我有QQ，五个太阳了。”

许念园心里海豚音尖叫：男神好萌好可爱！

03

某日，楚先生问许念园：“你是为了我才考清华吗，如果我不在这儿呢？”

许念园白了他一眼：“你想多了。”

楚先生：“……”

“我喜欢你，但我不会因为喜欢你而放弃自己的追求，所以你千万不要有心理负担。”

楚先生蹲在墙角委屈地画圈圈。

04

最近网上又开始刮起一阵风，美其名曰：“我和装备同时掉入水里，你会先救哪一个？”

很多男人没有求生欲，纷纷回答：“当然是救装备了，毕竟装备不防水。”

当然，许念园才不会问这“幼稚”的问题，她换了一个方式：“老公，我绝对绝对不会问你，我和物理哪一个比较重要。”

楚先生微微一笑：“那你想问什么？”

“如果这世界上只剩下我和物理，你会选哪一个。”

楚先生再微微一笑：“我都不选。”

许念园怨妇脸：“为什么？”

楚先生弹了弹她的额头：“因为那时候整个世界都是我的，你和物理都是。”

许念园腹诽：他说得好有道理，我竟然无法反驳。果然不能和天才比逻辑，比不过的。

05

又某日，楚先生向许念园提意见：“你下次不要来看我比赛了。”

许念园害羞脸：“为什么，因为我的存在会让你分心吗？”

楚先生：“有那么一点儿，你激动的模样像海豚，我看着你总忍不住想笑，怕被人误会不尊重对手。”

许念园：“直男……你可以的。”

06

冬天到了，许念园堆了个小雪人，兴冲冲地给楚先生看。

楚先生一本正经地点评：“眼睛比例不对，对着阳光，十二点便……”

许念园默默给小雪人围上围巾，不理会这“注孤生”的家伙。

身后，楚先生不知从哪儿掏出一朵花别在雪人头上：“不过还是很可爱，像你。”

许念园没出息地被撩到了。

07

许念园快生日了，每天都在期待楚先生的礼物。

生日那天，许念园收到一套物理难题，她边做边诅咒楚先生。

晚上，楚先生下班回家，急匆匆地拿着生日礼物和蛋糕鲜花去找许念园。

结果她……睡着了。

并且在做好的习题的封面上写了几个大字：楚翼淮我恨你。

楚先生哭笑不得。

08

许念园在大姨妈光顾的时候，嘴馋偷吃了冰激凌……

报应来了，她痛得死去活来。

楚先生黑着脸，还没开口，许念园立马忏悔：“我有错，我认罪，我以后再也不吃冰激凌了，您老别和我科普冰激凌和大姨妈的直接或者间接关系了，谢谢。”

楚先生：“……”

他伸出大掌，轻轻贴着她的腹部，语带威胁道："以后再收拾你。"

浪漫的男人说情话都是这样："我爱你，比山高，比海深，比天空广袤，我爱你，就像小鸟离不开天空，鱼儿离不开水。

而楚先生的表白特立独行："你是费米，我是玻色，我们凝聚，就能在超导的世界自由前行。"

许念园："……"很好，你赢了。

楚先生不浪漫怎么办，没事，她喜欢就好。

此生，唯你而已。两个人中，只要有一个人会说情话就好了，而她想对他说的情话只有一句："因为遇到你，我的世界变得温柔无比。"

（全文完）